医圣之光

万密斋著述传播传奇

胡荣希 主编

華中科技大學出版社
http://press.hust.edu.cn
中国·武汉

图书在版编目(CIP)数据

医圣之光：万密斋著述传播传奇/胡荣希主编.—武汉：华中科技大学出版社，2023.9

ISBN 978-7-5680-9819-9

Ⅰ.①医… Ⅱ.①胡… Ⅲ.①历史故事－作品集－中国 Ⅳ.①I247.81

中国国家版本馆CIP数据核字（2023）第157661号

医圣之光——万密斋著述传播传奇
Yisheng zhi Guang —— Wan Mizhai Zhushu Chuanbo Chuanqi

胡荣希 主编

策划编辑：亢博剑 肖诗言
责任编辑：肖诗言
封面设计：琥珀视觉
责任校对：李 弋
责任监印：朱 玢
出版发行：华中科技大学出版社(中国·武汉) 电话：(027)81321913
武汉市东湖新技术开发区华工科技园 邮编：430223
录 排：孙雅丽
印 刷：武汉科源印刷设计有限公司
开 本：710mm×1000mm 1/16
印 张：15
字 数：200千字
版 次：2023年9月第1版第1次印刷
定 价：50.00元

本书若有印装质量问题，请向出版社营销中心调换
全国免费服务热线：400-6679-118 竭诚为您服务

万全（1499—1582），号密斋，湖北罗田县人，是我国明代著名医家，以擅长治疗儿科、妇科、痘疹病症著称于世。主要著述有《养生四要》《保命歌括》《伤寒摘锦》《广嗣纪要》《万氏女科》《片玉心书》《育婴家秘》《幼科发挥》《片玉痘疹》《痘疹心法》，共10种，108卷。

万密斋著述的传播充满了神奇色彩：有的书稿未脱，便有人争相传抄；有的被人剽窃而名著当世；有的因屡试屡验，在穷乡僻壤缺少良医的情况下让无数患者得以病愈，被志士仁人传播；有的漂洋过海，在异国传播；有的被抢救于危难之时，由万密斋孙辈和家乡人民传播。

可以说万密斋著述的传播，不仅得到了民间广泛的自发保护，也受益于地方官员的关注、重视，足见万氏著述是货真价实的精品，所以广为传播，影响深远。

序一

黄冈市中医药历史悠久，文化底蕴丰厚，历史上名医辈出。《湖北医学史稿》记载了湖北历史医家700余人，黄冈就有244人。其中，与享誉世界的“医药双圣”李时珍、北宋“医王”庞安时、清末“戒毒神医”杨际泰一起，被后世并称为“鄂东古代四大名医”的，便是明代著名医家、养生学家，被称为“中华养生第一人”的“医圣”万全——万密斋。

万密斋（1499—1582），湖北罗田县人，是我国16世纪中叶著名的医学家。博学多才，能诗善文，精医术，擅书法。治学严谨，医德高尚。行医50多年，足迹远及鄂、豫、皖、赣、闽、陕等地，活人无数，尤在儿、妇、麻、痘诸科享有盛名，在养生学、妇婴保健及预防医学等方面也有独到见解，提出了“寡欲、慎动、法时、却疾”的“养生四要”，至今仍有着十分重要的指导意义。

万密斋一生著述颇丰，有《养生四要》《育婴家秘》《广嗣纪要》《万氏女科》《痘疹心法》《伤寒摘锦》《保命歌括》《幼科发挥》《片玉痘疹》《片玉心书》等10部；据《万氏家谱》记载，还有约37部著述未付梓。其著述说理深入浅出、明白易懂，有很大一部分以诗词歌赋形式撰写，便于后人学习和记忆。其著述明清以来反复刊印，不少传入日本、朝鲜等国，对中医学的国际传播和发展都有着深远影响。

我曾多次赴罗田调研中医药传统知识，如茯苓等道地中药材，还专程赴大河岸拜谒瞻仰万密斋墓，有感于万密斋仁心济世的大医情怀、严谨求实的科学精神、不慕名利的高尚品格，对其人满是钦佩和敬意。

罗田县和万密斋医院在传承万密斋学术思想文化方面作了大量的工作，全力推进、发展中医药事业，让万密斋成为罗田乃至黄冈发展创新的引擎，助力国家中医药传承创新发展试验区创建工作。

胡君荣希，在编著出版《医圣万密斋传》后，又以传奇故事的形式整理了万密斋著述出版和传播的种种经历及其面对困难挫折的艰苦奋斗过程，并将其海外传播状况做了详细介绍，编成《医圣之光——万密斋著述传播传奇》，肯定了其医学的人民性、著述的科学性和文学性，通俗易懂，兼具科普性和趣味性，对推动万密斋学术研究和普及万密斋文化有着重要意义。邀我作序，欣然应之。

2023年7月19日　于黄家湖

（王平，国家中医药管理局岐黄学者，湖北中医药大学二级教授、主任医师、博导，教育部老年脑健康中医药防护技术与新产品研发工程研究中心主任）

序二

欣闻黄冈市燃化医药工业局老局长胡荣希先生多年整理的《医圣之光——万密斋著述传播传奇》出版发行，我觉得这是一件功德无量的喜事，也是我国中医业界承先启后、历久弥新的盛事，可喜可贺。万密斋的贡献无与伦比，他的医学成果、民间传说及相关专家的肯定即是很好的证明。早年我曾在《新华每日电讯》上作过报道，今日回首，感到倍加珍贵。

我的故乡鄂东罗田县深水河离万密斋故居大河岸距离不到十公里，小时候老人们常常念起万密斋先生行医的传说和故事，远近乡亲的大人小孩均耳熟能详，我印象十分深刻。

万密斋（1499—1582），名全，是我国明代著名的临证医学家，世医出身，祖、父均为儿科医生。他的行医足迹遍及鄂东地区乃至武昌、郧阳等地。代表作有10部医学著述，即《养生四要》5卷、《保命歌括》35卷、《伤寒摘锦》2卷、《广嗣纪要》16卷、《万氏女科》3卷、《片玉心书》5卷、《育婴家秘》4卷、《幼科发挥》2卷、《片玉痘疹》13卷、《痘疹心法》23卷，共108卷，为后人提供了一套翔实的文献资料。其著述在儿科、妇科、痘疹科闻名于世，在海外亦有较大影响。

纵观先生的儿科学术思想，在总结唐宋以来前人经验和个人临床实践体会的基础上，他完善了小儿生理病理特征，强调望诊的同时注重望、闻、问、切，四诊合参；谨守病机，发展五脏证治学说，预防为先，施治灵活。

在妇科学术思想方面，先生强调注重情志、体质与痰湿。对调经，主以理气补心脾。恙归三因，执简驭繁；辨证三要，独辟蹊径；对证施治，以平为期。对妊娠，强调择时、优生与养胎，主以清热益脾胃。对产后，注意分辨虚实、败血聚散，主以行滞补气血。

在伤寒学术思想上，先生阐述六经形证，独具慧眼，诠释六经传变，多有发挥。

在温病学术思想上，先生论温病病因，着眼火与湿，论温病传人途径和传变规律，对后世多有启迪；叙小儿疮疹属伏邪温病，言戾气可以防备。

在养生学术思想方面，万密斋倡导：节食寡欲，固护脾肾；动静适度，养心益肝；法时应天，调摄阴阳；防病却疾，要在中宜。

总之，先生的著述与学术思想源清流洁，本盛末荣，涉及儿、妇、内科及优生、优育、延龄、广嗣、养生、保健，博大精深，发皇古义，务实求实，方药齐备，实用性强。

先生著述其类多、其理赅、其辞达，阐释精确，辨治明畅，著之为方者，试无不应，应无不神，让老者安、少者寿，百姓普天感受其福。

如今先生辞世已441年，后人仍然感受到其治学治病的严谨。

同为明代鄂东名医的李时珍，其著《本草纲目》计16部，52卷，190多万字，载药物1892种，附本草实物考察图谱1100余幅，辑录古代药学家和民间单方11096则；内容之丰，观点之新，也是历代难以与之媲美的。万密斋比李时珍年长19岁，他们二位留之后世的医药、医学著述，是中医学界的瑰宝。

我们今天重读医书，重温故事，再次深深感受到灵魂的震撼。万密斋的伟大之处，在于吸收历代精华，纠正错误，补充不足，并有很多重要发现和突破，其著述是中国古代较为系统、完整、科学的医学著述，值得后人敬仰。

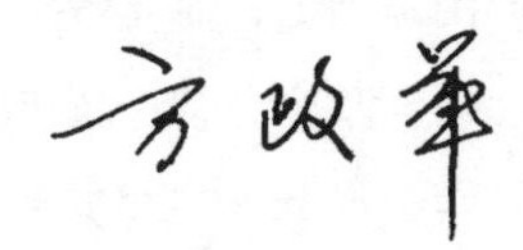

（方政军，湖北省老新闻工作者协会主席，湖北省炎黄文化研究会常务副主席，新华社高级记者，华中科技大学、华中师范大学、中南财经政法大学、湖北大学等高校客座教授）

诗序

万密斋八首

医鸣三世妇儿科，秘籍家传自杏坡。
筐父承前兼启后，密斋光大并开河。
全书十种万全术，玉律千言片玉歌。
五百年来功不没，扶伤救死活人多。

少小攻书有巨儒，菊轩慧眼识张胡①。
诸生早补遭人妒，志气犹存媚骨无。
弃举从医能济世，创新传业得通衢。
千秋事业岐黄术，一代神医百姓呼。

文章道德一身兼，一代宗师识万全。
患病孩儿同己子，结仇宿怨去心田。
宁将秘籍公于世，肯许巫医骗为钱？
贫富同仁无贵贱，高风亮节仰先贤。

悬壶济世称医圣，妙手回春救万家。
捉笔开方除痼疾，代天宣化诊天花。
八纲辨证分虚实，整体施治带灸拿。
更有开棺还母子，至今传颂到天涯。

---

① 张胡：张明道、胡明庶，俱为明万历年间进士。

耳顺之年医道明，江南江北竞相迎。
因逢朱阁[①]颁医匾，便有声名到省城。
事业中天腾地起，人生正道向天行。
喜看大别来春色，山自青青水自莹。

孙公[②]布政来湖广，一识密斋成至交。
诊脉行医须辨证，谈经论道必推敲。
澄清冤屈逢包拯，恢复儒医愧老巢[③]。
心法传承欣付梓，老来著述济同胞。

耄耋之年著述丰，全书十种十年功。
探玄钩隐增删后，启钥抽关编订中。
扬弃陈言是非辨，发皇古义古今融。
鬓边堆雪知多少？砚畔耕耘一老翁。

密斋著述五洲传，世界医家敬万全。
欧美珍藏夸宝贝，扶桑先得解疑悬。
青囊一睹荆山玉，紫绶忙刊碧海丹。
医圣光芒辉四海，至今不灭足欣然。

胡荣希　癸卯年仲春作于罗田城关桥南村

---

① 朱阁：朱云阁，罗田知县。
② 孙公：湖广右布政使孙应鳌，字山甫，号淮海。
③ 老巢：传说中尧时高士巢父。

目录

Contents

第九章

四代传承，三堂共刊

第十章

明珠蒙尘，不可埋没

第十一章
暗流涌动，浊浪四溅

第十二章
四海争传，五洲共享

附录一
论万密斋医学的人民性

附录二

论万密斋著述的科学性

附录三

论万密斋医学著述的文学性

第一章
黄廉剽窃万氏书，医术名著三吴间

万密斋的著述最早并不是以他的名义刊行于世的，而是被一个叫黄廉的人剽窃了去。黄廉窃阅万密斋所撰书稿，习得万氏家传医术，后迁于赣，定于吴，并以剽窃万氏医书而来的《痘疹全书》和医术，一时名著三吴。

一、巧“借”医书，黄廉窃为己作

明嘉靖三十九年（1560年），胡三溪长女12岁，出痘甚密，请喻南麓医生看视，喻南麓以为富贵人家拿得出钱，以参芪大补之剂治疗，药不对病，20日后过期不靨，遂请万密斋看视。

万密斋诊视后，见其毒已溃烂，幸非倒靨，乃犯温补药多，里邪尽出而毒未解，急宜解表，勿使皮肉腐烂。喻南麓不听，坚持己见，孩子的病得不到对症的治疗。

又过五日，痘不收靨，再请万密斋长子邦忠治疗。邦忠看后，十分气愤，对喻南麓说：“倘若此孩子是您的孩子，拖了这么长时间还不好，您会忍心吗？要视人之子如己之子呀！”喻南麓不应而退。

万密斋指导邦忠制一方：以防风、荆芥、升麻解表胜湿；以白芷蚀脓逐水；以连翘、牛蒡子、甘草解其郁蒸之毒；肺主皮毛，因参、芪之补促使肺热过甚，时夏火正旺，以芩（酒炒）渗肺中之火，解时令之热。小儿调理一月而安。

喻南麓得知万邦忠在万密斋的指导下治好了胡三溪长女的痘疹后，妒火顿生，一心以超过万氏医术为快。南麓琢磨，听说万密斋于嘉靖二十五年、二十六年（1546—1547年）就完成了《痘疹骨髓赋》和《痘疹西江月》，作为万家儿子和徒弟们的教习课本，此二书是分别用韵文和歌括写成的，便于记诵，嘉靖二十八年（1549年），万密斋又完成了《痘疹心要》的初稿，怪不得万邦忠医术比自己强。

“我要是有了这几本书，我的医术不也会提高得很快吗？我一定要想办法弄到这几本书。”喻南麓辗转反侧，夜不能寐，终于想到一个人——喻朝宪。此人是万邦忠的姨老表，又是自己的堂弟，朝宪和邦忠小时候经常到自己的外祖父钱家作客，彼此都很熟悉，找喻朝宪，肯定能办成此事。

第二天，喻南麓找来喻朝宪，对他说：“二弟，我有一件事托你办一下，你看行吗？”

朝宪说：“只要我能办到，一定帮哥的忙，你说，什么事？”

南麓不紧不慢地说：“我正在学医，想看一下你姨父教他儿子们学医的那几本教习本，你可否向邦忠借阅？我想参考一下。”

朝宪略迟疑了一下，说：“我可以试一试。若借到了，你可要按时归还呀！”

“那是当然。”南麓答道。

喻朝宪心里盘算着如何借到姨父的医书，找姨父借肯定借不来，他把那几本书看得比宝贝还宝贝，说是秘不外传。想来想去，只有找表哥才可能借到。

时值万密斋六十大寿，喻朝宪从蕲水（今浠水）华桂赶到罗田大河岸广家岗，给姨父祝寿，趁机私自向万邦忠借《痘疹骨髓赋》《痘疹西江月》和《痘疹心要》初稿。

万邦忠说：“这三本书是我们的教习本，社会上没有流传，恐怕不好借吧？这是父亲的规矩。”

喻朝宪说：“表哥，我也想学医，借去看一下，用完了，完璧归赵，姨父怎么会知道呢？况且，这些书终究要归你。”

邦忠被朝宪的花言巧语迷惑了，答应将秘藏的《痘疹骨髓赋》《痘疹西江月》和《痘疹心要》初稿借给喻朝宪。

得到书后，喻朝宪如获至宝，第二天就匆忙赶回华桂。

喻朝宪到家后，第一个看到这些书的不是喻南麓，而是喻朝宪的舅父黄廉。

黄廉，字伯清，号铜壁山人，又号桂峰。蕲水华桂人。华桂地处蕲水罗田交界，是一丘陵地带，人们生活并不富裕，但乡风淳朴，十分器重读书人。黄廉高挑身材，常穿着黑布长衫，头戴瓜皮帽，颇有几分绅士风度。他自小聪明伶俐，能说会道，深得父亲喜爱。本想走儒学之路，但几次考秀才都名落孙山，不得不放弃科举道路，另辟蹊径。

黄廉父亲是一位“地仙”，黄廉从小受父亲影响，对天文、历术、太乙、壬遁、堪舆之术颇感兴趣。在乡间，黄廉帮人看日子、起名字、择阴宅、勘阳基、打时算卦，无所不通。到了而立之年，他对医术尤感兴趣，听说罗田万密斋医术高明，只是未得其传，早就想找到万密斋医书，今日意外得到，真是喜出望外。

黄廉从喻朝宪手里接过书，看了又看，爱不释手，遂对喻朝宪说：“朝宪，这三本书我先拿去看一下，看完后再给你。”

朝宪答：“舅舅，那怕是不行，这是南麓叫我借的呀！”

“我看好后，叫南麓到我那里拿。”黄廉答道。

喻朝宪无可奈何地说：“那好吧，您就先拿去看。”嘴里虽然这么说，但喻朝宪心里想：“您要不是我的舅舅，我才懒得借给您。”

黄廉拿到书后，心里喜滋滋，盘算着：“万密斋名声远播，誉满杏林，我今天得到《痘疹骨髓赋》《痘疹西江月》和《痘疹心要》初稿，也可以得到万氏真谛了，真是天助我也。我只要把万密斋的医书记住了，按方抓药，也可以手到病除。到时，名声大了，利市丰厚了，不知比打时算卦、堪舆择日强多少倍。再说，良医同良相，救死扶伤是人们称颂的呀！”黄廉越想越兴奋，对前途美景越想越憧憬……

“不对呀！这书是喻朝宪向万邦忠借的呀，有借有还，我总不能据为己有吧！那不是有点对不住万密斋？”然而，“据为己有就据为己有。”黄廉想起了战国时田成子窃齐的故事，又觉得自己的行为算不了什么。

齐国是姜太公的封地，到了春秋末期就繁荣起来了。田成子对齐国垂涎三尺，就想了一个主意，杀了齐国的国君，自为国相，扩大封邑，偷来了齐国这个国家。田成子所偷的，又岂止是齐国？他是把齐国几百年来好的规章制度都偷过来了。历史上人们虽然骂田成子是窃国强盗，但田成子却安安稳稳地大权独揽。当他权势在手的时候，各国一齐恭维他，一样承认了他，到底他还传了九代，他的四世孙赶走了姜氏，将齐国变成田氏所有。想到这里，黄廉脸上露出了几丝笑容。他又想：“田成子不但偷了齐国，连齐国的历史政治经验都偷到了。我把万密斋的东西拿过来，还不是为了给大家看病？”他心安理得起来。

话虽这么说，但背着借书不还的名声总不好吧？有没有一个两全其美的办法呢？黄廉又陷入了沉思，把三本书拿在手里掂了又掂。“啊！不是可以把它们全部抄下来吗？到时，书还给人家，书的内容却留在我这里了，这岂不是两全其美的办法吗？”

黄廉下定决心抄书。夜以继日，花了一个月时间，黄廉把三本书的内容全部抄下来了。

二、幸遇陆稳，《痘疹全书》付梓

黄廉于嘉靖三十九年（1560年）得到万密斋的《痘疹骨髓赋》《痘疹西江月》和《痘疹心要》初稿后，根据万氏书中提供的方剂在蕲水一带行医，屡试屡验，一时名声大噪，慕名求医者络绎不绝。有人问道：“黄先生，您的医术近年来怎么这么灵验？”黄廉神秘地答道：“我向积阴功，有神人相助呀！您看，我给陈竹如先生择了凤形墓地，他的后人发展得多好呀！他的大儿子前年中举人，还做了县丞呢！难道陈竹如先生不保护我吗？”一席话说得很多人将信将疑。

相比之下，喻南麓的医术相形见绌，找他看病的人越来越少了。他心里五味杂陈：“原来说我的医术比不上万密斋，我还有点服气，现在说我比不上黄廉，我还真不服气！黄廉不就是靠万密斋的几本医书发家的？别人不知，我还不知？书本来是我借来的，倒被他利用了，我却竹篮打水一场空。”喻南麓越想越气，就想找黄廉“请教”一下。

喻南麓到了黄廉处，恭敬地问道：“舅舅，您近来名声大噪，大家都传说您医术高明，这是为什么呀？”

黄廉听出了喻南麓话中有话，便以长者的身份说：“我们舅甥之间还有什么不能说的？我是读了万密斋的医书，融会贯通，对症下药，屡有灵验。外甥你是知道的，何必明知故问！”

“是呀，论辈分，您是我的长者，还有着那么一层亲戚关系；论事业，我们是同行，您总不能一碗饭一个人吃了吧！”喻南麓答。

“外甥的意思，你近来饭没有吃饱，找你看病的人少了，是不是？”黄廉调侃他。

“有您大驾在此，医术又那么高明，还有谁找我呀？”南麓答。

“你的意思是要我远走高飞？”黄廉问。

“我可没有那个意思，这是您自己说的呀！”南麓又补了一句。

“此地不留爷，自有留爷处。中国那么大，哪里找不到饭吃？”

“舅舅，凭您的本事，到哪里都有饭吃。啊，对了，您向喻朝宪借的万密斋的三本书还给人家没有？我还是想看一下。”

“早还给人家了。你难道还没有看吗？即令看了，也要会用。”

喻南麓和黄廉你一言我一语，谈了好一会儿，最后不欢而散。喻南麓走后，黄廉回味了一下喻南麓所说的话，总觉得不是滋味。“别人以为我偷了万密斋的方剂，治病才有灵验，你喻南麓也可以学呀！自己没有本事，还嫉妒别人。话说回来，万密斋的那些方剂确实有效，如胃苓丸治小便如米泔水有特效，月蟾丸治小儿疟久不退、腹中或左或右有块者即脾癖症瘕立即见效，治痘方屡试屡效。我要把这些东西变成自己的。蕲水华桂这么一个山疙瘩，英雄无用武之地，我倒想到外面去闯天下……”

几天来，黄廉反复权衡利弊：“在蕲水一带行医，我总不能超过万密斋；若在外面行医，我可以大有作为。”想来想去，不觉心花怒放。往哪方去好呢？南方有利，应到南方。黄廉忽然想起陈竹如先生的大公子陈霁松在赣州信丰县做县丞，“我们既是老乡，他父亲的凤形墓地又是我选定的，到赣州去，一定会得到照应的。”

嘉靖四十年（1561年）辛酉春节刚过，黄廉告别家人，怀揣万密斋医书和罗盘，在巴河口乘船，顺长江直下九江，过鄱阳湖，从赣水经赣州直达信丰。陈霁松早接到黄廉的信，知道黄廉春节后到信丰，心里早盼望故人到来。一天衙卒忽报黄廉已到衙门口，陈霁松亲自到衙门口迎接，两位老乡相见，喜不自胜。

陈霁松领黄廉至客厅坐下，互致问候。黄廉将巴河藕粉，罗田高山云雾茶，名贵中药材人参、茯苓、天麻等作为礼品，赠给县丞，带着恭维的口气说：“论辈分，您是我的贤侄，但是今天我还是叫您县丞大人。”

“不用，不用。今天我们老乡相见，您是我的尊贵客人，我们只叙旧，所有礼节就免了。”陈霁松忙说。

“当年我跟令尊大人说，大公子生得眉清目秀，天庭饱满，将来必会出人头地，果然如此。我给令尊大人选的墓地，那是凤凰展翅宝地，将来子孙必定飞黄腾达，您看怎么样？果然应了我的预言，您不是作了信丰县丞吗？”黄廉口若悬河。

“托您的福。先生的名声是越来越大了。不仅在蕲水一带有名，连我都知道先生通天文、历法、太乙、壬遁、堪舆之术，尤精于医，听说您医术高明，手到病除。”陈霁松说。

“那是别人恭维，也是祖人保佑。我这次到贵地，是想混口饭吃。” 黄廉不失时机地将谈话引入正题。

“凭先生的聪明才干，到哪儿都有饭吃。您到赣州信丰行医，救死扶伤，一定会为我增光。”

“我正是冲着您来的，我想，在您的光环照耀下，前途一定是光明的。”

陈霁松紧接着说：“黄先生，您到信丰来真是来对了。您知道我们信丰县的知县是谁吗?”

“是谁?”

“我们的知县是蕲水邻县罗田县的胡明通大人，他是辛丑科进士，也算是我们的老乡。他十分爱才，先生到来，他肯定高兴，您还愁有什么事办不成吗?”

黄廉听到信丰县知县胡明通是罗田人，心里倒是一惊，“今后我在此地行医，他会不会怀疑我偷了万密斋的方剂?”但黄廉反过来一想，又觉得好笑，“医术是互相传播的，他怎么知道我抄了万密斋的医书呢？况且他离开罗田已经那么长时间，我真是杞人忧天。”想到这里，他接着说：“今后我在信丰地界行医，有两位大人照顾，肯定方便多了。”

“我们等待先生佳音。”陈霁松笑着说。

陈霁松设宴招待黄廉后，黄廉就在信丰住下，开始行医生涯。

黄廉在信丰住了一个月，其间一富户之子出痘，至养脓时大渴不止，需不断饮水解渴。众医不能治，病家四处求医，经县丞陈霁松介绍，病家找到黄廉。

黄廉到病家了解病情后，对病家说：“这是津液不足的缘故。为了慎重起见，我明天亲自把方剂送到府上。”病家同意了。

黄廉当时并不知道怎么治疗，花了一晚上时间，又把万密斋的《痘疹心要》从头到尾读了一遍，果然找到了答案。根据万密斋的医方，遂用人参、麦门冬散去白术、升麻，加生地黄、天花粉、知母、淡竹叶。药方制好后，第二天一早就送到病家。患儿一服渴止。

众医治不好的病，黄廉一下子就治好了，他名声大振，迅速传遍信丰城。加之好事者添盐加醋，说黄廉不但医术精良，还会测字算卦、预知凶吉，黄廉的大名迅速传到了南赣巡抚陆稳的耳朵里。

陆稳，字汝成，号北川。归安（归安为湖州府治所）人。嘉靖二十三年（1544年）进士。嘉靖四十年（1561年）七月，由江西左布政使擢任巡抚，提督南赣。南赣包括南、赣、漳、雄、韶、惠、潮等府，地跨赣、闽、粤三省，治所驻赣州。其时张琏在粤北饶平山称帝，占地为王。江西及闽、粤一带流民纷纷响应起事，攻扰州府，社会治安极不稳定。陆稳奉朝廷之命，会集各路官兵征讨。战事在即，有人向巡抚陆稳介绍楚黄冈人黄廉会太乙、壬遁，能预测凶吉，何不请他来占卜一下，鼓舞士气？

陆稳并不完全相信那一套，但他知道黄廉的预测结果，这样鼓舞一下士气，对战事肯定会有好处，于是同意请黄廉占卜。

黄廉接到邀请后，喜出望外。他盘算着用什么方法邀功请赏，怎样才能取得陆稳信任。他很快想好了对策：见了巡抚，要不卑不亢，见机行事，点到为止。

黄廉由信丰北上，风尘仆仆地来到赣州，早有人在府衙迎接。接待黄廉的人转告他，陆巡抚明日在客厅接见。

翌日，黄廉早起盥漱完毕，穿戴整齐，准备去见巡抚。

陆稳已在客厅等候。黄廉一进门，拱手道："早闻巡抚大名，地方百姓无不感恩戴德，今日得见，真是三生有幸。"

"请坐，用茶。听口音，先生不是本地人吧？"陆稳问。

"我是楚黄冈人氏，行医至此，希望巡抚赐教。"黄廉谦恭地答道。

"听说先生不但医术高明，还会占卜凶吉，可有此事？"陆稳问。

黄廉答："在下虽不才，但曾遇异人传授奇门遁甲天书，可以呼风唤雨，为我所用。"

"啊，真有此道，则吾幸矣。近来粤北山区有人称帝，我奉朝廷之命剿匪，请问先生有何良策？"陆稳问。

黄廉胸有成竹地说：“巡抚奉命剿匪，顺民意，合天时，得地利，必胜无疑。”

陆稳说：“顺民意、得地利已定，惟合天时未定，请问先生如何才能合天时？”

黄廉说：“巡抚出征，必得天助，才能取胜。张琏匪盘踞粤北山区，山高林密，缺粮少衣，一旦粮草断绝，难以生存，巡抚趁机剿灭，岂有不胜之理？要使粮草断绝，必假天以连日暴雨，张琏人马不得出山掠粮，这叫合天时。”

陆稳又问：“如何才能叫上天连日下暴雨呢？”

黄廉神秘地说道：“这有何难？请巡抚吩咐军士，在赣州城南高坡建‘七星坛’，正面朝南，煞向粤北，取南方赤土筑坛，方圆二十四丈，每一层高三尺，共九尺。下一层插二十八面宿旗；东方七面青旗，按角、亢、氐、房、心、尾、箕，布苍龙之形；北方七面皂旗，按斗、牛、女、虚、危、室、壁，作玄武之势；西方七面白旗，按奎、娄、胃、昴、毕、觜、参，踞白虎之威；南方七面红旗，按井、鬼、柳、星、张、翼、轸，成朱雀之状[①]。第二层围黄旗六十四面，按六十四卦，分八位立。上一层站立四人，各人戴束发冠，穿皂罗袍，凤衣博带，朱履方裾。前左立一人，手拿拂尘，招来雨之云；前右立一人，双手捧承露盘，接倾天之水；后左立一人，捧宝剑；后右立一人，捧香炉。坛下二十四人，各持旌旗、宝盖、大戟、长戈、黄钺、白旄、朱幡、皂纛环绕四面。”

黄廉于七月五日甲子吉辰，沐浴斋戒，身披道衣，跣足散发，来到坛前。他首先告诫作坛诸士：“不许擅离方位，不许交头接耳，不许失口乱言，不许大惊小怪。”黄廉缓步登坛，观瞻方位已定，焚香于炉，注水于盂，仰天暗祝。如此每天作法一次。

---

① 我国古代天文学把二十八星宿叫“二十八宿”，又按四方分四组：东苍龙、西白虎、南朱雀、北玄武。

黄廉知道，南方到了七月上旬，是发洪水的季节，过不了三五天，就会有雨的。果然到了七月初八巳时，东南方向乌云滚滚，雷声大作，顷刻倾盆大雨从天而降，黄廉暗喜，并告诉陆稳：各路兵马，可集结饶平城，封锁饶平山进出路口，围十日发兵；此外时值七月盛夏，部队应多备解暑降温之药，让将士及时饮用。备药之事陆稳托黄廉操办。

连日暴雨，张琏被困饶平山，因无粮供给，兵士只能靠野菜充饥，战斗力锐减。陆稳于七月十八日发兵征讨，捷报频传，节节胜利。将士称黄廉妙算如神，陆稳自是欢喜。次年张琏败，陆稳升兵部右侍郎，仍抚其地。

陆稳征讨张琏获胜晋升，心里自然高兴，想："黄廉筑坛求雨，预言征讨必胜，令将士闻之欢欣鼓舞，又备防暑降温药物，避免了将士因长途跋涉而中暑，极大地提高了士兵的战斗力。另外，黄廉医术也不错，听说他有很多秘籍医书，我倒想看一看。"

黄廉得知陆稳想看医书，主动将万密斋所著的《痘疹骨髓赋》《痘疹西江月》和《痘疹心要》初稿送给陆稳阅示，不过黄廉隐去了万密斋的名字，只说此书是他家几代人的心血凝集而成，编有目次，曰"痘疹全书"，共10卷。陆稳看到全书以词赋歌诀为主体内容，特别是看到《原痘赋》《原疹赋》《治痘西江月调》《治疹西江月调》后，被其优美的文字吸引住了，他没想到黄廉有如此高的文才，便问道："全书付梓没有？"黄廉忙说："还没有付梓。"

陆稳想到自己刚刚凯旋，又晋升兵部右侍郎，何不将此书付梓，造福一方？便对黄廉说："我看此书甚好，特别是治痘部分，实用性很强，我决定将此书在赣州付梓，请先生再详细审阅一遍，避免讹误。"

黄廉忙跪地称谢。没想到南方吉利，真是名利双收。从此，对陆稳愈加恭敬。

嘉靖四十一年（1562年），《痘疹全书》10卷刻于南赣军营，黄廉声望一下子提高了。

嘉靖四十二年（1563年）六月，陆稳调兵部右侍郎。黄廉随陆稳到湖州，举家迁往湖州居住，此后，在湖州发迹立足。

陆稳是一位豁达绅士，退休回湖州后，又于万历二年（1574年）七月重刻黄廉《痘疹全书》上下两卷，并为其书作序。

陆稳序介绍了他先后两次为黄廉刻书的情况，第一次是嘉靖四十一年（1562年）刻于虔州（赣州），第二次是万历二年（1574年）刻于湖州。他回忆了湖州地区痘毒流行情况：他的嫡孙曾患痘，被湖州庸医误杀，他哭泣悲叹其孙未善终于世，从此他遍访名医，求治痘之方，以免遇到患与孙子同样病症的人时他无法治疗。终于，他在赣州遇到了黄廉（铜壁山人），得到了黄廉的治痘方书，并刻于赣州。当时他还担心未试之书不知是否有效，他退休回苕水（湖州）后，他的小儿子及孙子相继患痘，都赖黄廉调治而愈，而其他患痘小儿则因不遇黄廉而被庸医所误。陆稳感慨说，人生大患莫过于痘，做父母的不知医而延误治疗，即令请了医生，因是庸医而不能治疗，以致很多小孩死于痘疹，真是可哀。而他家的小孩凡是患痘，根据其症状，与山人书中所记医案一一对应，皆治疗有效，然后知山人医术之精。昔日以为该书是未试之书而不知其条目清晰、疗效确切，现在看来这是不可多得的好书。有很多人来求书，遂叫山人再加校核，以广仁人之心。

三、师徒交游，孙一奎受黄廉之教

孙一奎，字文桓，又号生生子。安徽休宁人。精于医，著有《赤水玄珠》30卷、《医旨绪余》2卷、《医案》5卷，合称《赤水玄珠全集》。被国家中医药管理局定为明清时期30位名医之一。

《赤水玄珠全集》卷首载有臧懋循序。

生生子往客吴兴，与铜壁山人习。生生子无不能，会吴兴适医，遂以医术著。而铜壁山人多秘书，悉以授生生子。生生子故无当于今世医，既得受铜壁山人书，则尽弃今世医而返古焉。生生子之术愈益工……生生子孙一奎，新都人。铜壁山人黄廉，楚人。

臧懋循，字晋叔，长兴人。万历八年（1580年）进士。官南京国子监博士，以博学闻。吴兴即湖州。

孙一奎在休宁成名后，做起了游医，一面行医，一面拜师学艺。万历二年（1574年），孙一奎挟术游行至湖州（孙一奎《医案》中又别称之苕溪、霅溪、西吴等），医术相当不错。

湖州位于浙江北部，北通太湖，东连上海，南达杭州。既是富饶的鱼米之乡，又是人文荟萃之地。孙一奎乍到，就听说退休在家的南京兵部右侍郎陆稳刻有一部医书，很想找来一读。有人告诉他，此书是铜壁山人写的，陆侍郎付梓的，何不直接找铜壁山人呢？

铜壁山人即黄廉，在湖州可是大忙人，经常外出巡诊，东到嘉兴、松江，西到安徽广德，南到德清、余杭，北到长兴、吴江，在湖州地区建立了自己的医疗威望。黄廉善于把别人的东西变为自己的，然后到处兜售，达到提高自己威望的目的。

有一人脱肛，红肿，瘙痒异常，似虫叮咬，坐卧不安，找很多医生治疗皆无效。病家找到黄廉，黄廉说他有祖传秘方，专治此症，遂吩咐病家买生猪肚一个，用刀刮下猪肚内垢物，用花椒粉拌匀后涂在纱布上，系在患者脱肛处。次早纱布上细虫无数，肛即收入。患者十分高兴，宣传黄廉医术高明。

其实这种治疗方法并不是黄廉发明的，更不是他家的祖传秘方，而是来自一僧人验案，据《赤水玄珠》载：

一人脱肛，里急后重，百方莫能收。一僧教以取猪肚一具，刮下垢腻，入花椒末拌匀，涂肛上，以青绵布袋兜之，再以温汤入埕（酒瓮）内，坐其上熏之。少顷肛瘪肠收，袋上虫不计其数，以此再不复发。

更有用生艾、川楝根煎汤熏洗的方法较之用猪肚罨法更为简便实用。

黄廉随陆稳到湖州后，由于罩着陆稳的光环，《痘疹全书》传播越来越广，极大地提高了黄廉在江浙一带的声望。孙一奎于万历三年（1575年）见到了黄廉。

孙一奎对黄廉是慕名而来，他年龄又比黄廉小，自称是晚辈，对黄廉说："黄先生，久仰大名。今日相见，能受到您的指教，一定大有裨益。"

"不用客气，先生勤勉好学，在湖州口碑很好，我早有所闻，今日相见，也是有缘。"黄廉说。

两人一见如故，谈得十分投机，回顾了个人身世，谈了到湖州的种种见闻，抒发了各自的志向抱负。

黄廉带着矜夸的口气说："学要有本源，要融会贯通，学以致用。我对家藏秘籍反复研读，才略知一二，应用起来还是不能得心应手。"

孙一奎听黄廉说"家藏秘籍"，恨不得立刻拿到手，但想到"君子爱财，取之有道"的古训，没有动声色，平静地说："先生的医术在湖州一带妇孺皆知，特别是儿科和痘科，可以说无人可及。您撰写的《痘疹全书》简直是金科玉律，屡试屡验，湖州有了先生真是万幸，从此，湖州小儿患痘再不会被庸医所误。"

"是的，《痘疹全书》确实值得一读，我相信您读后，定会有所裨益。"黄廉答。

孙一奎得到黄廉的《痘疹全书》后，爱不释手。从此，两人成了莫逆之交。两人联袂游览了杭州西湖，陶醉于西湖的山光水色，吟诵前贤诗句，当吟到"淡妆浓抹总相宜"时，两人会心地笑了，当诵到"直把杭州作汴州"时，黄廉发出了无限感慨，孙一奎也想到了老家休宁。是年重阳节，两人又携手游虎丘，诗兴大发，当吟到"遥知兄弟登高处，遍插茱萸少一人"时，他们的声音有点低沉，又想到了家乡的父老乡亲。

万历四年（1576年），湖州学子郑明选（字侯升）4岁的长子患痘，他遍请湖州本地名医，都说不能治。郑明选十分着急，痛不欲生。此时有人告诉他，前年从安徽来了一位好医师，名叫孙一奎，治痘很灵验，何不请他来治？于是郑明选请来了孙一奎。

孙一奎诊脉后，根据病情出一方，众持异议。没有办法，郑明选又找来了湖州治痘高手黄廉，黄廉看方后，对郑明选说："孙公之剂，是对症下药的，勿疑。"

郑明选听了黄廉的话，释去疑心，遂用孙一奎方，果然有效。孙一奎又根据病情变化，开了竹茹汤方，又有人说万不可用。孙一奎拿出黄廉所撰《痘疹全书》，检出竹茹汤刚好治此症。反对者知道，他们的医术比不过黄廉，《痘疹全书》是治痘准绳，大家才服气，慢慢地散去。

患儿过了14日收靥，到了夜晚，症状逆变。郑明选急不可耐，到了四更天，黄廉才从松江出诊坐船回来，扣门而入，郑明选急告，患儿病情恶化了。黄廉说："不要着急，我去看一下有何症状，再作道理。"

黄廉仔细察看了病情，告诉郑明选："没有关系，马上就会痊愈的。"

黄廉不仅肯定了孙一奎救治得法，而且还称赞孙一奎说："除了孙公，没有人能治好此病。"

到了第23日，患儿落痂而安。

从此以后，黄廉更加亲近孙一奎，两人同舟出诊，同归共榻，这种亲密交往延续到万历七年（1579年）。

孙一奎一面行医，一面著述。他在《赤水玄珠跋》中写道：

> 是集也，曩予客吴兴时，与铜壁山人创其事。尝虑浩汗（瀚）难竟，中辍者屡矣。……会有事还里中，与予侄元素毕力裒校窜削，积十年乃成，屡谋入梓而未成。复持过吴兴，则铜壁、光禄皆已捐馆（卒世），无由商订，为之慨然。

此跋说明他在湖州行医时就与铜壁山人商量过出书之事，因工程浩瀚，时写时停。回到家乡后，他与侄儿元素共同辑录，十年才脱稿。书写成后，他持稿到湖州，准备再找黄廉商订，其时黄廉已逝世，一奎感到十分惋惜。

以后的刻本卷端题有“友人楚铜壁山人桂峰黄廉校阅”字样，表明孙一奎与黄廉交往十分深厚。

孙一奎治好郑明选长子患的痘后，与郑明选也成了好朋友。郑明选是万历十七年（1589年）进士，官至南京刑科给事中。孙一奎《赤水玄珠全集》付梓时，郑明选有“赠太医孙君东宿序”，序中谈到了孙一奎治好他儿子患痘一事，可见他对孙一奎的感激之深。

四、真相大白，窃名之行为人不齿

《湖州府志》载黄廉“尤精于医，名著三吴间”，可见当时他的名声之大。连名医孙一奎也慕名而来，向他学习儿科和痘疹科。

万历七年（1579年），临清邢邦将黄廉的《痘疹全书》改称《秘传经验痘疹方》，重刊于河北长芦。邢邦将原书中的词赋集中刊于第一卷，将全书分为四卷，题“楚山人黄廉述，临清邢邦刊”。

万历十年（1582年），万密斋以84岁高龄辞世，其时江浦（竹溪）丁凤又撰述黄廉之说，辑《痘科玉函集》八卷。日本丹波元胤说：“是全书袭黄廉《痘疹全书》，而第八卷附古西蜀龙公说心法六条，无复所发明矣。”可见黄廉之说影响之广。

黄廉沽名钓誉，虽然蒙骗一时，终究真相大白，遭人抨击。

嘉靖四十一年（1562年），陆稳在赣州为黄廉刊刻《痘疹全书》10卷。第二年信丰知县胡明通看到此书，大吃一惊：书中内容不是我的老同学万密斋写的吗？怎么成了黄廉的著作呢？巡抚陆稳怎么还为他付梓呢？胡明通越想越不对，决定将此事告诉万密斋。

胡明通比万密斋大一岁，两人都是张明道、胡明庶的学生。在庠学时，胡明通的弟弟胡明睿曾妒忌万密斋早补廪膳生，与万密斋不团结，后因万密斋不计宿怨，治好了胡明睿孩子患的痘，两人和好如初。胡明通知道此事后，非常敬重万密斋，所以他要将黄廉剽窃万密斋著述一事告诉万密斋。

但他又想到，《痘疹全书》是巡抚陆稳付梓的，陆稳是他的上司，将此事说出去会不会得罪陆稳呢？应该不会的，因为陆稳并不知道黄廉的书是剽窃的。随后，胡明通把黄廉的行径告诉了万密斋。

万密斋在隆庆二年（1568年）《痘疹心要》刊行时已公开指斥其书稿曾被人剽窃。隆庆五年（1571年）孙光祖重刊《痘疹心要》时，指出黄廉书与万全书相同但不及万全书之详。万历七年（1579年），万密斋又在《痘疹心要改刻始末》中指出其书被“王濂”（指黄廉）剽窃，刻于赣州。

明代医家高武见黄廉《痘疹全书》时感到似曾相识，他发现该书每章之首都讳前人之名，欲为己有，故十分怀疑，决定亲自去访见黄廉。后才知道此人刚愎自用，夸夸其谈。

日本丹波元胤在考证黄廉剽窃万密斋著作时就已指出：万密斋所著《痘疹心要》（初本），被黄廉剽窃为己作，并命名为《痘疹全书》。《痘疹全书》又被孙一奎择要记入《赤水玄珠》中。毛德华先生将《赤水玄珠》所录黄廉医论医方的来源一一进行剖析，如胃苓丸、月蟾丸、集圣丸三方，是万氏家传儿科的骨干方剂，为教授诸子及门徒，万密斋反复将它们编入自己创作的词赋歌诀之中，万密斋的弟子们将背诵这些词赋歌诀作为临证入门及备忘的捷径，万密斋这些家传效方，随着歌诀的流行和普及，也得到广泛的传播。孙一奎在《赤水玄珠》中载明上面这些方剂出自黄廉，足以证明黄廉的剽窃行径了。

让真相大白于天下，将《痘疹全书》的著作权归还万密斋，应感谢著名刻书家吴勉学。

吴勉学，字肖愚，歙县人。他留心医学，校勘并辑刻医书73种，是医学史上著名的刻书家。

吴勉学在辑刻《痘疹大全》时，收入《痘疹全书》2卷。吴勉学是一个严谨正直的文人，他看了日本丹波元胤考证黄廉剽窃万密斋著作的论述，看了万密斋三次对王濂（即黄廉）剽窃自己著作的申述，看了高武对黄廉的斥责，认清了黄廉的嘴脸，认为一定要揭穿黄廉的剽窃伎俩，一定要将

《痘疹全书》的著作权归还万密斋。为此，吴勉学采用了一个巧妙的办法，既不伤陆稳的面子，又揭开了黄廉伪装的面纱，还要还清白于万密斋：在重刊《痘疹全书》时，吴勉学将原作者“黄廉”直接改题为“万全”，并将陆稳为黄廉写的序刻于卷首。这下陆稳自然会明白是自己没有搞清事实真相，受了黄廉蒙蔽。“这是我的，还是别人的”，黄廉当然清楚。万密斋在九泉之下，更应该含笑了。

黄廉剽窃万密斋的著述后，在社会上造成很大影响，他的名声一时远远超过万密斋。原因有4条：

1.黄廉抢占先机，其书首先在社会上传播

嘉靖四十一年（1562年），陆稳在赣州为黄廉刊刻《痘疹全书》10卷，该书全部内容都出自万密斋的书稿。到了隆庆二年（1568年），郧阳巡抚孙应鳌才刊行万密斋的《痘疹心要》。黄廉的书比万密斋的书早刊行6年。万历二年（1574年），陆稳在湖州重刻黄廉的《痘疹全书》并写序言，极大地提高了黄廉的声誉。

2.黄廉的靠山硬

黄廉的靠山是陆稳。陆稳为湖州人。嘉靖四十年（1561年）在巡抚任上，平叛在饶平山称帝的张琏有功，升兵部右侍郎，在政坛上是一位风云人物。黄廉因治好了陆稳子孙患的痘而得到陆稳的信任，在陆稳光环的照耀下，黄廉在三吴名声大振。

3.黄廉徒弟名气大

黄廉大徒弟孙一奎，是明代名医，著有《赤水玄珠》30卷、《医旨绪余》2卷、《医案》5卷，合称《赤水玄珠全集》。

万历二年（1574年），孙一奎挟术游历到湖州，经过一年多时间，打听到黄廉其人，决定去拜访他，两人见面，“心有灵犀一点通”，谈话很是投机。孙一奎知黄廉多秘书，很想一见，黄廉“悉以授生生子”，孙一奎如获至宝。之后孙一奎在他的著作中多处引述黄廉所授，著成《赤水玄珠全集》。

万历七年（1579年），临清邢邦重刊黄廉的《痘疹全书》，改称《秘传经验痘疹方》。万历十年（1582年），江浦（竹溪）丁凤撰述黄廉之说，辑《痘科玉函集》八卷。可见黄廉名气之大。

4.黄廉居住地区经济发达

黄廉随陆稳迁湖州并定居湖州。湖州地区经济十分发达，交通便利，为黄廉行医创造了有利条件；而万密斋生活在罗田，穷乡僻壤，交通闭塞，百姓生活极苦，相对来说，阻碍了万密斋医术的传播。

由于上述4条原因，在当时，万密斋的名气被黄廉的名气掩盖了。后来吴勉学将《痘疹全书》以万全的名义刊出，该书著作权才回归万密斋。

当然，客观地讲，黄廉在推广万密斋学术及济世活人方面也有所贡献，但由于他剽窃失德又好狂妄大言，至今为学人所不齿。

第二章
关心民瘼刊《心要》，恢复名誉话友情

万密斋一生中共三次撰写关于痘疹方面的著述，每次所写的本子都在社会上流传并产生了重大影响。惜《片玉痘疹》《片玉心书》《痘疹心要》（初稿）皆为黄廉所窃。隆庆年间，经过万密斋修订的《痘疹心要》终得付梓，该本是首先以万全之名刊行的万氏著述。

一、三世心血，万密斋两次编订《痘疹心要》

万密斋的祖父万杏坡，字兰窗。杏坡作为万氏医学开基创业的第一世，是一位很有才华的医生，为子孙后代留下了宝贵的学术经验。他在江西省南昌府进贤县很有名气，可惜死得早，他去世时其子万筐尚年幼。

万密斋的父亲万筐，字恭叔，号菊轩，谱名松寿，生于明正统十二年（1447年），34岁时迁到罗田，卒于嘉靖七年（1528年）冬，享年82岁。德配陈氏在万筐53岁时才生万密斋。万筐迁罗田后，医术大行，闻名遐迩，特别是在小儿科，有独到的理论和经验，被颂为“万氏小儿科二世”，万筐整理了万杏坡的医学著述。

万密斋和父亲万筐相处了30年，可以说得到了父亲耳提面命的教诲，这影响了他一生。父亲临终时对万密斋说：“儿时我叫你学儒，医出于儒，你母亲还不信，现在看来路走对了。你打好了儒学基础，对行医著述都有好处。我去世后，希望你把万氏家绪传承下去，把万氏秘籍整理成帙，发扬光大，造福于桑梓百姓。”

万密斋点头，一一记下了父亲的临终遗嘱。万密斋对祖父和父亲的遗嘱非常重视，在他的著述中多处提到他祖父的医疗经验，如“吾之先祖，以此立法”，“祖训治急惊风只用……”等。在《幼科发挥》的“泄泻”一病中，分别记载了祖孙三代人的医疗经验：“此祖传之妙诀也。”“此祖传之妙法也。”“此予先父之秘授也。”“此予心得之妙。”可见万密斋对祖传或父传经验的记载是毫不含糊的。祖父和父亲的一些观点和经验也被他融入自己的著述中。

万密斋的父亲万筐曾对他讲痘疹一科的立法原则：“关于治痘疹的方法，钱仲阳主张用‘凉泻’的方法，陈文仲主张用‘温补’的方法，二人的观点不同，我们不能盲从，执偏门之说，应将二法相结合。钱仲阳用‘凉泻’是患者烦恼大小便不通的缘故，陈文仲用‘温补’是患者泻渴、手足发冷的缘故。虚则进补，实则通泻；要使虚实调和，阴阳相济，达到平衡，不能让一方偏胜。”

万密斋根据父亲的传授，遇到痘疹患者，依法施治，效果很好，万密斋积累了很多临床经验，为写作《痘疹世医心法》积累了宝贵素材。

万密斋为了教自己的儿子和徒弟学医，把深奥的医理和实用的医术以生动的韵文撰写出来，便于生徒们记诵。在嘉靖二十五年至二十六年（1546—1547年）两年内，先后撰成《痘疹骨髓赋》及《痘疹西江月》。

之后他收辑家教材料，按照歌括编例，于嘉靖二十八年（1549年）完成《痘疹世医心法》。书前他写了一篇《痘疹世医心法自序》，言此书目的是传扬万氏家传的活人之术。该书包括《痘疹骨髓赋》和《痘疹西江月》，共10卷，分总论、发热、见形、起发、成实、收靥、落痂、余毒、妇人痘疹、疹毒等篇目。

嘉靖三十一年（1552年），万密斋撰成《痘疹格致要论》。万密斋在

《痘疹格致要论》自序中说，父亲菊轩翁，是江西豫章人，明宪宗成化庚子年（1480年）迁罗田，医术高明，特别是在小儿科，有独到的造诣。

万密斋成家后，父亲常对他说："我治好了很多患者，尔后我们家必昌。现在我把你送到县学读书，那里有罗田巨儒张明道、胡明庶当老师，你一定能学到儒家经典，不管是走科举道路，还是学医，都会大有裨益。"

万密斋十分高兴，答道："我一定好好学习，不辜负父亲的期望。"

当万密斋的事业快要成功时，父亲去世了。那年万密斋30岁，开始在家守孝三年。

这段时间万密斋十分痛苦，处在人生道路的十字路口：走科举道路吧，遭到同辈排挤嫉妒，举人又屡试不中；走行医的道路吧，又觉得辜负了父亲的期望，对不起父亲。

嘉靖十年（1531年）春，万密斋守孝期满，本想重新回到县学读书，但由于受到戊子年（1528年）秋试挫折，万密斋不得不放弃科举道路，到与罗田县接壤的英山县教书。应该提到的是，万密斋的儒学是学得很好的。他的著述中的赋体、歌括写得非常精彩，韵文应用也得心应手，经史百家以至法律，他都有所著述，惜乎未传。

万密斋的教书生涯是短暂的，他很快走上了行医之路。他系统地整理了祖传秘籍。他深知天行斑疮为毒最酷，古人论述并不全面。他深研秘旨、发挥奥义，提出了很多创新观点，如胎毒理论、归肾辨证，前人都未述及。

万密斋做学问非常严谨，《痘疹格致要论》写成后，犹恐认识不深刻，表达不确切，不敢轻易示人，更谈不上付梓。

《痘疹世医心法》10卷和《痘疹格致要论》11卷合称《痘疹心要》，这就是所谓的嘉靖初本《痘疹心要》。

罗田名儒胡三溪、萧楚梧、万宾兰看到初本后，一致认为是传世之作。不仅文字优美，而且内容丰富，医理透彻，条理清晰，实用性很强，是济世良方。他们一致希望万密斋将其付梓，传之于世。盛情难却，万密斋同意刊刻。但是工程浩瀚，耗费颇多，资金一时难以凑手，此事便拖延了。

隆庆二年（1568年），万密斋对初本《痘疹心要》进行修改。从嘉靖三十一年（1552年）《痘疹格致要论》完成算起，时间已过去了16年。在医疗实践中，万密斋又积累了很多宝贵经验，觉得必须对初本《痘疹心要》进行修改，理由有两点：一是初稿完成后，本应秘藏于家，但已被黄廉剽窃，于嘉靖四十一年（1562年）由陆稳刻于赣州，在社会上广泛流传，万密斋由此生怕有谬误流传；二是初稿不成熟，只是信笔草草，有遗漏的地方，有需要改正和补充的地方。

主要修改内容有：

第一，修改《痘疹世医心法》内容，该书嘉靖初本为10卷，隆庆改本为12卷，最后2卷全部是方剂，系将书中各证治条下的方剂统一编号，集中置于末2卷。

第二，修改《痘疹格致要论》的内容形式。嘉靖初本《痘疹格致要论》自“痘疹论”至“药性”共11卷，重要篇目、首尾篇目及全书的卷数，与后来两次修订本中所载相符，说明初本所设定的基本框架和重要篇目，与后来的修订本基本是一致的。

隆庆改本《痘疹心要》包括《痘疹世医心法》12卷和《痘疹格致要论》11卷。

万历七年（1579年），万密斋以81岁高龄再次修订《痘疹心要》，修订后书名仍为《痘疹心要》，为与隆庆本相区别，后人改称万历定本为《痘疹心法》。

二、心存感激，孙应鳌为万密斋恢复名誉

在万密斋的人生道路上，除了父亲万筐，对他影响最大的另一个人是郧阳巡抚孙应鳌。

孙应鳌，字山甫，号淮海，又称淮海山人。贵州清平人，祖籍南直隶如皋。饱读诗书。嘉靖三十二年（1553年）进士。官至南京工部尚书，谥

文恭。著有《淮海易谈》《律吕分解》《律吕发明》《学孔精舍汇稿》《庄义要删》等。孙应鳌还是一位诗人和书法家，他写的《华山杂咏》十绝和《华山诗》八首等书法作品现藏于西安碑林博物馆。隆庆元年至三年（1567—1569年），历任湖广右布政使、郧阳巡抚。

隆庆元年（1567年）孙应鳌任湖广右布政使，公府设在武昌城。孙应鳌只有一女，年5岁，长得活泼可爱，孙应鳌把她当成掌上明珠。不料五月份小女孩患泄泻病，上吐下泻，身热口渴，孩子一天天消瘦下去。孙应鳌夫妇十分着急，请武昌一位名医治疗。名医认为孩子患痢泻症，用补剂治疗；孩子身子更热，口更渴，消瘦更厉害，拖了2个月，病情日重。孙应鳌夫妇急得吃不下饭，睡不着觉。

他的部下也都很着急。有一位叫王滨江的黄冈人，懂医术，早知道万密斋的名气，便向孙应鳌推荐道："孙大人，我的家乡有一位名医叫万密斋，快70岁了，医道老成，曾经治好黄州府省祭许成仁先生儿子的咳血病，是当今儿科名医，何不请他来为小姐治病呢?"

孙夫人在一旁听说有如此高明的医生，急着说："小女的病再耽误不得了，快把万医师请来吧!"

孙应鳌点头同意。七月十三日，王滨江急派两名差吏，带着他的亲笔信，连夜乘船至团风，由团风驿站转乘快马直奔罗田大河岸。万密斋得信后，收拾好随身物品，与两名差吏直奔武昌公府。

王滨江站在门口迎接万密斋。互致问候后，王滨江将万密斋引到客厅会见孙应鳌。孙应鳌见万密斋身材伟岸，身着白绸短褂、黑色长裤，宽额，一双深邃眼睛炯炯有神，一派儒医风度，第一印象不错，起身道："先生一路辛苦了，请坐!"

万密斋迅速打量了一下孙应鳌，见他上穿提花对襟黑绸褂，下穿素绸长裤，瓜子脸，高鼻梁，眼神略显疲倦，忙施礼说："不用客气，孙大人好!"

孙应鳌吩咐女佣将小姐抱出，万密斋首先察看小姐形色，诊脉后对孙应鳌说："小姐久泻气虚，津液不足，因而身发热、口干渴；饮汤水过多，是脾受湿，而泄泻不止，肾愈燥，使得干渴更厉害。泻则伤阳，阴虚则发热。"

孙应鳌知道万密斋医理剖析颇明，便问："用什么方剂？"

万密斋答道："治疗的原则应是专补脾胃，促使津液分泌生成，因而应先止渴，渴止后泻才能止，而热就会自动消除。"

万密斋告诉孙应鳌夫妇，让孙小姐这段时间切勿饮水，而用大剂量的白术散煎汤，以汤代水，半天喝两次。万密斋认为，肺为津液之主，若肺金太燥，不能生水，便会燥渴不止，又用精制天花粉与葛根等分同煎，只服一次。孙小姐当夜渴减，泻微止。过了两三天，孙小姐渴泻俱止，精神好多了，但还有余热。

孙应鳌问万密斋："万先生，为什么不用胡黄连、银柴胡退热呢？"

万密斋答道："胡黄连、银柴胡药性苦寒，小孩胃气弱，易伤，故不敢用，只用白术散就可以了。"

如此治疗不到10天，孙小姐的病基本好了。孙应鳌非常欢喜，便对万密斋说："先生医术果然高明，别的医师治疗2个月，小女泄泻病不见好转，先生治疗不到10天，就把小女的病基本治好了。我想叫先生多留几日，以便早晚调理小女，以安慰我爱女之情。"

万密斋欣然同意。又经过半个月的精心调治，孙小姐热自除，体温恢复正常，又变得健康活泼了。

孙夫人抱出小女孩，向万密斋道谢。小女孩说："感谢爷爷救命之恩！"

大家哄堂大笑。

孙应鳌大喜，又问万密斋病后调理的方法。万密斋推荐了参苓白术散方，介绍了药性药理，做成丸剂，按时服用。孙应鳌又问万密斋读书情况，万密斋如实以告，孙应鳌因此更加敬重万密斋。

一日，孙应鳌请万密斋陪他喝酒，席间，两人谈得非常投机，孙应鳌问："万先生您读过哪些书？"

"书倒是读得不少，'四书'、'五经'、诸子百家、诗词歌赋、律历天文，可以说都读到了。家世业医，参透《内经》《难经》，这是从医本源；熟记《脉经》，这是行医准绳；考证《本草》，这是开方剂药必须知道的。我还参考了张仲景、刘河间、李东垣和朱丹溪的有关著作。"

"啊，万先生读书破万卷呀，谁是您的老师呢？"孙应鳌惊讶于万密斋书读得多，接着问到他的老师。

万密斋答："我就学于罗田巨儒张明道先生和胡明庶先生。张明道先生是嘉靖己丑进士；胡明庶先生是嘉靖壬辰进士，殿试探花及第，授翰林院编修。他们谙熟经史律历之书，可以说是学富五车之士。"

孙应鳌激动地说："名师出高徒，万先生一定有不少著作吧？"

"我从6岁开蒙，到33岁离开县学，到英山县教两年书，这期间一直没有放弃儒学。对于经史律历以及诸子百家，我都感兴趣，曾经写过《诗经释疑》《论语注解》《孟子旁通》。从嘉靖二十八年开始撰著，医学著述计有《素问浅解》《本草拾珠》《伤寒蠡测》《脉诀约旨》《医门摘锦》《保婴家秘》等。以后我又三易稿，写成《痘疹心要》。"万密斋如数家珍，娓娓道来。

孙应鳌听到万密斋著述如此之丰，对他更加敬重。孙应鳌的文学修养，在朝野早负盛名，他的佛学造诣也很深，而万密斋旁通三教，涉猎百家，知书识理，故两人情投意合，相见恨晚，谈佛论道，引经据典，忘其形迹，可以说是"心有灵犀一点通"，十分投机。

酒过三巡，各有醉意。万密斋看到对面坐着的颇有文名的进士、官至右布政使的孙应鳌，想到自己的身世，脱口问："孙大人，考进士很难吧？"

孙应鳌笑答："说难也不难，说不难也难，能考上的人毕竟是少数。我先以《礼记》中乡试，后以《书经》中会试，算是一帆风顺，现在官做到湖广右布政使，我也心满意足了。"

万密斋已经八分醉意，嘴里喃喃地说："还是做官好啊！"

孙应鳌听到后，也喃喃地说："还是行医好啊！良医同良相，您治人无数，比我的贡献大呀！"

“哪里哪里，大人为一方之主，受到百姓爱戴。”

“哪里哪里，先生救死扶伤，救人一命，胜造七级浮屠。”

“哪里哪里……”

两人完全喝醉了。

第二天醒来，孙应鳌又找来万密斋。两人见面，会意一笑，万密斋说：“昨天失态了。”

“酒逢知己千杯少呀！”孙应鳌说。

“大人找我有事吧？”万密斋问。

“找您当然有事。今年省城乡试，我是主考官，阅卷量很大，我在试场内不能出来，想留您到八月，以宽我爱子之心，不知先生意下如何？”

“当然可以。”

听到此话后，孙应鳌很高兴，对万密斋说：“我在陕西做主考官时，因阅试卷时间长，用眼过度而得眼疾，若看书时间长了，眼珠就会发胀疼痛。今年我又要当主考官，阅卷时间长，恐怕眼睛受不了，请先生给我开一方，我好调养！”

万密斋以八珍汤为主，去白术、川芎，用人参、白茯苓、甘草（炙）、当归（酒洗）、白芍药（酒炒）、生地黄（酒洗），加麦门冬、五味子、柏子仁、酸枣仁、黄连（炒）减半，共十一味，呈给孙应鳌。

孙公看后，问万密斋：“万先生，为什么不用菊花、蔓荆子？”

万密斋解释说：“凡生眼疾，分外生和内生两种。因受风热而引起的眼病叫外生，适宜发散，故用菊花、蔓荆子、防风之类；因久视伤血而生的眼疾，应以养血为主，所谓目得血而眼自明。”

孙应鳌听了十分高兴，令人按方抓药，用药袋分装，共20剂，然后用大箱子装好，于八月七日连同生活用品由仆人送入会试场所。孙应鳌吩咐义子孙还早晚陪伴万密斋先生，照顾好他的生活起居。孙还极聪明，又好学习。孙应鳌在四川作廉使时，叫孙还学习医术，孙还因此知医，尤其善于针灸。他很乐意与万密斋在一起，认为是提高医术的好机会。

孙夫人对孙小姐十分娇爱。八月十三日，天气极热，孙小姐看见家中有新鲜菱角，拿起来就吃，夫人未制止。因孙小姐脾胃尚弱，易伤生冷，晚上发喘，第二天面目浮肿，孙夫人大惊失色，忙叫孙还找万密斋。

万密斋至，先察看孙小姐形色，然后诊脉，叫孙还告诉夫人，千万不要着急，有密斋在，保孙小姐平安。

孙还问："用什么方好？"

万密斋对他说："以钱氏异功散为主治，加藿香叶以去脾经之湿，紫苏以去肺经之风，病就会治好。"

孙还依方抓药，小姐只服一剂，肿消喘止。孙还记下此方，备不时之需。

八月二十九日揭榜后，孙应鳌出场。出场后，他对万密斋说："万先生所开的方十分有效，我在考场中，每天服一剂，虽然昼夜阅卷，眼不胀痛，也不生眵泪，一点也不觉疲倦。"

万密斋听后亦喜，遂记录为案。

孙还告诉父亲，万密斋治好了妹妹的浮肿病。孙应鳌见其方，知道万密斋用药简洁，药到病除，甚喜。对万密斋说："此可作一医案。"又留万密斋住至九月十日。

万密斋在孙应鳌公府上住了将近两个月，治好了孙小姐的泄泻病和浮肿病，孙应鳌存感激之心，又通过交谈，知道万密斋不是一般医师，而是一位儒医。对万密斋在县学时受到歧视被取消诸生资格，孙应鳌感到有责任帮他恢复名誉。

隆庆元年（1567年）九月十日，孙应鳌接见罗田知县唐肖峰，当唐面，下发了公牍——札，奖励万密斋三件物品：冠带、儒医匾、白金（白银）十两。命知县唐肖峰执行。

札，是当时一种公牍。布政使司特定发给万密斋，罗田县官方必须接受，因为札不是一般的普通信件，具有权威性。冠带是布政使司赐给万密斋的衣帽，即儒学生员的冠带。

为什么布政使司要给万密斋下发文件和赠冠带呢？联系万密斋弃举从医的转折，我们就会找到答案。

万密斋在县学时，提前取得诸生（秀才）的资格，招来嫉妒，遭人陷害，申告无门，百般无奈，不得不放弃诸生资格。作一个普通知识分子，万密斋离开县学已经36年了。据《明史·选举志一》载，“诸生……其累试不第、年逾五十、愿告退闲者，给与冠带，仍复其身。”那些年老而无所成就的秀才，仍然可以穿戴秀才的衣服，享受秀才资格待遇。万密斋33岁时“自弃诸生”，显然不在“愿告退闲者”之列，连老秀才的资格也丢了。

现在，布政使司和罗田县衙两级官府正式下文件，赐冠带，为万密斋恢复秀才身份，去掉了万密斋藏在心里头36年的一块心病，证明了他的清白无辜，为他恢复了名誉，这在当时“万般皆下品，惟有读书高”的社会氛围里，对于一个传统儒学家庭来说，无疑是值得庆贺的一件事，是值得他大书特书的一件事。可见，在万密斋的心目中，冠带是极为重要的东西。

儒医匾是布政使所赐，比知县所赐儒医匾自然高出两等，这是十分荣耀的奖赏，使万密斋的医疗声望和社会地位更高。“居高声自远”，自此，万密斋的声名远播。白金是利市，因医术高明，万密斋得到的奖赏多，自不必说。

这是万密斋第一次去孙应鳌那儿治病，药到病除，剖析医理透彻，深得孙应鳌赏识。特别是万密斋谙熟儒学，旁通三教，具有很高的文学修养，孙应鳌更是找到了知音。两人都是饱学之士，从此成为至交。

三、二次重逢，主客谈医论道话知己

隆庆二年（1568年），孙应鳌由湖广右布政使迁郧阳巡抚。他的小女儿五月染痢疾，荆州、襄阳、德安、郧阳四府医官都请遍了，都没能治好孙小姐的病。

拖到七月不见好转，孙夫人对孙应鳌说：“官人，女儿的病拖了这么久，这些地方的医师怕是治不好，还是请罗田的万密斋先生吧！”

孙应鳌说：“我正有此意，只是担心路途遥远，万先生已经是70岁的人了，怕他吃不消。”

“我看没有问题，您看去年他在府上，身体硬朗得很，思维又敏捷，比年轻人还强。”夫人急切地说。

孙应鳌派衙差王嘉宾带着自己的亲笔信去请万密斋。王嘉宾骑着快马，日夜兼程，每逢驿站就换马，不到五天时间，就赶到万密斋府上。

万密斋看过孙应鳌的亲笔信后，知道孙小姐今年患痢疾，感到事不宜迟，吩咐邦忠在家照顾好母亲，有人求医，必须热情周到，随后辞别夫人，随王嘉宾赶赴郧阳。

王嘉宾一路小心翼翼地照顾万密斋，生怕他年老体力不支。殊不知万密斋能吃能睡，起早摸黑，一点不叫累。而且他骑马技术很好，腰微躬，手扶马鞍，身子的节奏与马匹行动节奏一致，看上去十分协调。为了缓解疲劳，他不时变换姿势。过襄阳后，道路崎岖，十分难行，万密斋凭借娴熟骑技，一点也没有影响前进速度。

路上万密斋经常讲一些历史故事，王嘉宾听得津津有味。过随州时，他讲了炎帝神农氏和黄帝轩辕氏争霸中原、自强不息的故事，他们是我国古代两个很有作为的帝王，因而成了中华民族的祖先。过襄阳时，他讲了刘备三顾茅庐请诸葛亮出山的故事，诸葛亮足智多谋，提出著名隆中对——联吴抗曹，借荆州经营益州，遂成魏、蜀、吴三足鼎立之势。过武当时，他讲了道教故事，道教东汉时开始形成，道教徒尊称张道陵为天师，有许多派别，武当派是道教主要派别之一。

自罗田到郧阳整整走了五天五夜，孙应鳌听说万密斋到了，急叫人请万密斋到客厅。

两人见面后大喜，孙应鳌说：“我小女五月患痢疾，到七月未愈。荆、襄、德、郧四府医官治疗未效，今幸得您来，小女一定会得救的。”

万密斋连忙说：“去年在湖广，托台下的福，幸喜小姐药到病除，我怎敢贪天之功以自夸呢？小姐万福，患痢疾不用担心。”

万密斋询问小姐病情，孙应鳌据实以告。察形色、诊脉后，万密斋开出河间黄芩芍药汤加入人参的方子，煎服，5天后，孙小姐的痢疾就止住了。

孙应鳌对万密斋说：“那四个医官，我问他们，养其血而痢疾自止，调其气而后重自除，应该用什么方剂？他们四个人，没有一个能答得出来。今见先生所用方剂，正是养血调气方剂，果然有效。”

万密斋说：“抚台见解甚是，儒能通医，果然如此。”

孙应鳌在政务之余对万密斋说：“小女去年五月得泄泻病，赖您治愈，今年五月得痢疾，又赖您治疗而安。小女两年来所得的病，都是在五月份得的，不是泄泻，就是痢疾，这是什么原因造成的?”

万密斋答道：“这是脾虚的缘故。您和夫人对小姐过于娇养爱惜，饮食无节而伤脾。脾是阴中之至阴，属己土。夏至一阴生，离卦主夏纳己，一阴初生，阴土尚柔弱，加之饮食不节而伤，因而常在五月生泻痢等症。”

孙应鳌说：“既然如此，烦您立一方剂调治，免得他年再病，可以吗?”

万密斋答道：“可以。”

遂以参苓白术散方去扁豆、桔梗，加陈皮、青皮、木香、砂仁、使君子、神曲、粳米粉、荷叶，水煮糊为丸，一日分三次服用，从此小姐爱吃饭，身体也结实了，再未受泻痢之苦。

孙应鳌患有肿胀病，经常心悸，请万密斋治疗。万密斋诊脉后对孙公说：“抚台脉浮弦滑而急，病在心肺。”

孙应鳌听后，暗自惊奇，“我曾患过肺病，并未对万先生讲过，他却从我的脉象中诊断出来了，若不是医道老成者，根本做不到。”心里十分佩服万密斋，对万密斋说：“我曾患过肺病，先生果然精明，竟能诊断出来。您是怎样诊断出来的呢?”

万密斋笑答：“上焦如雾，因血为阴，心肺在鬲肓之上，覆盖各脏，滋养百脉，如此清雾，润肺太过则伤心血。血既亏省，真阴不足，不能不交于肾，这就是心悸产生的原因。抚台曾患肺病，不能疏通诸气，通调水道。经曰：诸气郁结，皆因肺起，这就是抚台上身肿胀的原因。故脉浮弦，发虚、发胀；滑为数、为火，所以心悸。”

孙应鳌听后，心悦诚服，遂问万密斋：“病症知道了，用什么药治疗呢？”

万密斋答道：“要治抚台的病，惟用人参、知母以养肺之阳；当归、麦门冬以养心之阴；五味子、酸枣仁之酸以收心悸；枳壳、桔梗之苦辛以开结消胀；黄连、山栀仁之苦以降浮散之火而止心悸；柏子仁之辛、黄柏之苦以滋肾中之阴；炙甘草之甘温以调和阴阳，有升有降，使之平衡。这样心悸可止，肿胀自消。”

巡抚听后大喜，遂按方用药，炼蜜制丸，按日服用，果然灵验。

万密斋在郧阳期间，还为其他多人治过病，如治郧阳杨举人之子疹后下血，治郧阳知县一婢临产子痫等。

四、关心民瘼，孙应鳌在郧阳刻《痘疹心要》

万密斋第一次与孙应鳌见面是在隆庆元年（1567年），孙应鳌任湖广右布政使，因治孙小姐病泻，万密斋在其公府住了近两个月，两人建立了深厚友谊。万密斋与孙应鳌第二次见面是隆庆二年（1568年），孙应鳌迁郧阳巡抚，因治孙小姐病痢，万密斋又在孙府住了两个多月。两人友谊进一步发展，成了推心置腹的朋友，无话不谈，就连一些难以启齿的隐私，孙应鳌也向万密斋吐露。

孙应鳌处理完政务之后，喜欢和万密斋饮酒聊天，即所谓“卮谈”。一天，两人在一起饮酒，快到半醉时，孙应鳌把积压在心中多年的一件事说出来，向万密斋请教。原来孙应鳌到了40岁还没有嫡嗣。在封建社会里，不孝有三，无后为大，这自然是孙应鳌最关心的问题。虽然有一个女儿，但体弱多病，幸万密斋调理而安；但毕竟女儿不能传宗接代，义子孙还又不是嫡嗣，这块心病孙应鳌老是放不下，因此就向万密斋请教广嗣之道。

看无旁人，孙应鳌就问万密斋：“万先生，论年龄您是我的长辈，论生活阅历您是我的老师，我向您请教一下广嗣之道。如何才能生一个胖儿子呢?”

万密斋告诉他：“男女媾精，万物化生。男子性功能健全，女子月事有规律，应期交接，未有不怀孕生育的。这当然是理想状态。然而，男子有阳道不强的人，这是由于肾气、肝气不足引起的。肾具有作强的功能，肝则具有罢极的本能。肝其所以罢极，是肾的强作引起的，故阳痿而不起不固，是筋气未至的缘故。肝主筋，肝虚则筋气不足。阳痿不坚不固，是骨气未至的缘故。肾主骨，骨虚则骨气不足。另外，在交接之时，其精易泄，流而不射，散而不聚，冷而不热，是此神内乱，心气不足的缘故。”

孙应鳌点头问道：“用什么方法可以补救呢?”

万密斋答：“凡有此者，各随其脏气不足而进补。肝气不足则益其肝，如当归、牛膝、续断、巴戟之类。肾气不足则补肾，如熟地黄、苁蓉、杜仲之类。心气不足则益其心，如五味子、益智仁、破故纸之类。再用枸杞子、菟丝子、柏子仁以生其精，使不至于易亏；山茱萸、山药、芡实以固其精，使不至于易泄。修合服用，其药勿杂，其交勿频，其动以正，其接以时，则熊罴之梦，麒麟之子，计日可待。”

孙应鳌说：“果如此，则会多子多孙，《诗经》云螽斯，何不命名为螽斯丸呢?”

万密斋笑答：“抚台所说极是，就叫螽斯丸。”

螽斯丸：当归、牛膝、续断、巴戟、苁蓉、杜仲（姜汁炒）、菟丝子（酒蒸）、枸杞子、山茱萸、芡实、山药、柏子仁各一两，熟地黄二两、益智仁、破故纸（黑芝麻油炒）、五味子各半两。上述十六味分别研末，秤定和匀，炼蜜为丸，梧桐子大。每五十粒空腹服，饭前酒下。

孙应鳌又问：“女子月事或提前或滞后，或多或少，来无定期，如何调理?”

万密斋莞尔一笑说：“凡神思之病，是不好治的。”

孙应鳌不解：“为什么？”

万密斋答：“娇宠过多而关爱不周，想念太深而幸至不到，这样就会神思不舒。女人以身事人而其性多傲，以色悦人而其心多忌，因此难调。”

孙应鳌略沉思说：“按照此意制方，平其气，养其血，开其郁，宜无不可？”

万密斋说：“按抚巡所教制方。”

于是向巡抚孙应鳌进调元丸，方用香附子、川芎、陈皮以开郁顺气，白术补脾利滞血，当归养心生新血，又可治疗其二阳所引发的心脾疾病。

调元丸：香附子一斤（醋浸，春五夏三秋七冬十，捶极烂，晒干，研为细末，十两余醋作糊），当归、川芎、白术、陈皮各五两。上述五味分别碾为粉末，浸药余醋煮面糊为丸，如梧桐子大，每五十粒空腹服，饭前酒下，不喝酒的人，用小茴汤下。

孙应鳌对万密斋非常敬重，除了请教一些医学问题外，还与他谈及民瘼问题，孙应鳌说：“去年我在湖广任右布政使时，知道先生在治痘方面有特别造诣，很多别人治不好的患者，先生药到病除，在社会上有着广泛的影响，这是万民之幸呀！”

万密斋说：“我家三世业医，积累了一些治痘经验。嘉靖年间，我把祖传的治痘经验以歌括形式写成《痘疹世医心法》和《痘疹格致要论》，二者合称《痘疹心要》，初稿已出来，就被人剽窃去了，刻于南赣。当时信笔草草，有些东西遗漏了，我怕谬种流传，又进行修改，刚脱稿。”

“书稿带来了吗？”

“带来了。”

“给我看一下。”

万密斋将《痘疹世医心法》12卷和《痘疹格致要论》11卷呈给了孙应鳌。孙应鳌接过书稿，看到苍劲有力的楷书，心想：“呀！先生的书法不错呀！”当读到《痘疹碎金赋》时，孙应鳌完全被那优美的文辞迷住了，想不到枯燥的医学著述竟变成了优美的文学作品。

看后，孙应鳌对万密斋说："明年我打算乞休，趁我在任，帮先生把《痘疹心要》刊刻了吧，免得社会上谬种流传。"

万密斋喜而不露，对孙应鳌说："总让抚台劳神破费，实感不安。"

孙应鳌说："不必客气。小女前年在湖广病泻，今年在此病痢，皆五六月间，幸遇先生医术精良而治好了。然小女遇先生，先生遇我，非偶然。"

万密斋叩首称谢。

孙应鳌最后一句话中有话，为什么说"小女遇先生，先生遇我，非偶然"呢？孙小姐因遇到万密斋而治好了病，万密斋遇到孙应鳌，又得到什么好处呢？为什么万密斋听了此话还要叩首称谢呢？按照常理，只有病家对医家言谢，岂有反过来医家对病家言谢之理呢？这就使我们想起，孙应鳌在头一年"给札、付冠带"，为万密斋恢复名誉，解决了一个十分重大的问题，今年又为万密斋付梓《痘疹心要》，万密斋感恩戴德，故叩首称谢。此中含蓄之义，如不谙万密斋生平是不容易理解的。诚然，万密斋撰写此文时并非有意渲染此事，但正是他当年真实感情流露，直抒胸臆，诚意可嘉，故信其文如其人。

隆庆二年（1568年）九月，孙应鳌为万密斋梓行《痘疹心要》。这是万密斋著述的第一个刻本，是《痘疹心要》祖本。

孙应鳌在《痘疹心要》序中说：

"隆庆元年，我在湖广任右布政使时，小女病泻，诸医治疗不效，有人说罗田万密斋治疗小儿有神验，请来治疗，果然如此。

"我常在政务之余与万先生卮谈，知道万先生不像其他医生，知道一方一脉就自以为了不起，兜售其术。万先生自《内经》《难经》以及近代医书，无不洞悉原委，判别是非，又能追溯六经性理，植根于儒道。功底十分扎实。他年轻时从科举，因不得志而从医。这是当世医生望尘莫及的。

"万密斋先生著有《痘疹心要》一书，我为他付梓，使它传之于世。以我爱女求医之心推想，则天下父母为保赤子安康的心情大概都相同。赤子患病难保莫过于痘疹。我们根据《痘疹心要》方剂，对症下药，十分有效。万先生医术精湛，溥而大行，怎么能说他不得志呢?”

孙应鳌为万密斋刊刻《痘疹心要》后，该书迅速传播，人们为了求到一本《痘疹心要》，不惜跋山涉水，到处搜寻。可以说，《痘疹心要》付梓，极大地提高了万密斋的社会声望，同时也加深了万密斋与孙应鳌的友谊。

隆庆三年（1569年）二月，孙应鳌乞休，四月，尚未离郧阳。其女已7岁，四月七日发热，时万密斋正在孙应鳌府上，见其女面赤腮燥，知是痘疹。

次日，显出逆痘之症：口角旁便见红，犹如蚊虫叮咬痕迹，不成颗粒，一逆也；腰痛、腹痛，二逆也；昏睡谵语，三逆也；干呕，四逆也。

九日，孙应鳌见女儿症状这么严重，抚膺大恸，痛苦不堪。万密斋再三劝慰说：“从小姐色脉来看，尚不要紧，色脉为本，病症为标，现在小姐标病本不病，急治其标以救其本。”

孙应鳌不信，垂泪说：“您在痘疹书中明确指出，此症不治，何必诳我呢?”

万密斋告诉孙应鳌：“此病在经络，还可以治疗。但是，因中气久虚，不能将毒排出体外，应先从补气开始。”

万密斋用保元汤以补中气，加羌活、防风、荆芥、柴胡发散表邪，用木香、山楂驱逐里邪，调朱砂末以解毒。初九、初十、十一日让孙小姐连进三剂。十三日午时，孙小姐忽昏晕，目闭、口噤，神色俱变，孙应鳌与夫人见了大哭。

万密斋急忙说：“这是要冒汗的征兆，汗出痘就会随出，这叫冒痘。”

过了一会儿去看，果然大汗冒出，痘也出来了。万密斋复用钱氏异功散加黄芪、白芷，将孙小姐调理而愈。

孙应鳌拱手称谢，说：“您没有辜负我为您出版《痘疹心要》一书。”

第三章

爱子保民行德政，六缙绅重刻《心要》

隆庆二年（1568年），孙应鳌在郧阳首刻《痘疹心要》，而陆稳于6年前在赣州为黄廉刻《痘疹全书》，之后又在湖州为黄廉重刻《痘疹全书》。两种版本在社会上都得到了迅速传播。

继孙应鳌刻本之后，隆万年间，万密斋所著《痘疹心要》在湖广、浙江、江苏、陕西等地区由有识之士重刻，其著述和名声逐渐从湖广传播至外省，西达秦地，东至江南。

一、施行德政，孙光祖在黄州重刻《痘疹心要》

孙光祖于隆庆三年（1569年）任黄州知府，非常重视文化建设，建书院，与诸生讲授圣贤之学，当地形成了很浓的读书风气。

孙光祖，字子绍（一作子韶），号怀堂。浙江慈溪人。嘉靖三十八年（1559年）进士，官至广西布政使。

孙光祖的好友秦父冈，隆庆元年，儿子出痘，恶候并见。慈溪一带有名的医师都请到了，没有一个能治好他儿子的痘疹，他眼睁睁地看着儿子死去了。作为父母，其心头之痛，无以复加。因为失去了儿子，所以，秦父冈处处留心痘疹治疗，以防悲剧再演。

秦父冈打听到湖州有一位原籍黄州的黄廉，著有《痘疹全书》，该书由原南赣巡抚陆稳刻于赣州。秦父冈不辞劳苦，由慈溪乘船到湖州，向黄廉求购。

黄廉对秦父冈说："此系祖传秘籍，为了江浙父老乡亲的平安健康，我把它献出来，希望珍重!"

"那是当然。我是专程从慈溪来求购的，我知道它的价值。"秦父冈答。

"我这套书虚实之辨、解毒补疗之法，分门别类，按病用药，井然有序，便于医家使用。"黄廉自鸣得意地介绍。

"我略知医，我带回慈溪后，按图索骥，若能救治患痘病儿，造福桑梓，我们不会忘记黄先生的。"秦父冈说。

秦父冈将《痘疹全书》带回慈溪后，传授当地儿医，儿医按书中方剂治痘，十分有效，于是互相传抄，一时纸贵。当地都称赞黄廉医术如神授。

隆庆三年（1569年）夏，孙光祖告别家乡，到黄州任知府。他的好朋友秦父冈设宴送行。席间，秦拿出黄廉著《痘疹全书》示孙，详细介绍该书精彩内容，他说："黄廉著的《痘疹全书》真是难得的一本好书，内容翔实，文字优美，以韵文歌括形式行文，读起来朗朗上口；对痘疹各个阶段，列出症候，给出治疗方法，对症下药，无有不效。我回慈溪后，将该书遍授儿医，儿医们说，现在治痘有办法，他们救治了很多患痘儿童。"

孙光祖听说后很高兴，对秦父冈说："好。我要把浙江的好医书带到黄州去造福百姓。"

孙光祖带《痘疹全书》到黄州上任，因公事繁忙，一直未付梓。

隆庆五年（1571年）夏，孙光祖进京朝觐，向吏部述职。他从罗田知县那里得万密斋著、孙应鳌刻的《痘疹心要》一套。与黄廉书一一对照，万氏书的内容更加详备，条理更加清晰，欲知其究竟。

一位知情者告诉孙光祖："黄廉是我们黄州府蕲水县人，得到万密斋痘疹书后，携书到江西赣州，受巡抚陆稳赏识，陆巡抚在赣州帮他把痘疹书刊刻了，那是嘉靖四十一年的事。此事由信丰县知县、万密斋的同学胡明通告诉了万，万始知黄廉剽窃了他的著述。第二年，黄廉随陆稳迁湖州。孙知府从慈溪带到黄州的那套《痘疹全书》，那是用万密斋先生的《痘疹心要》初稿和《痘疹骨髓赋》《痘疹西江月》拼凑的，在江浙乃至全国都得到广泛传播，甚至传到了国外。”

真相大白后，孙光祖对万密斋更加敬重，还把这个情况告诉了他的好朋友秦父冈。

孙光祖是一位有识之士，对秀才考试非常重视，常对诸生说：“我觉得所谓士人应以天地为一体，孔子的志向是老有所养、交友讲信用、少有所怀。所谓圣人，必须使天下人各得其所。若有可能做到老有所养、交友讲信用、少有所怀的话，则圣人一定会去做，这就是天地万物一体之心。”

秀才们对此极力称颂，对孙光祖十分敬重，认为他具有君子之风。一时在黄州府各地，尊老爱幼、讲诚信蔚然成风，学子们刻苦学习，举业大进。明嘉靖万历年间，湖北考中进士的以黄州为最多，在全国名列前茅。

秦父冈知道黄廉剽窃万密斋著述后，心里很不是滋味，心想：“我们江浙一向是文化之地，状元进士多的是，哪一个不是靠自己勤奋才取得成功的，怎么能像黄廉那样剽窃别人的著述呢？”他决心到黄州看一看，顺便拜访老朋友孙光祖。

秦父冈千里迢迢来到黄州看望孙光祖，主要是想了解万密斋著的《痘疹心要》。孙光祖出示万氏《痘疹心要》，对秦父冈说：“这套书我反复看了好几遍，万密斋文笔有唐宋古文之风，引经据典，恰到好处，分析病理透彻，诊视有法，医疗有方，实是儿科良书，简直是神明所授。”

秦父冈把《痘疹心要》和《痘疹全书》对比后，对孙光祖说：“黄廉的书就是万密斋的书，编排目次、内容基本一致，只是万密斋的《痘疹心要》经过修订补充，内容更加详备。”

“纸是包不住火的，剽窃行径终会被人戳穿！”孙光祖说。

秦父冈建议孙光祖在任上刊刻《痘疹心要》，遍授诸医，作为诸医治痘准绳。

孙光祖笑着说："我正有此意。若是书能使海内生民健康成长，由少而壮，壮而老，岂不是有补于世、功德无量的事吗？我治黄州两年多了，还未能改善教育，缓解民众患痘危险，消除民众疾苦，深感不安！若是将《痘疹心要》刊刻、广泛传播，使我们黄州儿童能健康成长，壮年有吃有穿，老年善终，恢复隆古之治，使人人怀仁爱之心，遵循孔夫子的理想，我想这是一件很有意义的事。"

秦父冈说："这是德政、仁政呀，老百姓一定会拥护的！"

二、造福桑梓，陈允升在苏州重刻《痘疹心要》

大凡进士，都爱书成癖，陈允升有方书收集癖，特别爱好搜集各种医学方书。

陈允升，字晋卿，号霁岩。苏州昆山人。隆庆二年（1568年）进士，曾任四川开州知州，擢升兵部员外郎，万历四年至七年（1576—1579年）任湖广提学佥事。

说起陈允升偏爱医学方书，还有一段来历：陈允升的子女小时候相继患痘，陈允升夫妇乃至其父母都不吃饭，祈盼孩子早日康复。他们看到孩子发热、昏睡，知道病得很重，急忙请医师治疗，幸亏治疗得早，几个孩子总算活下来了。陈允升常对人说："医术中最难的要算小儿科，小儿科中最难治的要算痘疹。"

陈允升毕竟是有识之士，他相信痘疹是可以治疗的。从此，他悉心研究各种医学著述，四处寻找医学方书，可以说这已经成了他的一种嗜好。

万历四年（1576年），陈允升任湖广提学佥事，主管教育工作，对黄冈的李时珍和万密斋非常敬重，四处搜集他们的著述。翌年春，陈允升巡视各地县学，到了均州。

一日，均州教谕告诉陈允升："出均州城北行30里，有一位叫李尚夔的老先生，收集了很多医学著作，听说他有罗田万密斋有关痘疹方面的著述，不轻易示人，提学大人是否要去看一下？”

陈允升想了想，说：“请教谕陪我去一下，到了庄外，教谕不必露面，我一人去便是了。”

教谕欣然同意。

次日，陈允升脱去官服，穿了一件青缎长袍，以一个普通读书人的打扮，骑马到了李家庄，教谕留在庄外，陈允升只身找到李尚夔家。

李尚夔60多岁，清癯脸庞上，有一双目光深邃的眼睛，行动敏捷，并不像60多岁的人。看到一位儒士打扮的客人站在门外，李尚夔略一打量，说：“贵客光临寒舍，请坐！”

陈允升走上前，微微躬身，彬彬有礼地说：“久闻先生大名，今日特来拜访，请不吝赐教！”

“听先生口音，不是本地人吧？”李尚夔问。

“我是苏州昆山人氏，近日到湖北寻师学艺，有一事想向先生请教！”陈允升答。

“看先生是饱学之士，有何事请教村夫野叟？”李尚夔故意问。

“我是一名医术很不高明的人，听说先生藏有罗田万密斋的医书，若先生肯施授，我将广布天下，为广大患儿纾难，这岂不是一件很有意义的事吗？”

李尚夔一听“广布天下”，知此人有来历，怕不是一般读书人，故意说：“先生给我十两白银，我也不卖。”

陈允升知道，火候未到，此人不是贪财之人，而是爱才之人，就说：“先生既然报价十两白银，我总不能白白夺人之爱。但我今天分文未带，就此告辞。”

“欢迎再来！”李尚夔送走客人，知道此人还会再来。

陈允升走到庄外，和等在那里的均州教谕说：“此人果然不凡，明天我一定备好银两再来。”

两人骑马回均州城。

第二天，陈允升穿上官服，带十两白银，与均州教谕又到了李家庄，一同走到李尚夔家。一进门，教谕说："李老先生，我和贵客来看您了！"

李尚夔一见陈允升就认出来了，笑着说："这不是昨天来的那位客人吗？我早看出您不是一介书生，原来是五品大员呀！"

"从五品。"陈允升纠正说。

均州教谕介绍说："陈大人是湖广提学佥事，这次到均州巡视县学情况，知道先生藏有万密斋著述，特慕名前来购买，准备刊刻以广惠天下，想必先生一定会玉成美举。"

未等李尚夔回答，陈允升说："昨天先生报价十两白银，我今天已经带来，请先生验收。"说完拿出十两白银放在桌上。

李尚夔说："不瞒二位大人，我家藏有两套万密斋的《痘疹心要》。八九年前，孙应鳌巡抚在郧阳为罗田万密斋刊刻《痘疹心要》，我向书肆购买三套，已送人一套。购时一两白银一套，今天再给二位大人一套，还收一两白银，免得人说我行贿官府。"

此话一出，满堂大笑。

李尚夔拿出一套《痘疹心要》，书装在精致的书帙里。陈允升接过书帙，打开一看，里面装有《痘疹世医心法》12卷、《痘疹格致要论》11卷，共4册，题"罗田县密斋万全集"。陈允升如获至宝，将书原封不动地装进书帙里，付给李尚夔一两白银，告别李家。一行人回到均州城。

陈允升自得到万密斋的《痘疹心要》后，时时研读它，以至《痘疹碎金赋》能脱口而出。什么病症用什么方剂熟记于心，遇到谁家小孩患痘，他会介绍用什么方剂治疗。看到果然有效后，他就欢喜得像个孩子，欢蹦乱跳。他还把《痘疹心要》介绍给儿医，不遗余力地推广万密斋的著述。

他认为，万密斋的痘疹著述对病症辨证最准确，所用治疗方剂最精细，继承《内经》和《难经》微旨，并将之发扬光大，理论根基深厚，是痘科指南。

万历七年（1579年），陈允升退休回到昆山。回到阔别已久的故乡，应该说心情是愉悦的。然而，当年吴地痘毒流行，戾气充斥，很多患儿因得不到治疗而死亡，深深刺痛了陈允升的心。他为民请命，上书朝廷首辅张居正，说明当地灾情，恳求朝廷蠲免捐税。

张居正接到陈允升的上书，火冒三丈，心想："我正在整顿朝纲，增加中央财政收入，江浙为鱼米之乡、富饶之地，素有中国粮仓之称。你陈允升身为朝廷命官，刚致仕回乡，不为朝廷着想也就罢了，反而叫苦连天。"张居正越想越生气，回信狠狠地骂了陈允升一通，叫他别管闲事。

陈允升受到朝廷指摘后，心情闷闷不乐，心想："你们待在京城，高高在上，怎么知道老百姓的疾苦！"吴地老百姓知道此事后，都来安慰陈允升，感谢他为民请命，对他更加爱戴了。

陈允升回到昆山四年后，即万历十一年（1583年），苏州地区痘毒又流行。他的小女儿未能幸免，症候很重，当地医师治不对症，有的干脆说治不了。陈允升按照《痘疹心要》方剂，对症下药，果有灵验。陈允升逢人就说，此书若神人所授，若儿医能知晓此书，则痘毒就不能肆虐了。

陈允升觉得，先前向朝廷请命未奏效，若能将《痘疹心要》付梓，拯救患痘儿童，也是一件造福桑梓的事，遂将从均州得到的《痘疹心要》手校成善本。他的大儿子颇理解他的心情，对他说："我记得我患痘厉害时，祖父和您都不吃饭，日夜守护在床边，见我好转后才进食。我想天下父母都有此心。父亲年龄大了，此事交给儿子去办吧！"

陈允升十分高兴，嘱咐大儿子务必将此事办好。

万历十一年（1583年）夏，经陈允升校对的《痘疹心要》在昆山出版了，出版后在江南迅速传播。

三、广惠百姓，曹继孝在会稽重刻《痘疹心要》

曹继孝，字达卿，湖广黄冈人。与万密斋同属黄州府，算是同乡。万历十一年（1583年）进士，万历十二年（1584年）任会稽知县，万历十八年（1590年）升卫辉府同知。

曹继孝对万密斋的人品道德非常敬重，对万密斋的精良医术非常佩服。在任会稽知县时，他很想做出政绩，既为老百姓造福，又可为自己日后晋升创造条件。他想到应把万密斋的著述重新刊刻，广为传播，扩大影响，造福绍兴百姓。

曹继孝知道他的老乡、万密斋的老师张明道曾任绍兴府知府，廉洁正直，体恤民情，关心民众疾苦，深受绍兴人民爱戴。张明道死后，绍兴人民为他建立了“张公庙”寄托哀思，香火十分旺盛。曹继孝上任第三天，决定去“张公庙”祭奠张明道老前辈，以示自己要像张明道那样廉政勤勉，树立自己的形象。

曹继孝任会稽知县三个月，为政十分谨慎，生怕劻勷不逮，于是决定到慈溪县拜见曾任黄州府知府、现退休在家的孙公光祖，向他请教刊刻万密斋《痘疹心要》的有关事宜。

当差的准备好轿子，要抬曹继孝去慈溪。曹继孝说：“这次我们是去拜会前辈的，怎么能坐轿子去呢？改骑马。”

当差的准备好马匹。骑上马后，曹继孝和教谕一起向会稽东北方向驰去，不到两个时辰，就到了慈溪孙光祖府前。远远望去，整幢建筑掩映在树林中，一条大道直通大门。大门左右有一对一米多高、栩栩如生的狮子。大门上方高悬“进士府第”四个苍劲有力的大字。整幢建筑雕梁画栋，飞檐翘角，青砖碧瓦，四四方方，端端正正，显得庄严隆重。

为了表示尊敬，曹继孝在庄园外就下了马，徒步直到大门前。早有差人告知孙光祖，孙光祖正在客厅候着。管家在大门迎接客人，把曹继孝直接带到客厅。曹继孝施礼道：“久违孙公，今日专程拜访，恳请不吝赐教！”

“欢迎来寒舍叙旧。任知府时，黄州就给我留下了深刻印象，乡风淳朴，重教兴邦，人才济济，医药之乡。我学到了不少东西。”孙光祖回忆说。

曹继孝呷了一口龙井茶，细细地回味一下，说：“我到会稽上任已经三个月了，总怕政务处理不好，心有余悸。今天是专程到府上向您请教。另外，您曾在黄州刊刻万密斋著的《痘疹心要》并赠我，向您致谢!”

孙光祖说：“这有什么好谢的呢?”

“我前年在金台作教谕时，儿子患痘，症候很重，当地有名的医师都请到了，都不会医治；当痘布小儿全身时，诊治医师相继离去。在那穷乡僻壤之地，在大海相隔的孤岛上，再到哪里去请名医呢？在危难之际，无他计可施的情况下，我翻开《痘疹心要》，找到相应症状，对症下药，几天后果然有效，13天后结痂，孩子大愈而安。家人计议，一定要当面感谢府台大人。这样好的书怎么能不传播呢？我决定在会稽再次刊刻此书，遍授儿医，惠及患痘儿童。”曹继孝慢条斯理，滔滔不绝。

孙公听了，频频点头，然后语重心长地说：“可以与君言政了。保赤子性命，只要心诚，总是有办法可想的。幼吾幼以及人之幼，这是王道胸怀。君爱自己的儿子，生怕医师医术不精，所用方剂不良。推而广之，把一邑之子都当成自己的儿子抚爱，这就是德政呀！不推行德政而专推行刑罚绳之百姓，虽然能奏一时之效，博取一时之名绩，然而老百姓有病，不遇国医而饮良剂，这就失去了国家命医的意义。以君孜孜不倦推广《痘疹心要》来看，君不是为了博取一时名绩，而是为了广惠百姓，因此说可以言政。”

“前辈过奖了，继孝不才，没有如此高的境界。”

曹继孝一行告别孙光祖后，仍骑马返回会稽。

回来的路上，曹继孝和教谕商量《痘疹心要》刊刻事项。曹继孝问教谕：“县学有懂医的秀才吗?”

“有，诸生王钟瑞、王杰既知医，文字功夫也不错，可任校勘之职。”教谕答。

“好，此事由您去办。”

“可以。”

教谕告诉曹继孝，管刑狱的陈公，曾得到督学陈允升所刻《痘疹心要》善本，可以将书借来，互相校勘，避免走弯路。

曹继孝听说后，十分高兴，对教谕说："万密斋《痘疹心要》一书，陈允升刻于苏州，孙光祖刻于黄州，孙应鳌刻于郧阳，但社会上还是不够用，很多人欲得到而不能。所以，我决定在会稽任上重刻，遍授全县儿医及想得到此书的人，使越地患痘儿童存活十之八九，我就对得起越地老百姓了。此役功德并不亚于传播诗文。"

教谕说："知县保民之心有目共睹，会稽乃至越地老百姓无不心悦诚服。"又建议："书刻成后，可否找山阴知县张鹤鸣写一篇后序，增加书的分量？"

曹继孝听后欣然同意，对教谕说："这样极好，张鹤鸣是万历八年进士，比我早一届，现为山阴知县。他在山阴颇有口碑，惠政得民心，对民众疾苦非常关心。他曾对我说，《痘疹心要》刊刻后，他要500套，授给山阴县儿医，以不负其爱民之心。我明天就去找他，约他把后序写好。"

第二天，曹继孝去山阴县见张鹤鸣。两位知县相见，谈笑风生，各自谈了从政经验。曹继孝告诉张鹤鸣："我准备刊刻万密斋所著《痘疹心要》，想请您写篇后序，不知阁下同意否？"

张鹤鸣说："我听说苏州昆山陈允升先生退休后，在家乡刊刻《痘疹心要》，我想求购一套而未得。曹知县准备刊刻，这是一件好事，我愿效劳。"

曹继孝把随身带来的陈允升刻本《痘疹心要》交给张鹤鸣，请他参阅。

一周后，张鹤鸣回访曹继孝，对曹继孝说："我浏览《痘疹心要》书目后，觉得这是一本仁书。朱丹溪、李东垣等名家的古方书，内容已经很完备了；而前代名医各执一家之言，善医的人必须领会其意，不可拘于一方。痘疹倏忽异变，最难诊治，遇到痘毒流行，痘殍遍野，惨不忍睹，很多患者都是被误杀于庸医之手。"

曹继孝说："每当看到治所有患痘儿死去，我就很自责，难道就没有办法救这些孩子吗？所以我决心重刻《痘疹心要》，也算尽到我的一点责任。"

张鹤鸣接着说："是的，万密斋的《痘疹心要》探本求源，根基深厚；剖析症候，分寸恰当；词赋歌章，便于习诵；分门别类，对症剂方。行医的人对症施药，无有不效。”

曹继孝说：“所以，此书总是供不应求。”

张鹤鸣接着说：“若人生病，哪个不需要医师呢？病多种多样，有人有病，有人无病，但痘疹一症，有谁能免呢？人因此症而死亡过半。君爱其子而推及天下人之子，今刻《痘疹心要》广布天下，仁爱天下，真是人民的好父母官。从今以后，患痘者得治，是君的仁心所赐。仁者之后必昌，看您的儿子，痘治好后，生得多么伟岸，今后必是国家利器。”

张鹤鸣，字孚宁，徐州人。初为山阴知县，因有政绩，后升御史。

万历十三年（1585年）秋，《痘疹心要》会稽本刊刻完成，传播大江南北。

四、以爹其传，丁此吕在楚重付剞劂

丁此吕，字右武，江西南昌新建人。万历五年（1577年）进士，由漳州推官征授御史。万历十二年（1584年），他上书弹劾某大僚未果，被贬潞安推官，寻迁太仆丞。历任湖广按察使（一说湖广参政）、浙江右参政。《明史》有传，是一位有作为的官吏。

丁此吕少年时和他的哥哥经历了一场患痘灾难。

儿时，丁此吕和他的哥哥都未出痘，父亲对此十分忧虑。因为在那个时代，有一半的人因患痘而夭折，未患痘的人可能难逃此劫。为此，父亲将兄弟俩托付给当时的“国手”汪慕仙调理。汪公欣然应允，对丁此吕的父亲说：“是诚在我。”

嘉靖四十年（1561年），丁此吕12岁；他的哥哥15岁，已婚。丁此吕从小聪颖过人，父亲常引以为荣。一天，父命丁此吕当着客人面，构思为文，以示其才思敏捷。不一会儿，丁此吕称腰剧痛，坐都坐不稳，父亲急叫人抬入房中。

到了半夜，丁此吕非常口渴，喝了一大碗水还想喝，当时有两三位医师在场，都说他是得了严重伤寒。一会儿，汪慕仙医师来察看，他一言未发，退下后对丁此吕的父亲说："您的二儿子出痘。两边脸颊隐隐可见，您难道没有看见？"

丁此吕父亲点头认同，遂辞去其他医师，让丁此吕只接受汪慕仙治疗，对汪寄予厚望。

丁此吕痘还未结痂，他的哥哥也染上痘疹；而他刚结婚，身体更虚弱一些，其父更担心，怕他挺不过这一关。汪慕仙更是加倍小心看护，对其父说，一旬之内就会好的。果然，丁此吕两兄弟病情与汪公所言一一相符。治疗的原则是丁此吕主泻，他的哥哥主补，两人因病症不同而治疗方法有别，可见汪慕仙也是一位高明的医师。

丁此吕父亲以二子托付汪慕仙，汪公不负重托，治好了二子患的痘症，遂与丁父成了莫逆之交。

汪慕仙对丁此吕父亲说："治痘根本在脉理，要深探其源，然后因时而通变，这样治疗才会有效果。"

当年，汪公治好了数十人。丁此吕父亲曾问："治痘有没有奇方？"

汪公说："现在还没有，所谓能治好，不过幸运而已，还无规律可循，还不能从本源上战胜它。有些庸医，偶有所得，便到处吹嘘，以致把人误杀了，还不悔改，真是悲哀。"

丁此吕在任湖广按察使时，其次子、三子相继布痘，因道远不能请汪慕仙治疗，十分着急。

正在焦虑之时，黄州府前辈萧君送来万密斋所著《痘疹心要》，丁此吕召集治疗医师，翻检此书，对症施方，药到病除，十分灵验，两个儿子的病都治好了。

丁此吕认真研读《痘疹心要》，认为该书引用先哲理论，撷取精华，不偏执一家，然后创新发展，形成自己的痘疹理论。全书分总论、发热、出见、起发、成实、收靥、落痂、痘后余毒、妇人痘疹、疹毒等章节，对痘疹各个发病阶段进行详细论述，按症剂药，按照阴阳、寒热、脏腑、气血、表里、标本、虚实、缓急等，辨证施治，分门别类，列出方剂，便于应用。既有理论，又非常实用。丁此吕想，汪慕仙先生认为没有痘疹奇方，是因他没有看到此书，他若看过，一定会知道该书的价值。

原书是由孙应鳌在湖广楚地首刻的，但时间久了，恐被湮没。丁此吕决定重刻《痘疹心要》，希望它永远传下去。他对汪慕仙非常敬重，但他认为，“书不必自汪公出”，刻此书也是汪公的心愿，不然的话，世上真的缺乏治痘的书籍了。

丁此吕作《重锲痘疹心要序》，由他的大儿子立先书写。该本刻于万历十六年（1588年）。

五、思儿刻书，王一鸣在临漳刻《痘疹心要》

湖北黄冈王氏家族为湖北著名的诗书仕宦世家，传到王追美（字辉之），聪明异常，7岁举神童；读书全凭小聪明，并不怎么用功。嘉靖四十年（1561年）乡试中举时，王追美已30岁了。王追美喜欢诸子百家著述，特别喜欢医学著述。他参加会试，没有考上进士，却并不在意；凭借家中优越条件，不愁吃不愁穿，常以诗酒自娱，写了一些怡情山水的诗歌，著有《岣嵝山人集》。

万密斋的第三子邦正，生于嘉靖十年（1531年），为甘妾所出。邦正生得一表人才，高挑个儿，五官端正，医术也不错，在黄冈一带行医很有威望。因多次给王家看病，遂与王追美成了好朋友，邦正比追美大1岁，二人以兄弟相称。邦正性情豪爽，办事果断，特别能喝酒。他喜欢讲故事，王追美的两个儿子不谷和一鸣都成了他的好朋友。不谷还拜邦正为师学医。王家人多，生病调养都是邦正的事，两家相交，前后差不多有40年。

隆庆二年（1568年），孙应鳌首次在郧阳刊行《痘疹心要》后，邦正带了两本回来，分别给了不谷和一鸣兄弟俩，使他们接触到了万密斋治痘的学术思想和治疗方法。他们特别对万密斋在县学时的遭遇表示极大同情，对万密斋的高尚医德表示由衷敬意。王一鸣在《痘疹心要跋》中写道：

“万密斋先生在县学时，为诸生的兄长，处处以身作则，后因较早取得秀才身份，成为县学廪膳生，遭人嫉妒，被人毁谤，在投诉无门的情况下，自弃诸生而专门学医。对于医学，不仅仅继承先世遗教，还有自己独创。听说行医应谨慎辨证，小心治疗，才可能成为良医。”

王一鸣虽然比万邦正小30多岁，两人却亦师亦友。一鸣经常向邦正请教一些医学知识，还爱听邦正讲万密斋的故事，如开棺救母子、神断恶少生死、马鞭子治病等等，一鸣听得津津有味。

一鸣是一个聪明孩子，少负文名，有诗才，为人正直，从不逢迎。16岁时就考取了万历十年（1582年）举人，轰动乡里。万历十四年（1586年）以弱冠会试中进士，一路顺风，成为时人学习的楷模。万邦正守孝三年已满，专程从罗田到黄冈，向王一鸣表示祝贺。

王一鸣中进士后，当了太湖知县，一干就是五六年。太湖县在黄梅县东北边，离黄冈县并不算太远，风土人情相差无几，一鸣工作起来得心应手，很有政绩，太湖县老百姓非常敬重他，认为他是一个清官名宦，在他死后还建有庙宇供奉他。照理说，这么一个清官，仕途应该顺利，但王一鸣有一个很大的“毛病”，就是看不起那些昏庸无能的上司，不要说送礼，连拜访也不周，孤芳自赏，不懂得做官的窍门，升不了官。但他也不能老在一个地方做知县，和当地人太熟，就会产生某些关系。万历二十二年(1594年)，王一鸣调河北临漳县当知县。王一鸣仕途虽不顺利，但这并没有影响他作诗，留有集《朱陵洞稿》40卷传世。

万历二十一年（1593年）正月，王一鸣带着一家人准备北上临漳赴任，取道南京，由水路北上，顺便看看六朝古都遗迹。到南京住下后，天有不测风云，其小儿生痘，咳逆，时而上下牙齿相击，发出咯咯响声。全家人大惊失色，坐在火塘边，从晚上一直坐到天亮。王一鸣记得万邦正曾给他一本万密斋著的《痘疹心要》，翻箱倒柜找了三天也未找到，原来离开太湖时走得仓促，书放在办公桌抽屉里未带来。正在无可奈何之际，二儿子打听到附近有一医师，亲自去请，约定第二天天亮到家诊治。

鸡叫三遍，王一鸣就开门去看，哪见到医师人影！他大呼狂走，手捏头发，叫得口渴唇燥。原来这位医师头天喝得醉醺醺，吐了一地，第二天中午才醒，洗漱完毕，到了半下午才踉踉跄跄地去病家，傍晚时分才到王一鸣家。王一鸣不敢怠慢，端茶送水，招前侍后。幸喜，孩儿患的痘不是剧毒，逃过了这一劫。

万历二十二年（1594年），王一鸣就任河北临漳知县，全家移居临漳。由南方初到北方，气候寒冷，吃饭以杂粮为主，生活得颇不习惯。去年生病的小儿，余毒复发，面部如锡饼，痘隐伏不出，其母大哭，对一鸣说："去年在南京不是出过痘吗？怎么今年又出呢？"

王一鸣也觉得奇怪，把前后的情况回想了一下，忽大惊，抓着头发顿着脚说："去年是出水痘，这一次才是出痘呢！"

"官人，快想办法呀！"

"这个穷乡僻壤，到哪儿去找医师呢？"

县衙帮忙找来几个医师，都束手无策，告诉王一鸣："我们这儿小孩患痘，只烧香拜佛，求神保佑。我们的师傅并未教我们如何治痘，小儿患痘，听其自然，能好则好，大概有一半患儿无法活命。"

王一鸣听后，手一挥，"你们走吧！"

天真有不测风云，王一鸣的小儿子竟然死了。

全家陷入了巨大的悲痛之中，王一鸣食不甘味，一睡觉就做梦，梦见娇儿绕膝，梦见儿子还活着。他无时不在思念自己的儿子。命耶，天耶！

当年，一鸣的哥哥不谷从老家来看他，带来了万密斋所著《痘疹心要》郧阳刻本。不谷看到弟弟大吃一惊，天哪！不到30岁的人，竟然头发斑白，两眼深陷，倒像一个60岁的老头子，知道弟弟失子之痛极深。

一鸣看到哥哥不谷红光满面，头发乌黑，两眼炯炯有神，虽然一路劳顿，一点也不显疲惫，心里倒羡慕起哥哥做医生好，不像自己这么颠沛操劳，便问哥哥："家里都好吗？侄儿侄女长得可好？"

“家里都好。去年最小的儿子出痘，我和邦正叔共同治疗，13天后收靥就好了。”

不谷说到这儿，知道多嘴了，一鸣的小儿子不久前才因患痘死去，恐怕此话引起一鸣的心病。

果然，一鸣听到小侄患的痘治好了，心里一阵痛，对不谷说：“哥哥，我真后悔，当年邦正叔给我们的《痘疹心要》，我丢在了太湖，以致小儿生病，我束手无策，不治而亡。”

“弟弟不必伤心，这是天意。大侄、二侄是会孝敬你的，保重自己的身体要紧。”

“长兄，自从小儿患痘夭折后，我心里无时不在思念他。退一步想，我的儿不幸夭折，还有千千万万的小儿不能重蹈覆辙呀！我想把您带来的《痘疹心要》重新校正刊行，并附上孙应鳌公的《痘疹心要序》，以惠及临漳父老，也算是对我夭折小儿的慰藉。”

“我也有此意，以慰菊轩翁、密斋翁在天之灵。但我担心资金难以筹措，所以没有动议。”不谷有些担心地说。

“我准备捐出半年俸禄，作为出版资费。”一鸣答。

不谷说：“万密斋先生医术精良，远近闻名，享有很高声誉。由小儿科可见医术一斑，由痘科可见小儿科一斑。”

一鸣接着说：“是的，万密斋先生引用先哲著述，自成一家。他告诫虚实，辨证精确，指明方向，如坐中堂，下窥左右窗门；如指挥十万兵，有拿矛的，有拿盾的，有中锋，有左右护卫，个个骁勇善战，无人逃匿，无人逐利，病则无影无踪。堂堂正正，左指鞭，右射箭，有节制，是为胜利之师。”

不谷说：“万密斋前辈有10个儿子，个个学医，各有成就。其三子邦正是我的老师，也是我的朋友，与我们家交谊40多年了。我们将《痘疹心要》刊行，既是对侄儿的怀念，也是对万氏痘疹著述的传播，这是一件很有意义的事。”

因小儿出痘夭折，又仕途不济，王一鸣心情十分郁闷，无心官场应付，负才自放，闲余时间手校《痘疹心要》，被万密斋救死扶伤的高尚医德所感动，决心自己掏腰包，刊刻是书。

万历二十三年（1595年）六月十五日，王一鸣为该书写跋。跋文是由他的大儿子书写的，他对孩子的书法不满意，说明他对孩子的教育是十分严格的。

王一鸣拿到重刻的《痘疹心要》后，第一件事是为小儿子祭奠，以寄托哀思。

时值盛夏，一丝风也没有，空气沉闷得要把人凝固似的。王一鸣和夫人带着香纸祭品和一本《痘疹心要》，来到小儿子坟前，摆好祭品，一面焚烧往生钱和《痘疹心要》，一面流着眼泪说："儿呀！是为父害了你，当时若按《痘疹心要》方剂治疗，你就不会死。为了寄托哀思，我刊刻了《痘疹心要》，以拯救广大患痘儿童。孩子，安息吧！"

六、传荆山瑜，秦大夔在陕西重刻《痘疹心要》

秦大夔，字舜卿（一作圣卿），号春晖，山东临清籍，居江苏吴县。万历八年（1580年）进士，授宁波推官，擢监察御史，巡按江西、山西，历陕西右布政使。

秦大夔在任陕西右布政使时，孙儿患痘，已出痘两三粒，痘已收，且身无热，请来各位名医国手，都望而却步：看来出痘不重，怎么孩子昏睡不醒？布政使的孙子，万一治不好，那责任就重了。众名医都不敢下手，先后告辞了。

秦大夔正左右为难，他的侄儿从袖中拿出万密斋所著《痘疹心要》郧阳刻本，对秦大夔说："大伯，您从江西带回的痘疹书，我看里面条目清晰，何不为侄儿一试呢？"

秦大夔想起，曾在江西得《痘疹心要》，江右人非常珍惜，自己也看过，知道很灵验，便对侄儿说："快拿来，我看里面有没有跟孙儿症状相类似的案例，以便对症下药。"

侄儿说："有，您看这案例……"

秦大夔仔细体会万密斋所说的话："痘出虽有轻重，未有不成脓结痂者，先者为试痘，其证为逆，身无热，热伏在内，所以病重。"他了解到孙儿病得很重，遂用人参、黄芪、当归、川芎、甘草调理，以养气血；用荆芥、防风、木通、青皮、牛蒡子、连翘、金银花、酒炒黄芩、栀子、桔梗以解毒，作大剂，一日一服。如此调理13天后，患儿遍身溃烂，不及时收靥，便再用十全大补汤去肉桂加白芷、防风，外用败草散贴衬前后，30天后患儿大安。这时，秦大夔才松一口气。

秦大夔把治好孙儿患痘的药告诉同僚侍御梅公、大参朱公，二公用《痘疹心要》方剂，屡试屡验。二公对秦大夔说："家有和氏璧，应让大家分享。"

于是，秦大夔决定重刻此书，让秦川大地百姓共享。

秦大夔的下属龚景福，雅嗜方书，每当得善方就要按方抓药，制成药饵，广施于人。秦川大地，缺医少药，能得到龚景福施舍药饵的老百姓毕竟为少数，杯水车薪，救不了八百里秦川痘毒的燎原之火。龚景福常想："授人以鱼，不如授人以渔；与其施舍药饵，倒不如教人们'捉鱼'的法子，即防治痘疹的方法。"

一天，龚景福到侍御柳公处，看到案头上放有万密斋《痘疹心要》一书，就问柳公书从何而来。柳公说该书是右布政使秦公大夔在巡按江西时，得到郧阳巡抚孙应鳌刻本，辗转带到陕西来的。

柳公对龚景福说："《痘疹心要》治法精备，其他书不可企及。痘疹之疾，凡是婴幼儿都不可幸免，在治疗上比其他疾病都难，唯有万密斋书，药到病除，患儿多所全活。"

柳公将该书交给龚景福，说秦公请他帮忙刊刻、作跋。龚景福欣然应允。跋曰：

“不才十分喜爱方书，每当获得善方，按方剂药，制成药饵后施于人。但有时自言自语：‘生病，人所共有，能施舍几人？倒不如传之以方而为好。’已有《外科杂集》等书，廉宪朱公已作序详细介绍了。一天到侍御柳公处，看见桌子上放有万密斋《痘疹心要》一书。一问，该书是右布政使秦大夔巡按江西时得到而带到陕西来的。其书治法精良详备，除此本以外不可再得。柳公说：‘痘疹，凡是小孩都不能免，而要医治，比其他科更难。何不将此书公诸世，使患儿多所全活？’遂叫不才将书带回，托刻书者刊刻，越一月而完成。我暗自心喜：这次刊刻是书，大概对养育小孩的人有所帮助。时万历辛丑中秋日，清源龚景福汝承父识。”

该本刻于万历二十九年（1601年）。书刊成后，秦大夔笑说：“扁鹊喝了他师傅长桑君的药水，精力大增，医治一方百姓，至千家万户不觉疲劳。”陇西大地八百里秦川的读书人、官吏、儿医奔走相告，该书无胫而驰，人得到一书如同得到一荆山瑜。

第四章
三易其稿成《心法》，南北大地广流传

万历七年（1579年），万密斋再次修订《痘疹心要》，修订本书名仍为《痘疹心要》，为与隆庆本相区别，后人改称该本为《痘疹心法》，这就是所谓的万历定本。

万历定本有无名氏万历刻本传世，而明清时期流传甚广的彭端吾刻本《痘疹全书》即是以《痘疹心法》子目书《痘疹世医心法》与其他书合刊而成的。该书的刊刻跨越八九年，编校之事得到了赵烨、曹璜等名士的支持。

一、精益求精，万密斋第三次修改《痘疹心要》

万密斋以81岁高龄，第三次修改《痘疹心要》，即后人所说的万历定本——《痘疹心法》。

从初本到定本，《痘疹心要》在社会上已传播30年，其间万密斋又积累了不少经验，需要加以总结；初本已被人剽窃，改本首刻于郧阳，但万密斋觉得还有很多不尽如人意的地方需要改订，所以决定进行第三次修改。他指出："现在有些人，自己知之甚少，动不动就著述，自吹自擂，实在是愚蠢之极。孔子著述六经，万世流芳，犹说只述不著，我尊重古训，不敢自吹自擂。"

万密斋对孔子非常敬仰。他喜欢读书，尤喜医书。他说："我是孔子的信徒，尤喜多闻多见，择善而行，择优而学。百家之书，众技之长，只要对百姓大众有利，我就去观摩学习；特别是医书，它是仁术，能拯救万民，更应当学习。"

对于医学，万密斋有自己的深刻理解，他说："我的父亲是职业医师，他的经验应当传承下去。细想一下，医术之中儿科最难，儿科疾病中痘疹最烈，我不敢独断专行。我学习先哲理论经验，博采众长，不执偏见，融会贯通，结合自己的见解经验，著成《痘疹心要》。"

《痘疹心要》是万氏治疗痘疹的经验结晶，花费了万密斋毕生精力，其稿三易，在社会上得到广泛传播。

万密斋在《重刻痘疹心要自序》中说：

"《痘疹心要》前后经过三次改动。嘉靖初本材料选择不精，语意不详，意浅辞俗，本来秘不外传，但有人剽窃为己有，刻于江西赣州。经过第二次修改，即成隆庆改本，由巡抚孙应鳌首刊于郧阳，黄州知府孙光祖取郧本刻于黄州。改本虽然比较精详，但还有些症状的论述不够详细，有些治疗方法没有列入，恐怕还不能完全救活夭殇，广施仁爱，垂久传承。于是，我补充遗缺，附加医案，进行第三次修改，即成万历定本。希望有能力者刊刻传播。期望后来学习幼科的医生无沧海遗珠之憾，希望得鱼者不要忘筌，得兔者不要忘蹄。假如有不恰当的地方，笔者自负。时万历七年正月初七日。"

万密斋的《痘疹心要》每修订一次，都要增加一些新的内容。嘉靖初本、隆庆改本、万历定本三者之间，不仅有完成时间上的差异，更主要的是有内容上的差异；这些内容上的差异，既反映了万密斋撰写痘疹著述的成书过程，又反映了万密斋痘疹学术思想的发展过程。

嘉靖初本《痘疹世医心法》为10卷，内容主要是家传的痘疹诊治经验，以歌括为主。隆庆改本和万历定本《痘疹世医心法》为12卷，末2卷为方剂。《痘疹格致要论》的初本与改本、定本都为11卷，初本所设的基本框架和重要篇目，与后来的改本和定本基本上是一致的。

隆庆改本《痘疹心要》与万历定本《痘疹心法》的内容比较如下。

第一，比较《痘疹世医心法》：

①隆庆改本先有《痘疹碎金赋》2篇，赋后有万全题跋，后接《痘疹世医心法》12卷，万历定本与此相同。

②改本与定本目录相同，次序一一对应，唯各卷的歌括数不同。隆庆改本歌括数为203首，万历定本为233首，增加30首。

③与隆庆改本相较，万历定本增附医案，新增方剂列入附方，改写了部分内容。

目录	隆庆改本(丁此吕本)歌括数/医方数	万历定本(彭端吾本)歌括数/医方数
卷一　治痘总括	凡14首	凡19首
卷二　发热证治歌括	凡16首	凡19首
卷三　出见证治歌括	凡18首	凡22首
卷四　起发证治歌括	凡32首	凡35首
卷五　成实证治歌括	凡25首	凡34首
卷六　收靥证治歌括	凡17首	凡19首
卷七　落痂证治歌括	凡11首	凡11首
卷八　痘后余毒证治歌括	凡32首	凡36首
卷九　疹毒证治歌括	凡26首	凡26首
卷十　妇女痘疹证治歌括	凡12首	凡12首
卷十一　古今经验诸方	凡85方	凡85方
卷十二　古今经验诸方	凡61方	凡62方

第二，比较《痘疹格致要论》：

目录	隆庆改本(丁此吕本) 篇目数	万历定本(罗田铅印本) 篇目数
卷一　论说	6篇	7篇，增“痘疹五脏证见论”
卷二　论说	18篇	19篇，增“痘有怪变”
卷三　论说	27篇	27篇
卷四　论说	9篇	9篇
卷五　论说	11篇	11篇
卷六　论说	13篇	15篇，增“钱氏陈氏立法用药同异论”“五行生死论”
卷七　先哲格言	18家	18家
卷八　或问	36条	37条
卷九　治痘凡例	40条	43条
卷十　药性主治及修制法(气血类)	气类45种，血类17种	气类45种，血类17种
卷十一　药性主治及修制法(解毒类)	67种	68种

由上可见，万历定本的篇目与隆庆改本基本相同，仅有少量增补。《痘疹世医心法》增改内容较多，《痘疹格致要论》增改内容较少。

二、无名氏的奉献，《痘疹心法》万历定本刊刻流传

万历定本一出炉，在社会上便引起广泛关注，县学的秀才们争相抄录，互相传播。人们对万密斋怀着深深的敬意。

有江东人氏，不知姓甚名谁，怀着敬慕的心情，刊刻了万历定本《痘疹心法》，有子目三种：《痘疹碎金赋》、《痘疹世医心法》12卷、《痘疹格致要论》11卷。该本首次刊刻了万密斋《痘疹心要改刻始末》一文。万密斋在此文中记述了4点内容：

①赣本《痘疹骨髓赋》及《痘疹西江月》，是我嘉靖二十五年（1546

年）、嘉靖二十六年（1547年）所作[①]，为教授儿子课本，意浅辞俗，便于初学者记诵。《世医心法歌括》为我嘉靖二十八年（1549年）、嘉靖二十九年（1550年）所作[②]，想流传下去，但未敢公开示人。以上四年著述被长子邦忠私授喻朝宪，朝宪私授王濂（即黄廉）。黄廉得到后据为己有，成书刻于赣州军营。

②郧本《痘疹世医心法》及《痘疹格致要论》，为我于嘉靖三十一年（1552年）、嘉靖三十二年（1553年）所作[③]。书写成后，久藏于家，没有公开，怕写得不好，浪费了木材。隆庆三年（1569年），该书由郧阳巡抚孙应鳌在郧阳行都司付梓。临刻时，我将《痘疹骨髓赋》改名为《痘疹碎金赋》。

③黄本是由黄州知府孙光祖于隆庆五年（1571年）所刻，内容与郧本同，重刻于黄州。

④隆庆改本中，有些病症未列入，有些疗法未立，阙略较多，不够全面。我感觉自己年事已高，应准备后事，故取过去所治之证、所积累的治疗经验，因案立括，因括以附案，共补充百余条，撰成万历定本《痘疹心要》，或有不全面的地方，待后来有识之士，更为增补，发扬光大。

无名氏刻本主要流传于吴越间，上海图书馆藏有此书。

三、荒岛流芳，张万言在琼州刻《痘疹心法》

海南岛在唐宋时期，是流放朝廷贬官的场所，是所谓蛮荒之地；到了明清，与中原相比，还是落后很多。海南岛是黎族聚居之地，有的地方还

①《痘疹世医心法》（元禄刻本）《万全痘疹碎金赋题跋》言“嘉靖丙午（1546年），予尝手作小儿及痘疹赋西江月，以教豚犬”。

②《痘疹世医心法自序》（元禄刻本）落款时间为嘉靖二十八年（1549年）冬十二月。

③ 据王重民先生《中国善本书提要》，《痘疹格致要论自序》（隆庆刻本）落款时间为嘉靖三十一年（1552年）

是刀耕火种，更谈不上文化教育。

奉天辽东人张万言，字升书。性格豪爽，富有同情心。幼读诗书，一路顺风。康熙二十六年（1687年）由监生出任广东琼州府知府。琼州府时辖三州十三县，相当于今海南岛境，琼州为都会，居岛之北，儋州居西陲，万州居东陲。海南岛是一个多民族地区，世居的民族有黎、苗、回、汉等。

海南岛是一荒岛，岛上缺医少药，当地人一旦生病，便请巫师前来杀牛祈祷，苏东坡初到海南时，记载这种习俗说：

病不饮药，但杀牛以祷，富者至杀十数牛，死者不复云，幸而不死，即归德于巫。以巫为医，以牛为药。间有饮药者，巫辄云："神怒，病不可复治。"亲戚皆为却药，禁医不得入门，人牛皆死而后已。

张万言从辽东来到这蛮荒之地，看到人有病就这样日夕赛祷，对医药一概不知，更谈不上方书脉诀，心里十分着急，作为地方父母官，自己有责任消除这种落后风俗，有责任提高当地医疗水平。

海南岛缺少肉食，米面等物需从两广海上运来。老百姓以食芋为主，荤腥则以海鲜为主。文化落后，读书人很少。黎族人有文身习俗，黎语为"打登"，亦叫"模欧"。

张万言于康熙二十六年（1687年）到海南岛。康熙三十二年至三十三年（1693—1694年），琼州病毒流行，婴儿相互传染，夭折无数，痘殍遍野。这下忙坏了巫师，西家祈祷完了到东家祈祷，各家杀牛宰羊，牲口嚎叫声与婴儿啼哭声混杂在一起，一片狼藉，真是惨不忍睹。

巫无功，鬼也不灵，患痘儿童一个接一个地死去。张万言想：我虽有保赤子之心，然而熟视其死，不能与天地造化相争，不能救孩儿于水深火热之中，真是有愧于海南黎民百姓。

正在张万言一筹莫展的时候，张万言的老朋友刘克厚来到府衙，向张万言推荐了一本医书。

刘克厚是万密斋的同乡，一直珍藏《痘疹心法》一书。当看到海南地区痘毒流行，感到自己有义务拯救黎民赤子，便拿出《痘疹心法》，对张万言说："这本《痘疹心法》，是我的同乡湖北罗田万密斋先生亲笔著述的，我一直秘藏于柜中。该书治法全面，何不刻而行之，广布天下，利济斯民？这难道不是保黎民赤子的良策吗？"

张万言对万密斋的医书不甚了解，对刘克厚说："学琴者必出自钟子期、师旷之门，学书者必入钟繇、王羲之之室，怎么能把学会缝衣、抚刻石之技与谙熟琴书之能相提并论？况且，我于医道已是三折肱了，还不敢以医名世，对于未试之书必慎重。"

"您还不知道呀？万密斋是有史以来的治痘圣手，他的方剂屡试屡验，他的医书海内外一直翻刻，只是在海南岛没有翻刻罢了。"

"啊！原来如此。"张万言答。

刘克厚接着说："您说不敢以医名世，其实不然，您是良医呀！您能医国而不能医民吗？能医一方而不能医一家吗？能医千万人中的壮者、老者而不能医一二赤子吗？您据有大府的财力，拥有三州十县之众，民物殷实，岛上物产丰富，可供赤子哺乳饮食。体格健壮、安于享乐、耽于酒色者，常犯血热之症，虽投以劫剂（猛药）亦不为过。有的地方土地贫瘠，人民贫困，赤子贫病交加，骨瘦如柴，或痿或痹，则常犯气虚之症，非以参芪进补而不易存活。您可使三州十县的赤子或补、或攻、或下、或解，使得人人都安居乐业，怎么会被区区痘疾难倒呢？怎么就不能与造化相争呢？"

刘克厚一席话说得慷慨激昂，对张万言触动颇大。

张万言刻书时写序道："世无钟子期、师旷，金徽玉柱之音也不曾绝于耳；世无钟繇、王羲之，龙伸蠖屈之书也不曾绝于目；世无和缓、扁鹊，医人之术也未曾绝于天下。这都是后人继承发扬的结果。请按此书行之，爱民如子者，定使斯民寿考而终。康熙三十三年初夏，中宪大夫知广东琼州府事三韩张万言升书甫题。"

万密斋的《痘疹心法》在琼州刊行后，结束了海南岛缺痘疹医书的历史。这是在海南岛刊刻传播的第一本医学著述，影响深远，具有历史意义。

四、锦上添花，赵烨校书逢知己

山东平原县赵氏家族，累世簪缨，为平原大户。明嘉靖万历年间，达到鼎盛。有赵氏兄弟二人，哥哥赵焞，号缉斋，嘉靖四十四年（1565年）进士，历任河南、广东、江西、陕西等地藩臬（封疆大吏），最后以福建参政加按察使衔退休；其弟赵烨，号熙斋，万历二十八年（1600年）以贡生授临朐县训导。赵烨通医药，善治痘疹，尤喜钻研痘疹书籍，交结朋友。

赵烨到临朐县后，首先造访了“吕布政坊”，这是万历二十三年（1595年）临朐知县为吕三才建立的。吕三才，隆庆五年（1571年）进士，任山西布政使司右参政。其子吕应嘉为县庠秀才，喜欢医学，赵烨对他非常器重。吕应嘉十分尊重赵烨，将他当成良师益友，经常向他请教有关医学的问题。

一天，吕应嘉把赵烨请到自己的书房，倒上一杯清茶，开口就问赵烨：“赵先生，您认为学医哪科最难？”

赵烨喝了一口清茶，闭着嘴唇咂了两下，顿生津液，吞下肚后说：“要说学医，科科都难。然而成年人知痛痒，能讲述病症，脉候可捉，犹感困难，而婴幼儿纯朴无知，有病不能讲述病症，爱哭闹，有脉不能诊，医治起来比大人更难。至于儿童痘疹，其毒剧烈，几天之内，就会危及生命，诊治起来那是难上加难。”

吕应嘉陷入沉思，沉默一会儿又问：“既然如此，研究的人一定不少，一定有很多专著问世吧？”

赵烨说：“不然，从业者固多，但痘疹书传之于世的却不多，有的太简略，有的太片面，有个别方剂有用，侥幸治愈，但药不对路致人丧命者更多。”

“要是有一本很灵验的痘疹书多好啊！”吕应嘉感叹地说。

赵烨离开“吕布政坊”后，吕应嘉的一句话刺痛了他，“要是有一本很灵验的痘疹书多好啊！”他想到，他在做秀才时得到郧阳巡抚刊刻的万密斋《痘疹心要》，该书探本溯源，有始有终，补、泻、温、凉，寒、通、汗、下，随症而变，因时制宜，分门别类，随症剂药，他看后十分喜欢，把它当成宝贝收藏。家乡有人患痘，按此书随症而治，没有不灵验的。当然，不能胶柱鼓瑟，生搬硬套，应辨证、灵活运用。我们不能得鱼忘筌。万密斋医德高尚，以儒从医，医术精良，我们永远不能忘记人家的功德呀！赵烨走到哪儿，这本《痘疹心要》就带到哪儿。这不，这次他又带到临朐了，只是他太爱这本书了，不轻易对人说起。因此，吕应嘉还不知道他有这本书。

赵烨到临朐任训导，刚好遇到临朐痘毒流行，他就把《痘疹心要》带入县学，吕应嘉才有机会看到这本书。大家按照书上讲的方剂治疗，绝大部分患儿都被治好了。大家奔走相告，说临朐训导赵烨有一本神书，治痘无有不效，是湖广罗田万密斋著的。临朐的有识之士、乡绅大夫，签名募捐，要求刊刻流传，造福桑梓，吕应嘉更是积极，愿应承此事。

赵烨满口答应，但是他说，他手头的《痘疹心要》是万密斋的隆庆改本，内容还不十分完备；他的哥哥赵焞从福建来信说得到一本万密斋再次修改过的《痘疹心法》，是由无名氏刊刻的，增加了很多内容，还附有新的医案。吕应嘉等同意，等赵焞把新书寄来再付梓。

其实，赵烨还有一个不便告人的想法，他想借这次出书的机会，把自己积累的治痘医案，附在万密斋相应论治之后，作为治疗效果的验证。

不久，赵烨收到了赵焞从福建寄来的无名氏刻本《痘疹心法》，作为这次付梓的底本。

选贡刘敬庵也是积极支持刊刻《痘疹心法》的人之一。他从高唐府忠庵殿下那得到一本《毓麟芝室秘传痘疹玉髓》，藏之书柜。他有保幼夙愿，早想将它刊刻，公之于世，可惜一直未能如愿，听说赵烨正在校订《痘疹心法》，便对赵烨说：“我有一本《痘疹玉髓》，是王府秘本，能否与《痘疹心法》合刊？”

赵烨听说是王府秘本，极感兴趣，却不露声色地说："您哪来的王府秘本?"

刘敬庵一本正经地说："明宪宗第七子封衡王，谥恭，封地就是我们青州府，恭王第四子是高唐端裕王，忠庵就是端裕王之后，忠庵殿下给我的这本书，您说是不是王府秘本?"

赵烨接过刘敬庵的《痘疹玉髓》，一看作者是黄石峰，画有120种痘疹图，经络分明，部位显著，于是经过删减，加上标题，附在《痘疹心法》之末，名《痘疹心法附余》。

赵烨认为，这套痘疹著述，是后世治痘准绳，可治疗不同症状，按书行事，未有不效的，刊行此书，助儿童健康成长，是寿国寿民的好事呀!

赵烨于万历三十年（1602年）孟冬月上旬就将书稿校对完毕，等待付梓。

五、依方解难，曹璜知医话《心法》

赵烨校对万密斋《痘疹心法》时，将自己在临朐一带治痘的验案分类附于各证治之后，以佐证《痘疹心法》的灵验。为了与万密斋的验案区别开来，赵烨在自己的每则验案之前记上"赵曰"，共27则，并将黄石峰所著《痘疹玉髓》附在《痘疹心法》之后，形成《痘疹心法》与《痘疹玉髓》同刊的版本。

赵烨将《痘疹心法》校对后，并没有很快付梓，引起了曹璜关注。

曹璜，字于谓，号础石（一字伯玉，别号元素），山东益都人。万历十四年（1586年）进士，由户部侍郎出守西安府，升湖广提学副使，官至通政司左参议。著有《大云集》。

曹璜退休在家后，闲暇无事，喜欢钻研医学。别人读书只是读读而已，而曹璜先生既读，还要实践，还喜欢写读书心得。曹璜自称不知医，但他看到家里多人患痘，积累经验多了，便"三折肱而成医"。

曹璜有侄女五人，相继患痘，都因喝保元汤无效相继去世。这件事对他的刺激太大了。

所谓保元汤，是浙东一个叫魏直的人所录的方剂。魏直其人能言会辩，善于议论，文字功夫不错，引用儒术、《素问》之言作外衣，吹嘘其方灵验，使人不得不相信。他还加以恫吓，说不按保元汤的方法治疗，过了7天，患者再想治也来不及了。文士们信以为真，庸医则把保元汤作为治疗尺度。曹璜感叹说："世无赵奢，赵括岂能为将?"

赵奢是赵国良将，很会打仗，为赵国立下了赫赫战功。他有一个儿子叫赵括，熟读父书。赵奢临终前告诫妻子说："括不知通变，不能为将。"妻说："括熟读您的兵书，可为将。"奢摇头说："括枉读父书。"

曹璜引用赵括的故事说明打仗不知通变必然导致失败。治痘又何尝不是如此呢？痘疹变化无穷，大江以北缺少名医，医又不专，对虚实邪正、表里标本、初终寒热的辨证施治，一概不知道；不管什么症候，一概用保元汤治疗，怎么会有效呢？保元汤就那么几味药，即令妇人，只要能识字，都可以按剂投药，怎么能治疗千变万化的痘疹呢?

后来曹璜的小儿子患痘，痘色红紫相杂，四五天后还出不齐，先出来的痘，顶平陷。曹璜对保元汤心存疑虑，但又无计可施，不得不用保元汤一试，先以小剂量试一下，一试再试，终究无效，小儿号哭之声邻里相闻。

曹璜正在痛苦之时，他的表兄、秀才周伯孔从湖北麻城专程来看望，知道表侄正在患痘，伯孔便对表弟说："表侄的病容易治疗，只要不服保元汤就可好。"

大家感到非常惊奇，不服保元汤怎么会好呢?

正在大家感到惊奇之时，周伯孔不慌不忙地从书箱中取出经赵学博点注的《痘疹心法》来，书中载痘变症数百种，方剂数千种；将其症分门别类，划分不同阶段，附以歌括，便于记诵；又辨别虚实，据以天时，合以人事，列出方药。但病无定症，症无定法，应依时依地而定。该书有理有据，广泛吸收了古代治痘经验，经过实践检验，最后整理成书，立论简而不繁，变而不执，明而不晦，多而不乱，有章可循。即令痘疹专家未见之症，亦有所收，犁然可辨。

伯孔洋洋得意地说："我们家乡把《痘疹心法》看成是宝谟大训，不敢轻易变动，患痘者只要依法治疗，没有治不好的。好比受冻的人依于衣，受饿的人依于食。是书对于患痘者来说，好比盛夏之凉风、严冬之太阳、大旱之云雨。"

周伯孔见大家听得津津有味，又把万密斋的事迹大肆渲染一番，说："万密斋是我们江黄间名医大家，少时习儒，聪颖过人，但文章不合时宜，文试未中，遂弃举从医，重操世业，折节读书，专心致志，食而忘匕；摄取古人精髓，胸有成竹，如同摇着鹅毛羽扇，指挥十万雄师作战。东围西突，南征北战，鱼龙变化，如珠走盘。融钱氏、陈氏、魏氏、刘河间、李东垣、义乌（朱丹溪）诸氏于一身，自成万氏，其道层出不穷，其法互变不同，真可谓扭转乾坤的国手。"周伯孔越说越有劲，大家听得入迷，不觉天色已晚。

曹璜在小儿患痘治愈后，悉心研究万密斋著述，有患痘者，他亲自察看，一一跟《痘疹心法》书中症状对照，得出正确治疗方案。

曹璜的亲家刘晦卿有七个子女先后患痘。其中六个患的痘都毒气重，颜色赤红，患儿大都如痘疹书中所说，面如锡饼状。刘家第三个儿子患痘，延至五六日，额、耳及两足，痘皆伏而不现，能见到的痘如蚕种，顶黑陷，患儿面赤肿、灰色。根据《痘疹心法》书中所述症状，按方投药，药下，未到半夜，患儿额际就出痘成百上千个，足心、两耳轮也立刻遍出，与万密斋所说完全符合。后曹璜为这六个患痘子女依法投药，痘都被治好了。

刘晦卿说："此法真灵。"

曹璜对刘晦卿说："据我所见，此六子女不仅仅气虚，还兼有赤热之症，然而痘大都顶陷。治痘医生不分青红皂白，见痘顶陷就一律用固元气的方法，就如我曾被保元汤所误一样。如不是此理，您的六个孩子怎么会被治好呢？气虚之症是患痘者共有的，即令如此，也有痘毒特别严重的，有痘毒重而虚的，必须先解毒而后才能补；有补气的，有补血的，有气血都补的。怎么能像庸医所说的，7日出完为限呢？唯有第七子的痘无毒，不需投药，调养一下就行了。”

最后，曹璜的侄儿兆、孙儿昭，痘出时都顶平陷、色白，无他毒，只用保元汤调养而愈。这怎么是堪补不堪迟呢？因为无毒之症只需调养补气，无需解毒。

曹璜依《痘疹心法》治好了亲家七子女患的痘后，对《痘疹心法》研究得更加透彻了。退休在家，时间多了，他时常玩索此书，爱不释手。

一天，临朐县医师李重兴和秀才吕应嘉专程到益都拜访曹璜先生，商议刊刻《痘疹心法》一事。

李重兴和吕应嘉见到曹璜后，寒暄了一阵，很快，李重兴说明来意，他说：“临朐县督学赵烨先生代问老前辈好。赵烨先生将《痘疹心法》校对一遍，托我们带来请前辈审阅，希望您能写点评论文字，帮助大家阅读。”

曹璜谦逊地说：“我已退休在家，与外界联系少，对医学又不甚了解，恐怕有负重托。”

吕应嘉迫不及待地说：“前辈学识，我们齐地无人不晓；前辈人品，我们青州无人不敬。赵烨先生交代，唯有前辈才能解读此书。”

曹璜笑着说：“长久以来，医书成法难定，变化无穷，万氏并不偏执一家之说。据朱丹溪《格致余论》所载，钱仲阳治痘多用清凉，而陈文仲治痘则用温补，世人大都推崇钱氏而贬谪陈氏，以为陈氏木香散和异功散，其方多误人，不及钱氏治表里的虚实清凉之剂。然而钱仲阳的书尽善尽美吗？它只讲到治痘的一个方面，按钱氏方剂治痘，跟按陈氏方剂治痘有什么区别呢？他们都只侧重一方面，要么清凉，要么温补。只有万密斋《痘疹心法》能辨证施治，根据病情，虚则补之，实则泻之，不伐天和，不使一方偏胜。”

李重兴和吕应嘉不住地点头称是，一番言谈下来仍觉意犹未尽，李重兴又问：“想必前辈一定有实践心得，能否讲给我们听一下？我们也好学习学习!"

曹璜接着说:"我曾记得,我们用黄连解毒汤十剂解我侄儿木香散之毒,得寒剂,利自止而痘疹遂出,这是符合钱氏清凉疗法的。然而,这种方法是普遍有效的吗?不是的。记得我的孙子曹昭,出痘刚成浆而利下,色聚变白塌,但无他症,遂用木香散获效,再塌,再服,又再效。这是因症而变呀!治痘没有一成不变的。木香散、保元汤并非杀人之剂,看您如何使用。万密斋是通变高手,所以才能治人无数。"

李重兴医师博采众长,遍搜医方,是一位好学的人。吕应嘉很想将《痘疹心法》刊刻传世,他们带着赵烨重托,又问曹璜:"老前辈还有什么交代的?请赐教!"

"您强求我说,我就还说几句。赵烨校书,我看很好,可以刊刻传诸世。20年前,我侄女五人被保元汤所误,我记忆犹新,一想起就心神不安。你们即使不要我说,我也还是有责任告诉世人的。保元汤只可用于气虚弱而无盛毒的患者,对于痘毒蓄伏、面肿如锡饼、痘色紫而赤、7日前一切恶候并见的患者,不要一看见痘顶平陷就服保元汤。陈氏木香散和异功散,只可用于肺有寒、脾有湿的虚弱患者,根据病情用药,病好即止。虚而无寒患者勿用,非肺经脾经证者勿用。若有泄泻、惊悸、气急、渴思饮的患者,不可不管寒热虚实,都用丁附。朱丹溪认为,黄连解毒十剂多用于寒凉,温补不足,钱氏喜用。各种用法,只有国医圣手,才能应用自如;若不能通变,即便有《痘疹心法》千百方剂,如同执一保元汤无异。……我们不要像赵括那样,读父书不化,终究引来秦祸。"

吕应嘉说:"我们想把老前辈的卓越见解与《痘疹心法》一同刊刻,以飨读者。"

曹璜点头同意,于万历三十六年(1608年)撰成《读痘疹心法纪事》。

第五章

名士贤达论医道，《痘疹全书》刊不绝

《痘疹心法》有无名氏万历刻本存世，其子目书《痘疹世医心法》又与《痘疹玉髓》等一起，由彭端吾以《痘疹全书》之名刊行。彭刻本一出，踵其后者刻本甚多，传播地域广，西到四川，南到海南岛，东到日本，北到河北、山西、辽宁；时间跨度长，到清朝咸丰七年（1857年）还有重刻本问世。彭本医案记述的时间、地点、人物、事件等文字较详细，全书内容较多，另附有赵烨验案27则。

一、仁及两淮，彭端吾在扬州出版《痘疹全书》

万历三十年（1602年），赵烨在临朐县庠学校完《痘疹心法》，本想由吕应嘉完成刊刻任务，但因种种原因，并未及时付梓。后来临朐名医李重兴和秀才吕应嘉又拜访了退休在家的益都进士曹璜，约他写了《读痘疹心法纪事》，这是万历三十六年（1608年）夏天的事。

吕应嘉从父亲吕三才那里知道，两淮巡盐御史彭端吾是一方富吏，热心于文教医药事业。

彭端吾，字元庄，号嵩螺。河南夏邑人。其曾祖原居江西庐陵，明弘治中始迁夏邑。祖与父皆嘉靖时举人，至端吾兄弟八人，满门仕宦，为邑中巨族。彭端吾是万历二十九年（1601年）进士，历任中书舍人、山西道御史、两淮盐漕巡按、四川右通政。在巡盐御史任上，很有政绩。当时盐政腐败，水商叫苦不迭，彭端吾奉命前往整顿，实行宽恤政策，减少水商负担；原来停运的船只陆续开航，一时盐商水商放心经营，扬州又恢复了昔日繁荣。他还注意人才培养，辟讲学堂讲授经书，使弦歌之声相闻。他也热心医药事业。

吕三才告诉吕应嘉："我和端吾父亲是至交，我给端吾写一封信，你可去找他帮忙刊刻《痘疹心法》。"

吕应嘉怀揣父亲给彭端吾的亲笔信，由运河南下，直奔扬州。运河两岸旖旎风光映入应嘉眼帘。两岸垂柳轻拂水面，微微摆动，水面縠纹一层一层向外扩散，最后消失。运河中来往漕船不断，一些运盐船由扬州出发，直到通州卸了盐，又由通州装了货物回扬州、杭州，河中一派繁忙景象。吕应嘉脑海中又浮现出当年隋炀帝下扬州的景象，当年为迎接隋炀帝种下的杨柳还在吗？彭端吾巡按能在扬州为官，这是皇上的信任，他一定不会辜负皇上的期望。吕应嘉一路浮想联翩，到了扬州。

彭端吾热情招待了吕应嘉。吕应嘉将父亲的亲笔信交给彭端吾，说："家父向伯父问好。我是专程为出版痘疹书之事来拜访前辈的，我带来了赵烨先生校对过的《痘疹心法》和曹璜前辈的《读痘疹心法纪事》，请前辈过目！"

彭端吾读过吕三才的亲笔信，看了《痘疹心法》和《纪事》，心里十分高兴，问吕应嘉："令尊身体好吗？"

"身体很健朗。"应嘉答。

彭端吾接着说："令尊和家父是至交，您带来的《痘疹心法》很好。我的同年吴亮进士曾做过湖广道御史，对万密斋很了解，曾多次向我介绍万密斋的《痘疹心法》。还有江陵陈仁进士，算是万密斋同乡，也向我推荐过《痘疹心法》，您想刊刻此书，正合我意。"

吕应嘉听后十分高兴，五六年来心中的一块石头总算要落地了。

其时，彭端吾在扬州，当地书肆正在刊刻有关医学方书。彭端吾看过《痘疹心法》后，觉得该书渊源深厚，说理透彻，辨证明晰，用药精准，疗效确切，是一本难得的好书。他想："一些驾船水手，每当家中子女生痘，因得不到治疗而夭折，简直痛不欲生，我每每看到，心里十分难过。谁能有起死回生之术呢？《痘疹心法》不知救活多少病儿，应该让它广泛传播，造福广大百姓。这是我彭家一大功德，也是当今皇上的荫庇之功呀！"

此次刻书，彭端吾打算收入《痘疹碎金赋》2篇、《痘疹世医心法》12卷和《痘疹玉髓》2卷，为了全面反映书中内容，后取名《痘疹全书》。

为了把《痘疹全书》刻好，彭端吾想请他的同年吴亮写序。

吴亮，字采于，江苏武进人，与彭端吾同为万历二十九年（1601年）进士。初授中书，升湖广道御史。在任湖广道御史时，因母病请归，是一个孝子。天启二年（1622年）任南京礼部主事，后升至大理寺少卿。吴亮为人讲义气，尚志节，与东林党首领顾宪成等人交游。因曾在湖广做官，对万密斋比较了解，知道万密斋的《痘疹心法》已广为传播，人们争相求购。

万历三十八年（1610年），当彭端吾请吴亮作序时，吴亮满口答应。同科进士相见，就如我们现在同学相见一样，显得格外亲热。吴亮借此对行医发了一番议论。

吴亮对端吾说："从古至今，谈论从政者管理百姓时，经常将之比作行医，《书》即称保民为保赤子。赤子幼儿懵懵懂懂，七情五欲知之甚少，好哭贪吃，危险不避，思维不全，生病好像不重而易治，其实不然，因为他们有口不能言，有苦说不出，病因病情一概无知，且身体柔弱，不任针灸，不胜汤剂，医生往往据方寸之指诊脉。要知道求证经络病理传变是很难的。

"远古炎帝、岐伯除了播种谷物之外，还尝百草以为民治病赐福，其功德无量，但对于幼儿疾病的治疗，基本空缺。中古长桑君、扁鹊、华佗、徐氏父子，医术高明，却也不是称职的小儿医师。自扁鹊游秦地后，秦国非常重视小儿，才开始有儿医。张仲景高足卫汛衍变其方，仅编得一卷而已，少得可怜。小儿痘疹是小儿生死第一关，患痘者能活下来的不过十分之六，而医书都不载治痘方法。据说，唐朝以前没有痘疹，从前史书详细记载人貌妍丑偏正，却不言痘靥，不知道为什么。

“今观彭丈嵩螺所刊刻的《痘疹全书》，内容是多么丰富。你们看，天下子女有哪个不爱其父母而赡养孝敬呢？天下父母有哪个不爱其子女而内心有担忧呢？以事理论，人都是要老的，而幼儿夭折的凶险尤其值得警惕！就人情而言，养老人为急要，养幼儿似缓，其实更为急切。因此，凡是悉心研究小儿痘疹治疗方法并写成书的人、帮助出版的人，都具有孝慈之心，其举犹同保民之术。”

彭端吾等吴亮说完，说：“年兄所见极是，愿闻下文。”

吴亮继续大发议论，摇头晃脑地说：“古语说：学书法费纸，学纺织费锦，学医术费人。然而只有学医费人吗？今天下灾荒、毒气频仍，民生凋敝，精神萎靡，元气尽丧。问为什么受苦，民不能自答。这如同患病沉重而不能诊断预测一样。庸医互不买账，药不对病而乱投，岂止费人，简直费国，还当儿戏一般，难道有脸面去见长桑、扁鹊吗？难道还不知道回心转意吗？误人而不知耻，入井谁怜？把婴儿放在饿虎之侧，真是大不幸！这次刊刻《痘疹全书》，是为亿万赤子保命之举。彭巡按同样将同情之心、宽恕之德用于政事，其功德不可估量。”

彭端吾对吴亮说：“我们同朝为官，为民办点事是应该的。看来年兄的脾气还是没变，豪爽尚节，可敬。”

“我是有感而发，算是给《痘疹全书》作的序言，年兄若中意，就用上吧！”

彭端吾说：“当然会用上，而且我已请扬州府泰州知州陈仁写跋，编在《痘疹全书》后面，这样就比较完整。”

陈仁，江陵人，与万密斋算是湖广同乡，对万密斋十分崇敬。万历十三年（1585年）举人。万历三十五年至万历四十年（1607—1612年）任泰州知州。由于泰州离扬州近，陈仁与彭端吾交往密切，对彭公十分敬重，对彭公的政绩也十分赞赏。彭公约他写点读《痘疹全书》的感想，作为该书跋语，陈仁欣然同意。这篇跋文实际写在吴亮序言之前，题曰“痘疹方书跋”，因写跋时尚未定《痘疹全书》之名。跋曰：

“《左传》上说，仁慈可以服众。用仁慈作准则，其道就会弘扬，用仁慈保子保民，就会从容不迫。孟子又说，先王有同情人之心，就有同情人之政，从政以推心置腹为慈，岂止微微抚慰就行了呢？我以为，爱护幼儿以保生命为难，而痘疹是婴幼儿生死一大关键。关于治痘的医方很少，即使有一二古方，欲借金石草木之药，拯救婴幼儿于患痘千钧一发之际，实在太难。万一像赵括读父书，执偏见而不知道通变，不熟悉病症而乱投药，这就如同以药剂代白刃呀！我虽愚笨不知医，但知其理。常人说，成人的病可治，婴幼儿的病就难以治了。能治的病，病在七情六欲，能抓要害部位治疗；不能治的病，找不到病源，就找不到病症。因此治成人的病，可用汤、丸、灸、砭；一诊脉，就知病症。而给婴幼儿治病，其法不可尽用，不知用什么方剂好，只能是尽心尽意，在保证安全的前提下医治。闻声辨色，察候探源，见能洞穿，探如捉蝉，按如印玺，待将病情了如指掌，再用补、泄、温、凉、迎、散等法，或病轻不用药，或怀抱以安睡，或用玩具逗玩，小儿父母用心良苦，而小儿良医同样用心良苦。

“总而言之，所谓妙法，如同人与人之间不离不即。要有耐心，不要使症候忽左忽右；要发慈善之心，时时警惕入井之危；要怀着不忍之心，帮助婴幼儿脱离夭折伤亡的境地，这是助天地造化、育人的一大关键。

“侍御彭端吾公，奉命任淮扬巡盐巡按，实行养民生息政策，使得士民商社迅速复苏。他尤其关心保婴医术，于是刊刻方书，所刊方书都是出自名家之手，医术精良，条理清晰，足以起死回生，是渡苦海于彼岸的慈航者。古人云，作人子者应知医，今读此书，感到为人父母者尤应知医。

“昔汉朝贾彪巡察郡县，发现民间有不养子者必治罪，因而爱子成风，子孙繁衍，贾彪因被称为贾父。而今若按此书育子，不但无不可养子的人，而且养子的人必寿。而彭公的仁心仁政，不但符合千载美德，而且惠及世世代代的后人。谨跋。直隶扬州府泰州知州陈仁顿首缀言并书。”

从赵烨万历三十年（1602年）在山东临朐开始校书，到曹璜万历三十六年（1608年）在山东益都家中写《读痘疹心法纪事》，再到彭端吾万历三十八年（1610年）在扬州刻书，前后经历了八九年时间，地跨两省五地，可见刻书事业的艰辛，足证有识之士传播万密斋著述的决心。

彭端吾本《痘疹全书》刻成出版后，争购者如云。吕应嘉从山东到扬州，购书后将书经运河运到山东。该书从江浙传到福建和两广，由湖北传到江西、安徽。传入日本后，经过几次翻刻，在当地广泛传播。后来，在国内又经多次翻刻。作为一本专著，在不长的时间里如此频繁地得到刊刻、传播，这在国内乃至世界上都是少见的。

二、念姊患痘，邓士昌在湖广重刻《痘疹全书》

邓士昌于万历元年（1573年）生于四川广安州一个殷实人家。这年明神宗登基，遇上全国大庆，邓家喜上加喜。父亲读了几年书，没有取得什么功名，希望儿子读书成名，成为士大夫，为子取名士昌，字龙门，寓意仕途昌盛，鲤鱼跃龙门，金榜高中。

士昌有两个姐姐，大姐7岁，二姐5岁，一高一矮，娇丽可爱，父母视为掌上明珠；又得了个儿子，龙凤齐全，全家要多高兴就有多高兴。

华蓥山横贯广安州，嘉陵江、渠江在广安境内曲折回环，把广安装扮得妩媚多娇。士昌家在嘉陵江边，江水清澈。他到了三四岁时，两个姐姐常带他到江边玩，一人牵着他的一只手，不让他上江堤，只能在江堤里面玩。

姐姐告诉他，江里有水怪，专门吃小孩，所以不能上江堤，掉到水里就没有救了。小士昌问：“我长大了可以到江里去吗？”

姐姐摸着他的头说：“长大了，当然可以去。那时你会游泳了，不怕江怪了，可以战胜它。”

士昌猛一用力，挣脱了两个姐姐的手，向前跑着说："好了，好了，我长大了，我可以下江了……"

大姐向前跑两步，一下子拉住了小士昌的衣角，轻轻打着他的屁股，说："谁说你长大了？再淘气，以后不带你来玩了。"

"好姐姐，我不跑了，你们带我去捉蚂蚱吧！笼子里的八哥肚子饿了，要吃呢。"

"好，我们去捉蚂蚱。"

两个姐姐牵着小士昌，向前面的一块草地跑去。到草地后，就看到几只绿莹莹的蚂蚱一蹦一蹦地向前跳，小士昌手一甩，姐姐就放了手，他向前一扑，等手快接触到蚂蚱时，蚂蚱后腿一蹬，又跳前面去了，小士昌怎么也捉不着。

大姐说："空手是捉不着的，我回家拿网兜来，一下子就会掏着，你俩等着。"大姐说完，飞快地回家拿来网兜。

小士昌吵着要自己用网兜掏。姐姐说："你还没有网兜柄长，等长大了再掏吧！来，把小篓儿拿着，我们掏好了，就装进去。"

"要算我掏的。"

"你拿着篓儿，当然算你掏的。"

一会儿工夫，他们就掏着了七八只蚂蚱，高高兴兴地回家去了。

小士昌和他的两个姐姐每天都玩得很开心，捉蚂蚱、抓蜻蜓、采野果，是他们的爱好。

小士昌 4 岁那年春天，大姐 11 岁，二姐 9 岁，相继患痘，父母忙得不可开交。爷爷稍知医，见过几次小儿患痘，知道有传染性，就对士昌的父母说："孙儿现在还未出痘，赶快送他到外婆家躲一躲，要不他也会染上。"

母亲对士昌说："我带你到外婆家看外婆，你到那儿可以看渠江，可上山采兰草花，好吗?"

"不，我要和姐姐一起去。"

“姐姐病了呀，等姐姐好了，再叫她们来接你。”

“一定要叫姐姐来接我呀!”

母亲把小士昌送到外婆家后，连夜赶回，家中还有两个正在出痘的女儿，哪里顾得上休息。

大女儿面色娇赤，额有青纹，出痘后面如锡饼，痘疮发黑，川东名医都请遍了，无人能治好此病，拖了20多天，不幸夭折，死时才11岁。二女儿患痘稍轻，经过近一个月的煎熬，算是结痂了。一个娇嫩妍丽的女孩，经过这场病，完全变样了；脸蛋由嫩白变得粗糙褐红，留下一个个坑，人也无精打采。

看到这种情景，父母痛不欲生，掩埋了大女儿，看过二女儿，不禁呼天抢地：“老天爷，你为什么这样对待我们呀?”

慢慢恢复健康的二女儿，问母亲：“弟弟呢？我要弟弟!”

“弟弟在外婆家，没有事。过几天我们就把他接回。”母亲一面安慰二女儿，一面说。

小士昌在外婆家，外婆对他百般呵护，表姐表哥带他到渠江边玩。他慢慢交上了新朋友，但心里老是忘不了两个姐姐，对外婆说：“我要回去，叫姐姐带我去捉蚂蚱、喂八哥。嘉陵江比渠江宽，姐姐说了，等我长大了，可以到江里游泳。”

“你母亲过几天就会来接你，你现在在这里玩吧！我去给你煮鸡蛋吃好吗?”外婆哄着小士昌。

“好，煮鸡蛋吃。”

为了让小士昌躲避痘毒，他在外婆家待了一个多月。他哪里知道，这是一场多么大的灾难!

母亲来接他了。母亲见到外婆，眼泪忍不住簌簌外流，扑到外婆怀中，抽泣起来。外婆早知道大外孙女已经死了，二外孙女脸上留下了难看的痘疤。让女儿哭泣了一阵，外婆抚摸她的头说：“事情过去了，现在无法挽回，幸喜士昌没有事。”

外婆正说着，士昌一下子扑到母亲怀里，撒娇说："母亲不要我，怎么这么长时间不来接我？我好想姐姐呀！"

母亲听到士昌说好想姐姐，真不知道怎么跟他说才好，就反问他："你在外婆这儿住得好吗？外婆喜不喜欢你？"

"外婆喜欢我，还给我煮鸡蛋吃呢！但我想姐姐，我要回家！"

母亲带小士昌回了家。一到家，士昌感到很奇怪：以往我一到院子，姐姐听到我的脚步声，就会出来接我，今天怎么不出来接我？

士昌大声喊道："姐姐，我回来啦！快来接我。"士昌跨进大门，怎么没有看到姐姐呢？就问母亲："母亲，大姐二姐呢？怎么不来接我？"

母亲一听，眼泪汪汪，用手帕擦着眼睛，轻轻地说："大姐你见不着了。"

"大姐哪儿去了，我怎么见不着？"

"大姐死了。"

"怎么死的？怎么会死呢？"

"老天爷要她的命，我们是没有办法的。"

士昌太小，没有办法知道大姐为什么会死，接着又问："二姐呢？"

二姐早听到士昌回来，但她觉得自己变得这么丑，怎么见弟弟呢？母亲喊她出来，说："弟弟在外婆家住了一个多月，你出来见见吧。"

二姐低着头，来到弟弟面前。

"二姐，你怎么啦，脸上怎么变得坑坑洼洼的呀？"

二姐哭着扑向母亲怀里。

士昌对家庭的这次变故茫然无措，此事在他那幼小的心灵里留下了刻骨铭心的记忆。后来，他才知道痘毒是如此残酷。

失去了大姐，士昌变得懂事多了，读书十分用功。他也很有天分，考秀才、举人一路顺风。万历三十五年（1607年）考取进士，授南京户部主事，任浙江处州府知府，万历四十四年（1616年）升任湖广按察司副使，分巡永州道兼摄衡州道。

上任伊始，邓士昌就到永州视察。永州是唐代著名诗人兼散文家柳宗元的贬谪地，著名的《捕蛇者说》就写在这里。由于柳宗元爱护老百姓，当地流传着很多他的故事。当地建有“柳侯祠”祭祀他。邓士昌到永州后，首先去拜祭了柳侯祠。“苛政猛于虎”的哭泣声，时常回旋在他的脑海中。

第二年，即万历四十五年（1617年），他的同科进士林士标任永州知府。林士标是福建福清人，他从东南沿海来到南方永州这僻壤之地，颇为不适，幸喜同年邓士昌作了他的上司，分巡永州道。到永州后，林士标首先去拜会了邓士昌。

二位同科进士相见，格外亲热，林士标首先向邓士昌致意：“京城一别十年了，虽然互有书信问候，但心里还是挂念，现在您为我的上司，使我遇事有依靠，幸会，幸会。”

邓士昌说：“这是机缘，作为地方官，应该为老百姓多办点实事。我建议您到柳侯祠拜谒一下柳宗元，看老百姓是如何怀念他的。”

“我正有此意。”

林士标略为思考了一下，又说：“永州比我们福清地域条件差一些，老百姓很穷。我在道上，看到很多麻子脸，那是出痘留下来的，说明这里痘毒流行。”

邓士昌一听到“麻子脸”，心里咯噔一下，回忆起姐姐小时出痘的情景，心里微微发痛，没有马上答复林士标的话。

林士标看到邓士昌的痛苦表情，心里忐忑不安，不知什么话惹恼了上司，虽说是同科进士，但对方毕竟是上司。

林士标陷入深思之际，邓士昌抬头对他说：“痘毒对老百姓的危害，套柳宗元的话说，‘苛痘猛于虎’呀！良医同良相，从政如同从医，应为老百姓解困纾难。我小时候，两个姐姐相继患痘，大姐不治而亡，二姐留下了痘疤，痛苦陪伴她一生。我一看到或听到‘麻子脸’，就会想起我的两个姐姐来。”

“愚弟真的不知，请台下不要介意。”林士标略带歉意地解释说。

“不，这件事对我的刺激太大了，我从做秀才时起，就留心有关痘疹方面的著述。我在任浙江处州府知府时，有人送我彭端吾重刻的《痘疹全书》，我一直珍藏在柜里，很想重新刊刻传播。我想请年兄写一篇序言，你看如何？”

“好啊，我初来乍到，一点政绩也没有，我们重刊《痘疹全书》，遍授永州儿医，这是保赤子之举，是一件很有意义的事。”

邓士昌把家藏《痘疹全书》交给林士标，林士标看后写了一篇《锲痘疹方书叙》。叙（序）曰：

“从古至今的医书，自《素问》以后，各个朝代都会有人撰写，然而痘疹一科，即令长桑、扁鹊、华佗、徐氏父子等神医，也无人记载。有人说：唐朝以前没有痘疹，其他史书对人貌的善、恶、美、丑记载详细，而独不记载痘靥，就是明证。又有人说：痘疹是病毒，自怀胎时就有，分布于气血之中，人生禀气有强有弱，则染毒有深有浅，不是药石所能救治的。莘莘众生都是如此，何以古今的人有别呢？凡人生病，标本缓急都与脉象有关，不吃药剂难以痊愈，难道婴儿生病就例外吗？前贤未阐述奥秘，后人会剖析解决，以至著述汗牛充栋；痘疹书也是如此，时至今日方有完备之书，又有什么可疑惑的呢？

“今览邓公家所藏痘疹著述三编：《痘疹全书》《痘疹玉髓》《世医心法》，合而参阅，计有三关五轴、八门九不识、十问十八纪及一百二十图，经络分明，部位分列，以至出痘疏密轻重、陷伏显微、吉祥灾殃、起伏快慢，诸经转变，都清楚明白，令人了如指掌，是一部好书。治疗大计和准则是不容变更的。邓公不忍私藏，拿出刊刻，遍布国内，这是多么了不起的筹划，其传播的广泛程度可想而知。

“过去称保民如保赤子，保赤子最令人忧虑的病是痘疹。痘疹能治则赤子安全，赤子安全则父母老幼都欢喜。邓公能了解父母之心，行天下父母之政，婴儿啼笑，如其目睹，婴儿剧痛苛疾，如其亲受。书成，按书治疗则痘疹顺逆险恶可以了解并控制。读此书的人，领会其意，能得鱼忘筌，不可胶柱鼓瑟而不知变通，则用其方如木工斫轮，治痘如熟手捉蝉，在病情倏忽变化的时候像地仙司南，在病情恶化、颠危困厄的时候如舵手慈航苦海。然后知邓公大德，誉满中华，使得父母赤子都和乐欢娱。士标未全部阅读其书，然而保民之责不敢放弃。书已镌刻而成，勉为序。赐进士及第中宪大夫湖广永州府知府林士标序。”

万历四十五年（1617年），林士标写好序言，交邓士昌审阅，士昌说：“年兄过誉了。文思敏捷，一气呵成，不错。”

当年书出版后，邓士昌寄了100套到四川广安，不忘家乡父老治痘之需。家乡父老奔走相告，说士昌为官不忘家乡疾苦，一定会兴旺发达。林士标寄了50套到福建福清。得书者个个夸士标爱乡之情，湖广等地更是近水楼台先得月，人们以能得到一套《痘疹全书》而欢欣。该书有一部分流传到日本，在日本得到了广泛传播。

三、修补校订，崔华在扬州重刊《痘疹全书》

崔华，字莲生，号西岳。河北平山县人，平山县位于太行山东麓，距北京不算远。虽说离京城近，这里却没有城中热闹气象，有的是太行山的荒凉。由于穷，人们崇尚读书，唯有走科举的道路，才有出人头地的希望。人们是这样想的，也是这样践行的。

崔华家在平山县算是富裕人家，父亲有自己的小庄园，算计好，勤俭持家，靠贩卖山货慢慢积攒下一些家业，略认识一些字，能记账算账。父亲心里很羡慕有学问的人，要求莲生好好读书，将来能出人头地。莲生自小懂得生活艰难，人聪明，读书也十分用功，18岁就考取秀才。父亲会点武功，莲生从小受父亲影响，也有几下拳脚功夫，生得结实硬朗。他20岁乡试中举，人们称赞他文武双全。顺治十六年（1659年）进京会试，崔华高中进士，父亲喜出望外，逢人便说，我们崔家能有今日，全是祖上积德，莲生一定会光宗耀祖的。

崔华考取进士后，初授浙江开化县知县。浙江开化县位于钱塘江源头，浙、赣、皖三省七县交界处，是浙江西大门，地理位置十分重要。

崔华走马上任后，耿精忠的谋反为崔华晋升创造了机会。耿精忠为耿仲明之孙、耿继茂的长子。耿家先世为山东人，后被迁至辽东盖州卫。耿仲明先为毛文龙辖下参将，毛文龙为袁崇焕所杀后转投孙元化，孙元化为明廷所杀后，转降努尔哈赤，顺治初从多尔衮入关，1649年封靖南王。耿仲明死后，子耿继茂袭爵。1671年耿继茂卒，耿精忠袭爵靖南王。

从耿继茂开始，借“移镇”机会，就大面积圈地建造王府。他选择了福州东南部的地面，以现有王庄为中心，圈屋二千余间，侵占田园300亩，盖起了王府。

耿王府建设得非常豪华。大门前的一对石狮，是选用广东高要县出产的“白石”雕塑而成。这种白石透明圆润，纯净无瑕，像玻璃一般。王府所用木料被分派到各地官府，令选购黄楠、黄杨、乌梨等珍贵品种。王府附近森林豢养有进口印度象，其豪华气派程度可想而知。

耿继茂移镇福州后，知道朝廷对自己不是很信任，便有反意。有一天，他从王庄出发，带了几个贴身随从，骑马到鼓山涌泉寺烧香，占卜前程。至半山腰，忽有方丈道霈和尚率众迎接。耿王问：“哪个是道霈？”方丈答：“山僧便是。”耿王又说：“既名道霈，道在哪里？”方丈答：“稻在田中。”耿王大喝：“此道不是那稻。”方丈回道：“此田不是那田。”

原来耿王问的是道路的道，请指明前途。方丈故意岔开话题，田是指心田的田，要耿王体味什么是正道。过了山门，耿王驻马不动，便问方丈：“可知孤家是进还是退？”方丈答道：“进则凌云登汉，退则海阔天空。”劝耿王要悬崖勒马，但耿王不予理会。耿精忠继位后，仍然积极准备谋反。

康熙十二年（1673年），朝廷颁布“撤藩令”。吴三桂、尚可喜先反，第二年三月，耿精忠在福州王庄造反，拘禁福建总督范承谟，巡抚刘秉政则投降。精忠自称总统兵马大将军，铸专用铜钱“裕民通宝”，以供军需；以总兵曾养性、参领白显忠、总兵江元勋为将军，分三路攻打浙江、江西。

康熙帝命将军赉塔赴浙江、将军希尔根赴江西抗击耿精忠，削掉耿精忠靖南王爵。精忠部在浙江战果不断扩大，后与玉山、永丰土寇结合东犯常山，陷开化、寿昌、淳安、遂安诸县。

崔华此时任开化知县，他自小有点武功，胆识过人，身材魁梧，又是进士出身，能文能武，正有用武之地。他配合赉塔将军，积极反攻精忠部，坚壁清野，断绝精忠部粮草供应，使叛军寸步难行，最终收复开化，为平定精忠叛乱做出贡献。

由于崔华抗击耿精忠叛军有功，加之知县任内安抚流民、上书蠲税、广施药饵，既安定一方，又活人无数，康熙十九年（1680年），擢崔华扬州府知府，康熙二十二年（1683年）授两淮盐运使。不是皇帝亲信或是有功之臣，是难觅此位的。崔华能觅得此位，与他的努力奋斗分不开。

崔华是一个想做事的官员，是一个想出政绩的官员。康熙二十二年（1683年），崔华上任盐官，见两淮库房贮存着前贤彭端吾刻《痘疹全书》的旧版，虽有些残缺破损，但基本完好。他找来《痘疹全书》旧本，详细审读，知道此书是治痘圣书，心想：若将此书重新出版，惠及百姓，不也是一件很有意义的事吗？这也是一项政绩，而且见效快。于是，他仔细检查旧版，把残缺损坏的地方详细记录下来，校订、修补，以备付梓。

通过三四年的工作，旧版修补好了，前有书名页，上题："痘疹心法全书，平山崔先生校订，诸名家手述，本府藏版。"书名页后是崔华序。序曰：

"有人说，医师行意旨。婴幼儿有病，口不能言，诊脉万变，用药多少、增减，全凭医师掌握；好比名将用兵，巧用地形，捕捉战机，随机应变，全凭指挥官分析判断。所以治疗婴幼儿，怎么能够生搬硬套古方书呢？况且婴幼儿患痘疹，有虚有实，千变万化，数不胜数，治疗不可能一蹴而就。

"我分析其中要领，认为应折中，好比兵家与医家，虽然专业完全不同，但二者不外乎攻守两项，温补保持元气，好比兵家的防守；凉泻解毒，好比兵家的进攻。高明医师察形色，观荣卫，审虚实，辨邪正，旁取古今方剂，根据病情轻重而定剂量，这样就可以通晓阴阳变化规律，取得良好的治疗效果，挽回生命而保赤子。这是仁人君子所追求的目标。况边远荒凉之地，当痘毒流行的时候，婴幼儿极易受到感染，虽然有姜、薯、枣、术等草本植物，也没有多大用处，多么希望得到先贤明哲们的论述啊！因得不到治疗而夭折短命的悲剧经常发生，我时常为此而遗憾。

"康熙二十二年，我任两淮盐运使，看到库房贮有前贤彭端吾先生所刻的《痘疹全书》的旧版，就叫工人印刷出来。我仔细翻阅，特别喜欢该书应变相宜，歌括贯通全篇，对病情轻重缓急、气色清浊分析透彻，不管男女老幼，都可看懂以保婴，可以说夺造化之功，实是养幼的灵丹妙药，犹如人们赖以生存的水火。可惜书版破损、篇幅残缺，亟须找到原刻本对照着重新修补付梓。人们说痘疹病是婴幼儿生死的第一道难关，希望本书刊印后广市天下，使人们可以遇病应变，因时而异，详细审阅、慎重参考此书，可以收到万全的效果，但我不敢说我的功劳与端吾相等。康熙二十六年仲春上浣。赐进士第大中大夫总理两淮江广河南等处盐法道，前中宪大夫知扬州府事平山崔华撰。"

崔华重新修补、校订、印刷的《痘疹全书》，大部分免费赠送，有的船工得到该书后感慨：今后我的孩儿若患痘，按书治疗，就有救了。特别是崔华的老乡贾东井得到此书后，如获至宝，爱不释手。

四、名士风流，贾东井为《痘疹全书》重印本编目作跋

康熙二十六年（1687年）春，崔华在扬州出版《痘疹全书》后，邀请贾东井到扬州叙旧。

贾东井也是河北平山县人，号奎聚，与崔华是同乡，也是同学。他与崔华同年在县学考取秀才，可以说二人文才相当，又一同赴省城乡试，结果崔华顺利考取举人，贾东井却名落孙山。后来他又考了一次，还是未中。

说实在的，并不是贾东井文才不好，而是他的文章不合时宜，考官说他太务实而无理想。

两次乡试失败后，贾东井无意继续走科举道路，以著述写作、作诗填词、种药养鸟自娱。他住在太行山东麓，每当春秋二季，就会骑马西行，到太行山踏青登高。太行山的王屋山是愚公移山的地方，贾东井远眺层峦起伏的山峰、汹涌澎湃的云海，顿觉心胸开阔，觉得自己也是立足于天地之间的一分子，也是造物之主。清风惠我，明月照人，大自然对待每一个人是公平的。贾东井完全忘掉了科举的失意。

平山人称贾东井为名士。所谓名士，姑且从魏晋算起，多半在野或由庙堂退居林下，多才多艺，复有真性情，时有瑰意琦行惊人之举，因此名扬一方甚至国中。在稳定的政治、社会、经济、文化环境中，有些文人为追求理想、实现自身价值，选择清高妒世，我行我素。因此，名士一脉得以绵延不绝。贾东井由于科举道路走不通，便也加入了名士之列。

贾东井接到老同学崔华的邀请后感到欣慰。他并没有把崔华当达官贵人看，在人格上，他和崔华是平等的，在学问上，他认为自己并不比崔华差多少。

贾东井从平山出发，经北京到通州，由运河乘船至扬州。此时他想起家中妻儿，颇有几分离情别绪，他想到了林逋的一首《点绛唇》："金谷年年，乱生春色谁为主？余花落处，满地和烟雨。又是离歌，一阕长亭暮。王孙去，萋萋无数，南北东西路。"

贾东井咏的是萋萋芳草，以草点染离情别意，怅惘之情不绝如缕。

坐在航船中，贾东井想到康熙盛世，三藩叛乱刚刚平定，社会较为安定，对他来说，时光在无情流逝，人在衰老，他又想起了晏殊的一首词《渔家傲》："画鼓声中昏又晓，时光只解催人老。求得浅欢风日好。齐揭调，神仙一曲渔家傲。 绿水悠悠天杳杳，浮生岂得长年少。莫惜醉来开口笑。须信道，人间万事何时了。"

真可谓人生短暂，世事无定。绿水悠悠，天地茫茫，在这纷繁的红尘中，人不可能永远年轻。宇宙无限，人生有限，不要担心醉酒，只管开怀畅饮，人间万事，只需付之淡淡一笑。既想及时行乐，也想做点事情。

从通州到扬州，航船顺流而下，贾东井第二天下午就到了绿映莺啼、杨柳依依的江南繁华之都扬州。

崔华已在书房备好了清茶，迎接老友贾东井。二人相见，格外高兴。贾东井先拱手施礼说："台下政务繁忙，放下公务专门接待我，真是经当不起！"

"我们是老同学相见，还是按小时候的规矩，不分彼此，有啥说啥。"

贾东井听崔华如此说，心中暗喜，对方果然没有官架子，就改用小时候的称呼，说："西岳，您考取了进士，做了两淮盐运使，还没有忘记布衣之交，没有忘记家乡和我这乡村野老，从这点看，您是一个好官。"

"谁不知道您是我们河北名士，就您的学问、人品，应在我之上，只是我们走的路不同罢了。我老了，告老还乡，还想跟您做邻居呢！"

"我等着老同学衣锦还乡。您这次要我来，不是只邀请我来喝酒吧？"贾东井调侃道。

"当然不光是请您喝酒。我上任伊始，看见运库贮有前贤端吾先生所刻痘疹书版，我经过修补，重新刊印了《痘疹全书》。我知道，老同学喜爱医书，对医学颇有研究，我想请您带100套回平山，广施儿医学士，救治患痘病儿，也算是造福桑梓。希望您在闲暇时间，认真研读，提出自己的见解，以便在下次刊印时采纳。"崔华说完，饮了一口茶，等待贾东井的反应。

贾东井听后，一下子提起了精神，激动地说："治痘疹的书是再需要不过的了，特别是我们家乡的那些医师，在治痘疹上茫然无知，这真是雪中送炭。我看过一本野史，说康熙皇帝两岁染上天花，因饮水过多，湿伤脾胃不能收靥，后由太医蔡济时负责治疗。蔡济时是黄冈人，是万密斋徒弟蔡朝扆的玄孙，谙熟万氏学说，擅长治痘。他根据《痘疹心法》治好了康熙患的痘，康熙因此当上了皇帝。我早知道罗田万密斋的《痘疹心法》，但一直无缘得见，今天能目睹此书，真是三生有幸。”

二人在书房茗谈，一直谈到日落西山，到了晚饭时间。在晚宴上，二人的话匣子还是关不上。崔西岳谈了他在浙江任开化知县时，如何抗击耿精忠叛乱，得到皇帝信任，才做了两淮盐运使；贾东井谈了如何在家读书写字，作诗填词，种花养鸟，如何参透人生。二人一直谈到月上梢头。

二人见皎洁月光洒满大地，一时来了游兴，西岳邀东井游览扬州瘦西湖，东井一听，离座手牵西岳，忙说：“现在就去。”

西岳起身，望着东井，笑答：“我们真不是东西。”

东井意会，开怀大笑。西岳向东井介绍说：“扬州瘦西湖是一个园林群，园中景色宜人，融南秀北雄为一体，有‘园林之盛甲于天下’之誉。所谓‘两堤花柳全依水，一路楼台直到山’，其名园胜迹，散布在窈窕曲折的一湖碧水两岸，俨然一幅次第展开的国画长卷。”

他们在御码头登舟，完全陶醉在湖光月色之中。东井说：“天下西湖，三十有六，惟扬州的西湖，以其清秀婉丽的风姿独异诸湖。一泓曲水宛如锦带，如飘如拂，时放时收，较之杭州西湖，另有一种清瘦的神韵。”

西岳脱口而出：“亏您体会得出。怪不得唐代诗人徐凝深情赞美，‘天下三分明月夜，二分无赖是扬州。’”

贾东井深有体会地说：“瘦西湖景可用两字概括——瘦和丽。所谓瘦，就是景点小巧玲珑；所谓丽，就是自然风光旖旎多姿。这是用金子垒起来的呀!”

小舟慢慢接近五亭桥，贾东井诗兴大发，想起晚唐风流才子诗人杜牧的诗，吟道：“青山隐隐水迢迢，秋尽江南草未凋。二十四桥明月夜，玉人何处教吹箫?”

崔西岳也想起了杜牧的诗句，吟道：“落魄江湖载酒行，楚腰纤细掌中轻。十年一觉扬州梦，赢得青楼薄幸名。”

二人会心一笑。

真是时光逐行舟，不觉间东方泛出了鱼肚白。西岳说：“我们回去吧，明天我还有政务要处理哩!”

贾东井在扬州住了半个月，把《痘疹全书》看了两遍，直叫好书。半个月后，带着崔华赠的100套书，贾东井回到了平山县。

贾东井回到平山后，对《痘疹全书》进行了序次编目：在《碎金赋》之前（崔华序之后）增加了《痘疹碎金赋目录序次》《痘疹世医心法目录序次》各一篇，在《痘疹玉髓》之前增加了《附毓麟芝室玉髓摘要目录序次》一篇。编完目录序次后，贾东井写了一个简单的跋，说明编排目录序次的目的。跋曰：

“《心法》《玉髓》二书是痘疹书中的精华。若要查找某证治论说，就像大海捞针一样难寻；因此我逐段编排目录，贯综歌括，于《玉髓》总目下，各加详细注释，使人一看便知大概。闲暇时，我又于原本诗句总括下，参照目录，编排序号，欲找某证，对号入座，一目了然。目录既备，附于书首。这难道不是为后学提供了一条捷径吗？康熙二十九年仲春，平山贾东井订于松竹居中。”

贾东井得到崔华康熙二十六年（1687年）《痘疹全书》印本后，用三年时间完成了该书的目录编排，一直藏之于家。到崔华退休后，该编目本才由崔华交到扬州宣惠堂，宣惠堂于康熙五十六年（1717年）将“两淮运库”旧版二次挖补重印，称“两淮运库本”。此本书名页上有“宣惠堂”印记，因此又称为“宣惠堂刻本”。第二次修补重印时，将贾东井序次的内容补插其中，故此本亦称“贾东井序次本”。

贾东井序次本问世后，过了140年，即清咸丰七年（1857年），觉罗恒保于四川资州重新刻印该本。觉罗恒保，满族，长白人，号容斋。咸丰五年（1855年）任四川资州知州。

觉罗恒保重刊本按实际内容，为《痘疹世医心法》12卷、《痘疹碎金赋》1卷，附《痘疹玉髓》2卷。底本是彭刻本《痘疹全书》的康熙五十六年（1717年）的修补重印本（即贾东井序次本）。这是万密斋著述首次在四川境内刊刻传播，并且是由少数民族知识分子传播的。

第六章
金科玉律妇人科，育婴广嗣活儿书

妇女、儿童是一个特殊群体，需要给予特殊关照。万密斋是16世纪最著名的妇儿科医学专家之一，其著述流传广泛，影响深远。

一、妇女福音，《万氏女科》的刊刻与传播

万密斋于隆庆四年（1570年）撰成《保命歌括》，这是一本内科著述，论述男女相同的外感内伤诸证；隆庆五年（1571年）撰成《万氏女科》（又称《万氏妇人科》），论及女子特有的“调经、胎前、产后之治”。

可以说《万氏女科》是从内科著述《保命歌括》中分出来的。对此，万密斋说：“男人和女人，都是禀承天地之气而生的。出生之后，男性血气都足，女性则气有余而血不足。至于生病，男性和女性的外感内伤诸证基本相同，但女性则另有调经、胎前、产后诸证需调治，所以单列一科，总结成书。”

万密斋将万氏三世在妇人科方面的行医经验加以总结提炼，撰成《万氏女科》，给广大妇女带来福音。

王懋才，字念斋，湖北武昌人。18岁就结了婚，婚后5年未生育，父母急着抱孙子，儿媳就是不怀孕，老两口到处求神拜佛，毫无效果。儿媳

每逢初一、十五，头天晚上就把头梳好，用黑丝网罩好，第二天五更就到观音庙烧香，求观音菩萨送子，也是枉费功夫。

懋才虽然结了婚，但心思全用在读书上，结婚那年他就考取了秀才。婚后一直无子，他也纳闷到底是谁的问题。县学诸生中有人向他建议：何不请本县陈老医师看一下呢？他是有名的妇科医生。

陈老医师自幼研习万密斋妇儿科著述，深谙万氏妇儿科医理，治病完全依法万氏，用药简洁，疗效确切，在武昌一带很有声望。王懋才接受了诸生建议，请来了陈老医师给妻子看病。

陈老医师给懋才妻诊脉后，对懋才说："相公，您是读书人，道理一说您就懂。妇人无子，多半是经候不调，必须用药物治疗，光求神拜佛是不行的。"

懋才自觉惭愧，"平时我一心只读圣贤书，对妻子的关心太少了，妻子到底有什么病，我也不知道。"

懋才妻知道自己经候不调，总难于跟丈夫启齿，怕影响他的学业，总以为自己可以调养好，所以一直耽误到现在。她对陈老医师说："我经候向来不调，经行或前或后，也吃过其他医师的药，总不见效。"

陈老医师说："万密斋先生书云，'故种子者，男则清心寡欲，以养其精；女则平心定气，以养其血；补之以药饵，济之以方术，是之谓人事之常尽也。'治女子经候不调，我只用万氏乌鸡丸。效果很好。"

懋才问："乌鸡丸疗效确切吗？"

"当然确切，此丸专治妇人脾胃虚弱，冲任损伤，血气不足，经候不调，以致无子者，服之屡验。"陈老医师答。

乌鸡丸：取未騸（未去掉雄性生殖器）的雄性白乌骨鸡一只，先以粳米养七日，勿令食虫蚁野物，吊死，去毛去杂碎，以一斤为准。用生地、熟地、天冬、麦冬各二两，放鸡肚中，甜美醇酒十碗，以沙罐煮烂，后移至桑柴火上焙，过滤去药渣，滤液焙至焦枯，研细为末。再加杜仲（盐水炒）二两，人参、炙草、肉苁蓉（酒洗）、破故纸（炒）、小茴（炒）各一两，归身、川芎、白术、丹参、白茯各二两，砂仁一两，香附四两（醋浸三日，焙）。共研末，用酒调面糊，黏接成丸。每服五十丸，空腹温酒下或米汤下。

如此调理半年后，懋才妻月事完全正常了。第二年，果然喜得贵子，懋才喜得不亦乐乎。同年懋才乡试中举，更是喜上加喜。

懋才从友人处得到万密斋《万氏女科》（或称《济阴编》）一书。卷一为总论及调经、崩漏、种子等章，卷二为胎前诸病，卷三为产后诸病。该书共载妇科常见病症90余种，共约30万言。书中文字优美，一篇《济阴通玄赋》，懋才读了一遍又一遍，几乎能背下来，他把它当成赋体范文来读。妻子怀孕后，胎教、分娩、婴儿护理完全按万密斋书中要求做，取得良好效果。从此，王懋才将此书一直带在身边，时常翻阅。

康熙二十一年（1682年），王懋才会试考中进士，授江西新建知县，与该县名儒裘琅交往密切。

裘琅，字玉声，南昌府新建县人，岁贡生。裘琅儿子裘君弼，县学诸生，出于王懋才门下，康熙二十九年（1690年）乡试中举。是年，王懋才正在新建知县任上，为了彰显政绩，就刊刻《万氏女科》。

裘琅年老退休后，闲暇时手校《万氏女科》，被书中内容深深吸引，遂有付梓之意，其时裘家已是邑中仕宦之家，刊印此书，既可宣扬家庭威望，又可造福桑梓，是利在当代、功及千秋的善举。

于是，裘琅将王懋才在任上刻过的《万氏女科》增订、重刊，裘琅在《重刊小叙》中写道：

"《万氏妇人科》就是湖北黄冈罗田万密斋先生所著的《济阴编》。关于妇科内容，从调经到产后，各阶段的陈述有条有理，分析透彻，能洞悉诸证原委。即令在穷乡僻壤，找不到良医也没关系，只要能断句阅读，明白所述内容，按方剂药，就能立刻治好沉疴重疾，是使人长寿的金科玉律。过去王念斋（即王懋才）任我新建知县时，曾在官衙将《万氏妇人科》付梓，后退休回湖北，将刻板带走了，因此江右因无刻板而难购此书。康熙二十九年，长子君弼从县学诸生考取举人，出自念斋之门，幸而得到《万氏妇人科》藏本。我因闲居乡下，有空余时间，手校《万氏妇人科》，捐资重刊，以便在江右广泛传播，并记其来龙去脉，以飨读者。康熙五十三年初冬上浣，南昌七十老人裘琅玉声题于世德堂。”

裘琅于康熙五十三年（1714年）刊刻《万氏妇人科》时，增加了自己的良方17则，随后出现了多种坊刻本，都转载裘琅此叙（序）。

山东潍县郭梦龄先生在清道光癸卯年（1843年）出守西川时，从友人骆星斋处看到坊刻本《万氏女科》一书，该书错误较多，故和骆星斋二人对该书加以考核更正，于清咸丰元年（1851年）重刊，传播海内，以免辜负万密斋、裘琅二先生救苦之心。

《万氏女科》在传播过程中，有改名叫《万氏妇科汇要》的版本，4卷，此本与裘琅《万氏妇人科》增订本内容相同。卷一为立科大概、济阴通玄赋、调经章、崩漏章、种子章，卷二为胎前章，卷三为产后章，卷四为保产良方，自“调经种玉汤”至“又稀痘神验方”，共17则。该书为清道光元年（1821年）仲秋书业堂所刊。

《万氏女科》在传播过程中，有与亟斋居士《达生编》的合刊本，共4卷，即《万氏妇科达生合编》。前有《重刊妇达合编序》，文字内容与裘琅《万氏妇人科・重刊小叙》完全相同。正文分两部分，第一部分为《万氏妇人科》3卷；第二部分为《达生编》上下集，首载亟斋居士的《达生编小引》（末署“时康熙乙未天中节亟斋居士记于南昌郡署之西堂”）及《达生编大意》9条，与亟斋居士《达生编》内容相同。

总之，由于万密斋所著《万氏女科》的理论性和实用性极强，从问世以来，传播非常之广。

二、育儿良书，《广嗣纪要》的刊刻与传播

《广嗣纪要》现存的最早刻本是“万历新岁仲春之月怡庆堂余秀峰”刻

本，5卷。万历元年（1573年）万密斋还在世，时年75岁。

约在万历二十七年（1599年）前，福建邵武府知府、赐进士中顺大夫黄冈李之用刊刻《广嗣纪要》5卷，以万历元年（1573年）怡庆堂余秀峰刻本为底本，作为其所刊《万氏全书》中的一部，前有李之用《广嗣纪要序》。

万历三十年（1602年），《广嗣纪要》余良史刻本问世。此刻本的故事，还要从万密斋的徒弟蔡朝扆说起。

黄冈秀才蔡朝扆，生得一表人才，自幼聪明好学，自信好强，远近闻名，方圆几十里的人都夸他将来一定大有作为，一定能进士高中。但事与愿违，蔡朝扆三次乡试未中，越想越生气，越气越沉郁，慢慢变得沉默寡言，闷闷不乐，得了忧郁症。他的忧郁症是一种心病，找了很多医生治疗，也毫无效果，病情反而越来越严重。最后，蔡家找到了万密斋，万密斋用精神疗法，在不知不觉中治好了蔡朝扆的忧郁症。蔡家对医家感激不尽，蔡朝扆遂拜万密斋为师学医，医术大进，成了黄冈一带有名的医师，一生追求万密斋的理想，致力于万密斋著述的传播。

隆庆六年（1572年），万密斋《广嗣纪要》5卷脱稿，作为万密斋的得意门生，蔡朝扆得到其手稿后，逐字逐句抄写了一遍，又进行了认真的校对，并在相应内容下补充了5条医案：

“徐太和之妻娠八月得子满病……请密斋师治之。”

“密斋师在郧阳时，值郧阳知县一婢临月患此病（妊娠风痉）……请师治之。”

“罗田典史熊镜妻有妊……请师调治。”

“师母钱氏，嘉靖戊子有妊九个月……过二十日生师兄邦孝也。”

“蕲春朱宅一妇女李氏，常苦难产，其夫以情叩师求方。”

从字里行间可以看出，蔡朝扆对师傅万密斋是非常尊重的。

万历三十年（1602年），为了纪念师傅逝世20周年，蔡朝宸想刊刻《广嗣纪要》。他找到了建邑书林余良史老板，推荐万密斋的《广嗣纪要》，他说："余先生，我向书林推荐万密斋的《广嗣纪要》，它是一本论述繁育后代的专著。万密斋是我的师傅，可以说我得到了他的真传，我看到了他的原著，又得到了邵武知府黄冈同乡李之用刊刻的《广嗣纪要》刻本，以参校原著。书里，万密斋师傅论述了广嗣的伦理问题，提出了修德、寡欲、择配的原则和标准；论述了胎前诸症症状和治疗的原则、方法；论述了优生和种子的重要性和方法；列出了育婴方论和幼科医案。是一部不可多得的、实用性非常强的医学著述。"

余良史听后十分高兴，对蔡朝扆说："蔡先生，您的想法正合吾意，我们书林计划刊刻万密斋《广嗣纪要》，我们也得到了《广嗣纪要》李之用刻本。先生既然对原著进行了参校，这次刊刻就以先生的校对本为样本，赶在万密斋先生逝世20周年纪念日前将书印好，了却我们共同的心愿。"

余良史刻本在社会上得到广泛流传。今上海图书馆藏有《新刻万氏家传广嗣纪要》明万历刻本，5卷，2册。前有李之用《广嗣纪要序》，落款题"赐进士中顺大夫黄冈李之用撰"；次为《新锲万氏家传广嗣纪要目录》；正文卷端题："罗田万全著，黄冈门人蔡朝（扆）校，建邑书林余良史梓。"

《广嗣纪要》5卷本初刊于万历元年（1573年），为万密斋在世时刊行的足本，李之用将此书收入其所刊《万氏全书》时仍然是5卷本，余良史刻本也是5卷，载有李之用《广嗣纪要序》，说明它在李之用刻本之后。5卷本在流传过程中可能佚去末卷，于是有人将前4卷的内容重编成16卷本。16卷本广为流传，原来的5卷本遂隐而不显。

5卷本中，前4卷的篇目与16卷本相同，其中第一卷自"修德篇"至"协期篇"，共5篇，即16卷本之一至五卷；第二卷自"转女为男"至"妊娠子肿"，共14篇，即16卷本之六至九卷；第三卷自"妊娠伤寒"至"育婴方论"，共15篇，即16卷本之十至十五卷；第四卷幼科医案，自"胎疾"至"口疮"，共18篇，即16卷本之末卷。5卷本的第五卷篇目：小儿拿法、小儿十八面部图、小儿握拳图、足图、小儿脉诀、脐风、胎热、急惊、胎寒、吐泻、慢惊、夜啼、疳积、胎毒、喉痛、耳痛、伤寒、伤风、痢疾、死症诀法，共20篇，为16卷本所无。

1999年由中国中医药出版社出版的《万密斋医学全书》之《广嗣纪要》为16卷本，它的底本是罗田校注本，罗田校注本底本则是万达《万氏全书》之《广嗣纪要》刻本。

三、幼科神方，《幼科发挥》的刊刻与传播

万密斋撰成《广嗣纪要》后，接着撰成《育婴家秘》。《广嗣纪要》将求嗣之道总结为10条。这10条中，属于医药方面的有4条：调元、保胎、护产、育婴。万密斋将其单独从《广嗣纪要》中抽出，加以发挥扩充，撰成《育婴家秘》。另从育婴的角度出发，总结整理了“育婴四法”。广嗣以“生”为主，育婴以“养”为主，“生”必赖于（父）母，故《广嗣纪要》中同时论述妇人胎前与临产诸症，以实现优生；“养”则重在小儿，故《育婴家秘》中同时论述小儿从初生到长成的各种疾病诊治，以实现优育。

万密斋在《叙万氏幼科源流》中讲：“故予暇日，自求家世相传之绪，散失者集之，缺略者补之，繁芜者删之，错误者订之。书成，名《育婴家秘》，以遗子孙，为三世。”这说明《育婴家秘》是万氏三代世医的家传代表作，万密斋撰著此书时确实花费了一番集、补、删、订的整理工夫。

《育婴家秘》撰成后，不胫而走，在社会上得到迅速传播。“其书已流传于荆、襄、闽、洛、吴、越间，莫不曰此万氏家传小儿科也，余切念之。”或是人们互相传抄，或是刻书者刊刻，使《育婴家秘》迅速传遍了湖北、福建、河南、江苏、浙江等地，在社会上产生了极大影响，这引起了万密斋极大不安，生怕谬种流传，贻误病家；且感觉有很多未尽之意，“又著《幼科发挥》以明之者，发明《育婴家秘》之遗意也”。《幼科发挥》是万氏幼科著述中最核心、最有代表性的著述，海内外争相传播，各种版本不断出现。

《万氏全书》的《新刊万氏家传幼科发挥》，为清顺治十六年（1659年）

罗田万达刻本，2册，上下2卷，为万达所刻《万氏全书》的10部著述之一。上卷题“黄州理刑府固始祝昌辑，罗田知县宛平吕鸣和发梓，罗田密斋万全著”，下卷题“福州府知府山东李雨露辑，罗田知县宛平吕鸣和发梓，罗田万全著，玄孙万达刻”。继万达刻本之后，有数家重刊，书名、卷次、篇目内容不变。

《古本医学重刊》的《新刻万氏家传幼科发挥》，为1937年上海医界春秋社据日本刻本的影印本；2册，上下2卷。卷端题：“邵武府知府李之用辑，罗田万全著，西安李继皋、闽县郑梁同校。”

上海医界春秋社是1926年4月26日由上海中医人士张赞臣、杨志一、朱振声等人组织成立的。春秋社的宗旨是：“结合国医同志，共策学术之进展，增进民族之健康，唤醒同仁，团结一致，抗御外来侵略。”先后创办了《医界春秋》、中国医药书局、中国制药社和上海国医讲习所；直到1937年，由于日本军队侵入上海而终止活动，历时达11年。春秋社同人对万密斋儿科著述《幼科发挥》非常重视，把它作为上海国医讲习所的授课内容。《幼科发挥》1695年前就传入日本，日本经过重新校对，并加日文训点付梓。1937年，上海医界春秋社最后一次学术活动因日本发动全面对华侵略战争而停止。日刻影印本《幼科发挥》的出版，既是中日文化交流的象征，也是日本对华侵略的印证，是一次有历史意义的活动。

《幼科发挥》最早的增订本是福建龙岩郑翥（字鸿举）校本。此本书名页称“幼科发挥大全”，目录及卷端首页称“（静观堂校正）家传幼科发挥秘方”，书口称“幼科发挥”，一般以《幼科发挥大全》为正名。郑翥校本有多种刻本，一般都分为4卷，内容和形式基本相同。如保婴堂梓本，书名页题：“龙岩郑鸿举先生校正，幼科发挥大全，保婴堂梓行。”首载郑玫序，次为《静观堂校正家传幼科发挥秘方目录》，正文卷端题：“罗田万全密斋先生著，龙岩郑翥鸿举校正，韩江后学张子谦泽山参订重刊。”

郑翥的父亲郑玫，字文玉，号虚舟。福建龙岩人。康熙二十九年（1690年）举人，康熙四十五年（1706年）任广东三水知县，历十二载，有政声，至康熙五十六年（1717年）退休。其人工诗文，著有《留耕堂绪谈》《听松轩诗集》等。

康熙四十四年（1705年），郑玫由福建到广东任三水知县，小儿子患腹泻，三水县医师不能治疗。郑玫听说佛山有一位从山东来的老医师叫龚天锡，精通小儿科，马上派人到佛山请来龚天锡。小儿子服用龚天锡开的药后，腹泻病治好了，郑玫十分高兴，问龚天锡："先生使用何方，如此神效?"

"我专习湖北罗田万密斋医书，此方是《幼科发挥》上记载的神方，屡试屡验。"龚天锡答。

从此，郑玫与龚天锡交往密切，家中有人生病，专请龚天锡治疗，两人建立了深厚的感情。

康熙四十八年（1709）冬末，龚天锡因年老，举家迁回山东，到郑玫衙署辞行，对郑玫说："三水地无良医，百姓治病恐有困难，我特将万密斋著《幼科发挥》刊本带来，转赠阁下，以备不时之需。"

郑玫得此书后，视为珍宝，时常翻阅，并为大儿子郑翥详细讲解。每当小儿子生病，郑玫即根据《幼科发挥》所载，对症下药，分寒、热、虚、实而施温、凉、补、泻之剂，没有不灵验的。

因三水是一个穷乡僻县，缺医少药，常有小儿因生病得不到治疗而夭折。郑玫想：从事小儿科的医师，不可不熟读此书，以保全赤子；对于穷乡僻壤之地来说，若家藏一册，可备不时之需。古人说："中流急水，行船失控，哪怕减少一壶水，对船的稳定航行也是好的。"这话确有道理。

郑玫得到龚天锡的赠书后，时常阅读、讲解、应用书中内容，越来越觉得它具有很高的实用价值，于是吩咐郑翥详加校对。郑翥托友人找到了万密斋《幼科发挥》手抄本，与龚天锡本对校，到康熙五十三年（1714年）校对完毕，并交书肆付梓。三水知县郑玫为此书写了序言，时间是康熙五十四年（1715年）孟夏。

郑翥刻本流行后，社会上很快出现了很多重刊本：有绮文居本、二思堂本、萃英书局本、民和书局本等，内容略同。1957年人民卫生出版社铅印本《幼科发挥》、1986年罗田校注铅印本《万氏家传幼科发挥》，按内容也都属于这一系统。

四、五代成果，《幼科指南》的刊刻与传播

万密斋卒世后，儿子们都在行医，其中成就最高的要算三子邦正和四子邦治。

三子邦正在黄冈一带行医，与黄冈望族王氏的王追美、王一鸣父子交往密切。

四子邦治的儿子万机，字光祖，号有范，又号念菊，取《片玉痘疹》抄本重新修订，增补“痘疹始终验方”及“痘疹始终歌方”各1卷，编入原抄本中作为第三、第四卷，综成《片玉痘疹》13卷（其他卷亦有所增补）。此本依然秘藏于家。随后，万机又取《片玉心书》及修订过的《片玉痘疹》，加上自己的读书心得和临床经验，删订编成《幼科指南》4卷，成书于万历四十年（1612年）。

可以说，《幼科指南》凝结了万氏五代人的心血，是万氏儿科的最高成就，代表了明万历年间儿科医书最高水平。按说此本亦应秘藏于家，但却流传于外，被傅绍章剽窃。

康熙五十四年（1715年），郑翕校刻的《幼科发挥大全》出版，在社会上引起极大反响。三水儿医人人争求，迅速传到广州、佛山、韶关等地。郑翕将书带回福建龙岩后，得到的人都认为此书实用性强，千方百计寻找此书。

康熙五十六年（1717年），郑翕的父亲郑玫从广东三水卸任，回到家乡龙岩，知道《幼科发挥大全》深受家乡人民喜爱，十分高兴，对儿子郑翕说：“前年你刊刻此书，既为穷乡僻县的儿医送去宝典，也为桑梓造福，是一大善举，希望你发扬光大。听说万密斋有个孙子叫万机，将万密斋的

《片玉心书》和《片玉痘疹》整合，结合自己的行医经验，撰成《幼科指南》，现在只有手抄本流行，你应想办法找到手抄本，校正付梓，以惠广大患儿。”

郑翥答：“我也听说《幼科指南》在社会上有手抄本流行，我一定想方法找到它，校对付梓。”

郑翥打定主意亲自到罗田寻找《幼科指南》手抄本。他从龙岩出发，经长汀、瑞金到赣州，由赣江乘船到九江，再由九江转长江乘船到巴河口，由巴河乘人拖木船到罗田，一路风尘仆仆，日夜兼程，经过10天劳顿，终于到达万密斋的故乡罗田大河岸，住进一家客栈。

这家客栈老板听说来了一位福建客人，对郑翥特别热情，拿出当地特产仔鸡炖板栗、黄花炖猪蹄膀招待客人。郑翥一面吃着可口的肴馔，一面打听万氏后人消息。他问客栈主人：“请问老板贵姓？”

“在下姓万，名三楚，叫我三楚好了。”

郑翥听说店主人姓万，暗喜，心想：此人说不定还是万密斋的后代呢？便问：“万老板，您知不知道万密斋的孙子万机？”

三楚笑着说：“那是我的三世祖呀！我是万达的曾孙。”

郑翥一听，完全忘记了路途辛苦，心里喜滋滋的，心想这回找到了真菩萨，便不露声色地问：“万老板，万密斋的后人都还好吗？”

三楚答：“我的一世祖万密斋有10个儿子，个个学医，医术虽然比不上万密斋，但在黄冈一带也是小有名气的，我的二世祖邦正、邦治医术都很不错，经常到湖北、江西、安徽各地行医。我的三世祖万机、万枢医术也很不错，万机撰著的《幼科指南》到处都在传抄。只是我不争气，读书不长进，喜欢结交朋友。我的父亲二江看我不是学医的料子，就叫我在大河岸街上开了一家客栈，接待来往的客人。这些客人大部分是慕万氏医术之名而来的，我这也是沾祖上的光，有一口饭吃。”

郑翥知道三楚是万密斋的后人，心里产生了几分敬意，便向三楚说：“不瞒万老板说，我和我的父亲对万密斋先生十分敬重，父亲在广东三水任知县时，我们就刊刻了万密斋先生的《幼科发挥》。现在父亲已退休在家，我是奉父亲之命到罗田来寻找《幼科指南》手抄本，以便刊刻传播，我想万老板是会帮我想到办法的。”

三楚毕竟是一个生意人，不会放过任何一个发财的机会，心想对方既然求购《幼科指南》手抄本，不妨开个价，也好从中捞一把，便对郑翥说：“郑先生，我们算是有缘千里来相会，您既然想购手抄本，我可以按成本价给您找到，也不会要先生过多破费。”

郑翥迫不及待地说：“老板要多少银子？先开个价。”

“纸墨价加上人工誊写费，最少要九两银子。”三楚答。

“除掉盘缠，我真还没有九两银子，是不是只给点纸墨钱——三两银子行不行?”

正在他们讨价还价之时，万机六世孙三渠来到了三楚的客栈，对三楚说：“老弟，你在和客人讨什么价呢?”

三楚一下子红了脸，支支吾吾地说：“我没有讨什么价，只是……”

正在三楚吞吞吐吐、欲言又止时，郑翥主动站起来，自我介绍说：“在下福建龙岩郑翥，到此地来想拜会一下万密斋后人，就住在三楚老板的客栈里，承蒙他热情招待……”

三渠一听到龙岩郑翥，肃然起敬，施礼道：“您是郑翥先生，幸会幸会，您校正刊刻的《幼科发挥大全》我已看到。我是万机的来孙三渠，感谢您对万氏著述传播的功德，请受三渠一拜。”

郑翥牵起三渠，真没想到这么顺利就见到万机的后人，忙从挂包中拿出《幼科发挥大全》，双手递给三渠，说：“这是载有我父亲郑玫先生序言的《幼科发挥大全》，今天亲自交给先生，以表敬慕之情。我这次奉父亲之命，专程到罗田找万机先生著述的《幼科指南》手抄本，以便镌刻传世，今日幸会，先生一定不会负我千里奔波之劳。”

三渠双手接过《幼科发挥大全》，知道郑家传播之功，对郑翥说：“先生不辞劳苦，跋涉千里到我这穷乡僻壤，先生的诚意感天动地，请先生留居几日，我把手抄本整理好后，就可交先生付梓。”

郑翥问：“多少钱?”

“什么多少钱，难道出版传播我万氏的著述，我给手抄本，还要收钱吗?”

三楚听了脸一红，忙说：“我哥哥是自己抄的，我得找别人抄，所以……”

郑翥对三渠说：“我们郑家是真心实意传播万密斋著述，您真不愧是万密斋的后代。”

郑翥从三渠手里得到《幼科指南》手抄本后，迅速赶回龙岩。经过一年校正，于康熙五十七年（1718年）出版了《幼科指南》，首页题：“静观堂校正幼科指南家传秘方，罗田万全密斋先生著，龙岩郑翥鸿举校正，四卷。”

郑翥校梓的《幼科指南》出版后，大家争相抢购，该书迅速传播到了湖广、吴越、金台以及京津地区。到了中华民国时期，出现了王南山、王景贤校本，书名全称“校正幼科指南家传秘方”（目录及卷端题名），分上下2卷。正文卷首题“罗田万全密斋先生著，古越王南山、王景贤同校”。上卷自“密斋戒子赞”至“疟病”，共18篇（相当于郑校本的第一、第二卷），下卷自“发热”至“水痘”，共25篇（相当于郑校本的第三、第四卷）。此本出版后，北京图书馆有收藏，卷末有一行手写小字“呈缴，中华民国二十四年十二月五日收到”，并有“国立北京图书馆庋藏”印。

第七章
以德报恩，李之用刻“万氏全书”

由明代李之用刊刻的《万氏全书》（八种本）早佚，但为我们留下了三篇序言：《幼科发挥序》《广嗣纪要序》和《养生四要序》。李之用的序言使我们略知当时刻书的情况。

一、乡结往事，万密斋妙手保幼

李之用，字见松，湖广黄冈县人。生于嘉靖三十二年（1553年），18岁考取秀才，22岁中举，万历八年（1580年）中进士时，刚满28岁，万历二十年至万历二十八年（1592—1600年）任福建邵武府知府，后升任云南按察使。

黄冈县与罗田县毗邻，万密斋经常到黄冈行医。到了晚年，他的三子邦正继续在黄冈一带行医，万氏医术在黄冈一带颇负盛名，经常有人慕名求医。

李之用的父亲身体结实，头脑灵活，知书识理，在黄冈一带很有声望。李之用10岁之前，虽然聪明伶俐，但身体瘦弱。12岁时他忽然吐血，之用父亲非常着急，请了当地张姓医师，却久治不愈，心里更急了。每天以鱼肉参茸进补，儿子就是不吃，父母束手无策。

有人对之用父亲荐万密斋："罗田儒医万密斋，60多岁了，医道老成，是治小儿病的圣手，何不到罗田请万密斋来治疗呢?"

之用父亲也曾耳闻万密斋的医术，经人一介绍，更确信无疑，遂派人到罗田请来了万密斋。

万密斋诊李之用脉象，"两尺右关皆不足"，遂对之用父亲说："令郎年龄未及二八，脉当沉紧，今反不足，当作胎禀怯弱之病。但您身体壮实，想必夫人有虚病，或乳少，使令郎先天后天都显不足……"

之用父亲未等万密斋把话说完，就惊得目瞪口呆。真是神医，未见夫人，怎么会知道夫人的毛病呢?忙呼夫人出，说："汝当初怀身时，体弱多病，生之用后无乳，万先生一一言中，真不愧为良医呀!"

又问万密斋："万先生，这病怎么治呀?"

万密斋答："16岁及以后患此病，叫痨，15岁及以前患此病，叫瘠，瘠就是痨，宜用六味地黄丸以补肾，治其胎禀怯弱之病，参苓白术丸以补脾，助其生发之气，病自然就会痊愈的。"之用父亲点头称是。

六味地黄丸：山药四两，山茱萸四两，泽泻三两，丹皮（去末）三两，白茯苓三两，熟地黄八两，共为末，炼蜜为丸。每服五十丸，空腹酒下。

参苓白术丸：人参、白术、白茯苓、山药、白扁豆（去壳，姜炒）一两半，炙甘草、桔梗、薏苡仁、莲肉（去皮心）一两，陈皮（去白）一两半，砂仁一两，炼蜜为丸，如豌豆大，约一钱重，每服两丸，枣汤化下。

此方以白术、甘草平肝，人参、桔梗补肺，茯苓补心，山药补肾，四君子加山药、莲肉、白扁豆、薏苡仁补脾胃之虚弱，陈皮、砂仁行气去滞壅。

之用服药一周后，食欲好转，半月后，吐血止。复诊脉，渐沉紧。一个月后，之用食欲大增，脸色红润。

万密斋嘱咐之用：按时起居作息，增加户外活动。如此调理半年，之用完全变了一个人，精神饱满，能吃能睡，面部红润，四肢强壮有力，记忆力大大提高，读书过目不忘。

之用父亲大喜，对万密斋备加称赞，逢人便说万密斋给了他儿子第二次生命。之用父亲对儿子说：“儿呀！万老先生救了你，你此生不能忘记万老先生大恩大德，今后一定好好读书，长大了报答万老先生。”

李之用一一记在心里。

万密斋治好李之用的病，在李之用心里留下了深刻印象。他小小年纪，就受着病魔折磨，无精打采；病治好后，身强力壮，精力充沛，过目不忘。李之用对万密斋打心眼儿里佩服，到处搜集万密斋著述，对万密斋的著述特别珍惜。他首先得到《痘疹心法》，后得到《保命歌括》《伤寒摘锦》《万氏女科》《广嗣纪要》《育婴家秘》《幼科发挥》《养生四要》等手抄本，藏之于箧。

李之用许了一个心愿，一定要出版一套“万氏全书”，以报答万密斋的治病之恩。

二、初任邵武，李之用刻《伤寒摘锦》《保命歌括》《万氏女科》

李之用于万历二十年（1592年）任福建邵武府知府。上任伊始，他就被邵武美丽的自然风光吸引住了。

邵武在福建西部。三国时吴置昭武县。旧志说：古以南为昭，因地处武夷山南，故叫昭武。晋避司马昭讳，改名邵武。又名邵阳、樵川、樵阳。宋、元时历为军、路治所。明设邵武府，为闽中八府之一，领邵武、光泽、泰宁、建宁四县，府治驻邵武。发源于樵南山的樵川，又名樵溪、樵水，九曲回转，逶迤城中，西入北出，合紫云溪，流经顺昌县，为顺阳溪。邵武城依山傍水，空气清新。山，四季葱茏；水，常年碧澈。一年四季，鸟语花香，在此为官，李之用感到心满意足。

李之用是一个关心民众疾苦的官员，看到樵溪穿城而过，两岸居民来往十分不便，只能以渡为桥，于是在上任第一年，就与同知钟万春、推官赵贤意合议在樵溪上建一座大桥，方便两岸居民往来。老百姓喜出望外。该桥取闽西巨石，建有15个桥墩，以好木铺桥面，上砌砖柱，架梁盖瓦，能避风雨。桥长一〇二丈，宽二丈三尺余，是李之用的一大政绩。

李之用任邵武知府时，当地政通人和，社会秩序很好，少有人犯案，少有人打官司，庭清讼简。李之用推行德政，注重教化，弘扬医药文化事业，惠及黎民。他特别喜欢诗词，经常与文人、同僚唱和，辑有《诗家全体》一书。

王重民先生《中国善本书提要》著录《诗家全体十二卷续补二卷》（明万历间刻本，10册，美国国会图书馆藏）有记：

“原题：‘黄冈李之用辑，弟李之周，子畴，闽县郑梁、杨如春、陈荐夫同校。’是书辑刻于邵武知府任，当在按察云南以前。陈荐夫序云：‘公守邵武之三年，岁通人和，庭清讼简，政体既立，雅道益弘，业已锲诸医方，嘉惠元元矣；已又编辑古近诸诗，题曰《诗家全体》。’”

陈荐夫序中讲李之用“业已锲诸医方，嘉惠元元矣”，表明李之用辑此之前已刊刻万密斋医书数种。又李之用辑此书，时在万历二十五年、二十六年，其弟李之周、子李畴俱在其事。另据《邵武府志》，为他校书和写序的，都是当时同僚，如钟万春为同知，赵贤意为推官，黎应凤为邵武知县，郑梁为邵武县学教谕等。

李之用任邵武知府时，将收集到的万密斋著述随身携带，随时研读。

到任不到半年，李之用就对弟弟李之周、儿子李畴说：“我儿时得疳疾，幸赖罗田儒医万密斋调治，疾病很快脱体，恢复健康，才有今日。到邵武后，看到当地儿童多有营养不良者，得疳疾者亦多，今无政绩惠及百姓，我想将万密斋的《伤寒摘锦》2卷、《保命歌括》35卷、《万氏女科》3卷付梓，广布闽越、湖广，使青囊学士学有所依，黎民医有所得，救民于水深火热之中，传万氏医术于永久，这岂不是一件很有意义的事吗？我想请你们二人参与此事，帮助校勘写序，了却我一桩心愿。”

李之周说：“我读过万密斋的《伤寒摘锦》，这本书是一本伤寒学理论著作，全书共2卷。万密斋以独到见解，用整体分析的方法，融脏腑、经络、气化于一体，阐述六经形证。万密斋吸取了前人六经经络学说之精华，而又否定其伤寒传足不传手之说，并认为脏腑和经络为一有机体，六经形证当以脏腑经络参合而论，其见解确有高人之处。诠释六经传变，多有发挥。发展了温病学思想，论温病病因，着眼于火与湿；论述了温病传入途径和传变规律，提出了温病可以防治的观点，对温病的治疗作出了贡献。我认为刊刻《伤寒摘锦》很有必要。”

李之用点头表示同意，问李畴：“万密斋的书你读过没有？有何见解？”

李畴说：“父亲叫我涉足医学，我读了万密斋的《保命歌括》，凡35卷，是一部长篇巨著，详述了内科各症的病因、病机、病理和治疗方法，用歌括提纲挈领，便于记诵。是学医者必读教材，我认为应列入出版计划。”

李之周接着说：“侄儿见解极是，我赞同。”

李之用听后暗喜，知道儿子不仅读了《保命歌括》，而且见解颇深，说：“畴儿初校，之周复校，然后镌刻付梓。”

李畴答：“知道了。”

李之用任邵武府知府时，西安李继皋为邵武府学教授，闽县郑梁为邵武县学教谕，二人帮助李之用校对《万氏女科》和《广嗣纪要》。

《保命歌括》是一部集内科大成的著述，论述男女相同的“外感内伤之证”，《万氏女科》则是专论女子特有的“调经、胎前、产后之治”。因此，李继皋对李之用说：“知府大人，我看过万密斋的《万氏女科》，该书条分缕析，言简意赅。书中说，‘调经专以理气补心脾为主；胎前专以清热补脾为主；产后专以大补气血兼行滞为主。’书后附录了18种方剂。时下女科方面医书很少，出版《万氏女科》，我看很有必要，我和郑梁教谕愿承担校对任务。”

李之用听后十分赞同，并请邵武府学教授李继皋、邵武县学教谕郑梁详加校对，然后付梓。

李之用在邵武府知府任上，于明万历二十七年（1599年）春之前，先后主持刊刻了万密斋《伤寒摘锦》《保命歌括》《万氏女科》3部著述。

三、修德广孝，李之用刻《广嗣纪要》

李之用付梓《保命歌括》后，接着刊刻了万密斋的《广嗣纪要》。后代繁育不仅关系到家庭的兴旺发达，也关系到民族的繁衍延续，关系到国家人口素质的提高，是一项非常重大的问题，因此引起李之用的高度重视。

万密斋根据三世业医积累的经验和亲身实践的经验，撰著《广嗣纪要》。所谓广嗣，就是指繁育后代。从中医学各科之间的关系来看，广嗣是由女科发展分化出来的一门学科，主要论述孕妇胎前诸症、优生和种子，《广嗣纪要》的内容是在《万氏女科》相应部分的基础上扩充而成的，成书的时间是隆庆六年（1572年），5卷。后在流传过程中出现了16卷本。

李之用写了《广嗣纪要序》：

“刚刻完《保命歌括》，我作为人臣算是尽了忠。再刊刻《广嗣纪要》，我作为人子也尽了孝，感触良多。尽孝的头等大事是事亲。敬养父母是事亲之标，繁育后代才是事亲之本。水有源，树有根，该书作者对此十分重视。源流分散，枝叶扶疏，不能算是为双亲重视后代。古称不孝有三，无后惟大。考繁衍生息端倪，人禀天地之气以生，生生不息是人道的最高要求。否则，天地将不容，又怎么能好好地侍奉双亲呢？……据古人所说，姜原履巨人之迹生稷，简狄吞玄鸟之卵生契，这些传说已经非常遥远了。伊尹生于空桑的记录不够真实，郑穆公因梦兰而生的征兆幽微。嵩岳降神而甫侯生，地涌莲花而尹喜生，因麒麟出现而曲阜得孔子，因与龙交感而芒砀山出刘邦，这都是非常罕见的事。天道不定，因此不能完全相信天道，若以未定天道而求嗣则难。

“《广嗣纪要》一书，根据人的生理特点总结广嗣规律，有5条是遵循造化的，有7条是辅以人事的，间或有出于自然规律之外而实在自然规律之中，即全是愚夫愚妇也能明白，对于有贤能智慧的人，则可巧取变化。书中说理详备，将修德、寡欲诸篇放在卷首。经常看到不修德的人，连孔圣都忧虑。载有寡欲养心七篇，义正辞严，却疾实用，完全没有方士骗人的那套把戏。有成熟的医案对照，列出汤剂，若汤剂不宜，辅以心理治疗，二者结合默契，颇有指下之微，方外之助。作为人的子孙，按照此说而行，以此繁育后代，难道还愁不能延续吗？永远繁衍生息，将可代代相传。赐进士中顺大夫黄冈李之用撰。”

四、保养赤子，李之用刻《育婴家秘》《幼科发挥》

万历二年（1574年），万密斋76岁，撰成《育婴家秘》。该书是万氏家传小儿科三代世医的代表作。万密斋撰著此书时确实花费了一番集、补、删、订的整理工夫。书一写成，就有抄本在社会上迅速传播，万密斋对此极为关注，他在《叙万氏幼科源流》一文中说：

“我的先祖万杏坡，豫章人，是著名的儿科医师，为一世，早年去世。我的父亲万菊轩，年幼失怙，继承父志而著述。明成化庚子迁罗，娶先妣陈氏，生我，家业兴旺，小儿科医术大行，远近闻名，为二世。罗田有巨儒张明道进士、胡明庶进士，开学讲授律历、史纲，父亲知我可教，遂让我拜张、胡为师，学习儒学，大大提高了我的儒学修养。父亲死后，我深恐吾家幼科得不到发扬光大，从前的世医经验未加以总结，虽然精辟但无法彰显，后来的创新得不到著述，虽然兴盛但难以传承，这是我的责任。因此，我利用行医空余时间，将家传的世医经验、有关著述，散失的加以搜集，缺略的加以补齐，繁芜赘述的加以删削，错误的加以订正。书写成后，名《育婴家秘》，以便遗留给子孙。我即为三世。可惜，我有子十人，未有出类拔萃的。书一出，即流传于荆州、襄阳，远至福建、河南、江苏、浙江等地，人都称赞万氏家传小儿科，我却十分担心。治病要依法而行，治病的人却要灵活运用。依法不精不准，有法也枉然；治疗方术述而不详，徒有方术。医法愈繁而医术不精，无补于世，倒不如无书。因此，我又著

《幼科发挥》，阐明有关医法医术，补充《育婴家秘》中的遗留问题。即令我有些问题未说明白，后来的君子也必能说明白。万氏著述不独传诸子，是担心他们不能继承发扬，不能完全践行，以致万氏医术的恩惠未及四世就断了；若与贤能的门人，像尹公他得庾公斯那样的徒弟而传授之，则其所师之道就不会失传。若门人像陈相那样，见异思迁，即使是周公、孔子的学说，也会失传的。我写这些话，希望与诸位贤人共勉。"

本文写于万历七年己卯（1579年）夏至，此时万密斋已经81岁了，他以一个哲人眼光，安排后事。

尹公他与庾公斯的故事见《孟子·离娄章句下》。战国时，郑国派子濯孺子侵犯卫国，卫国国君便派庾公斯去追击他。子濯孺子问驾车人："追我的人是谁?"驾车人答："庾公斯。"子濯高兴地说："我可以活命了。"驾车人说："庾公斯是卫国有名的射手，百发百中，您怎么能活命呀?"子濯答："庾公斯学射于尹公他，而尹公学射于我，尹公是一位非常正派的人，他的学生庾公斯也一定正派。"庾公斯追上了子濯孺子，问道："老师为什么不拿弓呀？"子濯孺子说："今天我的病发作了，拿不了弓。"庾公斯便说："我跟尹公他学射，尹公跟您学射，我不忍心拿您的本领反过来害您。但是，我今天是奉国君之命行事，我不能完全不射。"便抽箭，在车轮上敲了几下，去掉箭头，发射四箭后，就回去了。子濯孺子安然回到郑国。万密斋引用这则故事，是要学生们像庾公斯那样，不忘老师之恩。

陈相的故事见《孟子·滕文公章句上》。有一位信奉神农氏学说的叫许行的人，从楚国到了滕国，登门谒见滕文公，告诉他："我这来自远方的人听说您实行仁政，我希望得到一处住所，做您的百姓。"文公给了他住房，他的门徒有好几十人，都穿着粗麻编成的衣服，以打草鞋、织席子为生。陈良的门徒陈相和他的弟弟陈辛背着农具，从宋国也到了滕国，他对文公说："听说您实行圣人的政治，那您也是圣人了。我愿意做圣人的百姓。"文公也给了他一处住房。在滕国，陈相见到了许行，非常高兴，陈相原来信奉仲尼之学，便完全抛弃了以前信奉的学说，而改向许行学习神农之学。

像陈相这样见异思迁的人，叫万密斋怎么不担心呢？

万密斋撰成《育婴家秘》后，该书在社会上被迅速传抄传播，万密斋有些担心，觉得该书还不够全面、不够深刻。在《育婴家秘》基础上，又改写成《幼科发挥》。这是万氏幼科最核心、最有代表性的著述，海内外争相传播。李之用在邵武府知府任上，第一次刊刻了万密斋的《育婴家秘》《幼科发挥》。

《新刻万氏家传幼科发挥》2卷，1937年由上海医界春秋社据日本刻本影印。此本之渊源即出自明代的李之用刻本。卷端题“邵武府知府黄冈李之用辑，罗田万全著，西安李继皋、闽县郑梁同校。”前有李之用《幼科发挥序》，落款题“万历己亥春三月上巳，中宪大夫黄冈李之用书”，知此本刊于万历二十七年（1599年）春。序曰：

“天地造化有大慈之心，并传于世人。能明白地阐述造化精妙之理，并身体力行传下去的，是黄帝岐伯，他们传承了医药事业；这是有形的造化之慈。慈父母出于好意像爱护小犊一样处处保护子女，生怕赤子落入什么陷阱之中；这是无形的造化之慈。哪怕是染上疹子这样的区区小病，也会引起慈父母的关怀，何况寒热燥湿不可捉摸的大病呢？用什么办法拯救呢？有人说生死有定，不可为也。所谓方书之奇巧，说是可使人返老还童、枯木逢春。然而，参、术、芎、苓毕竟不能与山恒青，令人起死回生。人的寿命多少，一半是由造物主所决定的，没有见到人寿齐天的。只要方向正确，手抚能胜，蹴踏能胜，虽有南北海之遥，依然踟蹰可及。难道你没有见到淮南江北之树木，邓林之茂盛，青春之貌，必须七年之后才能显现？若刚发芽就行砍伐，它们立刻就会死去。然而养赤子者，只注意到细枝末节，斧斫其本身而不自知。若发现蛛丝马迹，哪怕只有百分之几的危害，须早发觉早治。

“用寸帙之书而治疗万疾，祛愚昧无知，令人耳目为之一新，克服方舆之见，所谓见伏羲而知始末，万氏深精此道。繁育后代者若广泛珍藏阅读此书，几乎可得贵子；已患痘者按书治疗，几乎可得治愈，转危为安，屡试屡验。这样的书能救人之命，若有人欲得此书，都需得之于万家。万氏之书没有诡辩，其中滋味值得细品，该书本是万氏用来授徒教子，耳提面命，称为家秘的书。鄙人生于赤子之邦，若不将该书广泛传播，则掩蔽了天地造化大慈。得到万氏之法而用之不精，就不可能领会天意。因此，鄙人不完全认为得到此书应归功于万氏，也应归于冥冥之中的天意。万历己亥春三月上巳，中宪大夫黄冈李之用书。"

五、感伤早夭，李之用刻《养生四要》

李之用年少时患痞疾，经万密斋治疗而愈。到了中年，李之用读万密斋的《养生四要》，感触很深，经常与邵武府学教授李继皋讨论养生之道。

李之用问李继皋："李教授，您读过万密斋的《养生四要》没有?"

"读过。"

"您有什么体会?"

"写得太精彩了，万密斋开篇写了一段按语，他说，'养生的方法有四种：一是减少欲望，二是适当运动，三是合时应天，四是预防疾病。减少欲望就能固持秉性，适当运动就能保持元气，合时应天就能调和阴阳，预防疾病就要慎重对待医药。固持秉性就不会破坏根本，保持元气就不会凋敝枝叶，调和阴阳则不会使邪气上升，慎重对待医药就不会遭受毒害。养生的重点，没有比这四点更重要的了。'此言提纲挈领，我认为，万密斋提出的寡欲、慎动、法时、却疾八字养生方针，道出了养生真谛。"李继皋有条不紊地说。

李之用点头称是，接着说："万密斋《广嗣纪要》中特别强调修德和寡欲。对于延年益寿和广嗣来说，寡欲是头等重要大事。然而广嗣的寡欲是对后代而言的，为了生育聪明健康的下一代，必须保全真气，谨守养生之道；养生的寡欲是对自身而言的，若能自己调摄身心，健康无疾，自然有益于后代的昌盛。可以说，养生是广嗣的重要措施之一。"

李继皋听得入神，说：“知府大人见解极是。我对万密斋讲的慎动感触尤深。所谓慎动，儒家叫作主敬，老子称之抱一，佛家叫观自在，都是关于慎独的存养心性之功。别人不知，惟其己知的时候叫作独。只有在静的时候，即处于喜怒哀乐未发之时，人完全处于中和状态。合乎天地运行规律，合乎日月光明之时，合乎四时节序，合乎客观世界的吉凶，使自身保定其气。”

李之用喝了一口茶，抬头望了一下天色，见晴空万里，山光水色，心情愉悦，高兴地说：“教授对慎动理解颇深。我想谈一下对法时的体会，即顺应天地四时，以养脏腑形体。万密斋说，‘圣人春夏养阳，秋冬养阴，以从其根。故与万物沉浮于生长之门。’圣人是不违背天时的，时时刻刻使自己的身体处于阴阳平衡状态。四季都是相互关联的，春天的病全是从冬天来的，一年四季都养好了，才不会得病。不能只生长、生发而没有收敛、收藏，也不能只收敛、收藏而不生长、生发。只有四者都养好了，身体才会健康。”

李继皋接过知府的话说：“说到健康，我们的体会是先要却疾，就是避免生病、消除疾病，以达到延年的目的。防病却疾，要在中宜。所谓中宜，指的是临症用药遣方，既要药能对症，随症化裁，又要在中病之后，把握机要，适可而止，以避免邪去正虚，变乱又起。”

两位有识之士探讨了《养生四要》的主要内容后，谈到了刻此书的计划。李之用说：“我们已经刻了万密斋6部医书著述，现在我想将《养生四要》付梓，请教授继续帮忙校对，可否？”

李继皋答：“当然可以。不过为了增加书的分量，大人应作篇序才好。”

李之用笑了笑，从怀里拿出早已写好的《养生四要序》，给李继皋看。

李继皋双手接过知府的序，从头到尾看了一遍。序曰：

“《养生四要》一书要旨是：摒弃不良嗜好，适应冷暖变化，弛张适度，滋补和凉泻结合，不管是少长，还是贤愚，能领略其要领的人则身心健康，反之则病。我以为青少年，应拿出一隅之地来养生。有这样认识的人情感得以疏导，精力旺盛者常欲望充积；认识不足则徒劳无益，情感不加收敛则有殒命之险，对此有顾虑者望而却步，对此详加研究者可得善终，待精气损耗再去补养，这就好比用有漏洞的器具盛水，水也很难不流出去了。我在总角幼年时，读书识字，进取功名前途，曾见到曾祖母和祖父祖母，他们不用手杖，真是寿星满屋。适我考取秀才时，祖母鹤发年纪，儿孙承欢膝下，一家子其乐融融，如暖日春风，和煦舒畅，何其恬适。这难道不是葆真如初，不透支、不动摇根本所带来的结果吗？

“此后不久，我的从侄儿，一个明智旷达的青年，熟读三坟五典，初试即驰誉乡里，再试补廪膳生，三试力敌群才，崭露头角，本准备继续参考却被迫中断，并不是因才智不佳而放弃，而是弱冠之时用功太过，体力不支，以致殒命。青春不济，兰芽早折。可惜呀！假如当时早知养生，从长计议，继而调治扶掖，不透支、不动摇根本，无论如何，哪怕只有十分之一希望，其音容笑貌，至今尚存。我每每想到这些，就心存恐惧，于是付梓《养生四要》，馈赠家塾。其书曰：重要的是要养。我看不仅重要的要养，而且少年时就要开始养生。如一开始只顾欢愉享乐，最后的结局便会令人悲伤。体会认识到这种悲伤而加以预防，虽不能如老聃那样，但可以做到像篯铿那样，老聃天寿天定，篯铿之寿可以人定。”

李继皋看完知府的序言后，对李之用说：“知府大人对养生的重要性有切身体会，序言写得有骨有肉，值得一读。”

李之用说：“至此，我们付梓了万密斋6种著述，待《养生四要》付梓后，再镌刻《痘疹心法》，这样我们就把能收集到的万密斋著述出齐了，算是做了一件有益于黎民和子孙后代的好事，功过是非自有后人评说。”

第八章 传承薪火，万达刻《万氏全书》

万密斋的五世孙万达，字通之，约生于明末，清顺治、康熙年间在世。他在顺治十一年至十六年间（1654—1659年）辑刻的《万氏全书》10种、108卷，是现存最早的《万氏全书》版本，也是其后万氏全书各书的祖本。凡万达所刻书中，卷端都有“玄孙通之万达刻”字样。

一、壁中藏书，《万氏全书》得以劫后余生

神宗万历时期，商品经济空前发展，皇室的靡费也达到惊人的地步。神宗即位不久，光禄寺开支就增至每岁二十六七万两。1611年，光禄寺一年所费高达二十九万余两，向地方勒索贡品品种之多、数量之大无以复加。矿监税使四处掠夺利税，又从中贪污勒索，被剥夺的社会财富难以计数。神宗有意纵容，官员无力制止。被迫害的民众只有自己起来斗争了。

以湖广民变为例。万历二十八年（1600年）二月，中使陈奉来湖广，兼领数使，征税之外，还督领采矿及钱厂鼓铸等事。次年二月，内阁大学士沈一贯题奏：“陈奉入楚，始而武昌一变，继之汉口，继之黄州，继入襄阳之光化县，又青山镇、阳逻镇，又武昌县仙桃镇，又宝庆，又德安，又湘潭，又巴河镇，变经十起，几成大乱。”（《明神宗实录》卷三四四）据

此，陈奉来湖广不过一年，民变即已发生十几起。其中最激烈的一次是万历二十八年（1600 年）十二月至次年一月的武昌、汉阳民变。一年之后，民变仍在继续发展。万历二十九年（1601年）三月，江西发生民变，九月，景德镇民万余人反，焚烧了御器厂厂房，并声言欲杀不法税使潘相。与此同时，北边发生了临清民变、辽东民变和兵变，南边发生了苏州民变，西南发生了云南民变和兵变。

综观这一时期各地反对矿监税使的民变和兵变，参加的人员包括城镇中的工商业者、诸生、举人，以及其他城市居民，还有士兵和军官。是明末农民起义的前奏曲。

皇室、贵族和各级官员，日益贪婪奢侈，广大农民则遭受越来越多的剥夺，日渐陷入极端贫困的境地。

崇祯三年（1630年），张献忠、李自成分别在米脂县率众起义，从此燎原烈火迅速燃遍全国。崇祯八年（1635年）正月，高迎祥、张献忠率领的义军攻到了安徽凤阳，全歼凤阳守军六千余人，起义军焚烧了皇陵——朱元璋的祖坟，火烧了龙兴寺，镇压了一百多名抵抗的明朝官吏和诸生、太监，占领了凤阳。同年二月，义军兵分两路：高迎祥部走河南，张献忠部下江淮，席卷大别山地区和长江南北两岸，攻占了数十州县。

崇祯十六年（1643年）春，李自成陷承天，准备挖掘献陵，有声振山谷，义军惧而止；旁掠潜山、京山、云梦、黄陂、孝感等州县，都被攻下。其先遣部队逼近汉阳。张献忠部急速向蕲州挺进，攻下蕲州城。

罗田西距黄陂、汉阳，东距蕲州都不过一百多千米，零星战火已烧到罗田。邦忠孙成美、邦正孙仁美、邦瑞孙国美聚到一起，商议如何保护曾祖父万密斋的著述。

成美说：“曾祖父的早期著述《素问浅解》《本草拾遗》《伤寒蠡测》《脉诀约旨》《医门摘锦》《保婴家秘》，是由我的祖父邦忠传下来的。平时我把它放在樟木书箱中，前些时义军打到罗田，书箱被战火烧毁了。我气得几天吃不下饭，后悔跑反时没有把书箱带走，造成了无法挽回的损失。”

仁美说："我的爷爷邦正给我留下了隆庆本《痘疹心要》32卷一套，万历定本《痘疹心要》32卷一套，李之用刻《伤寒摘锦》2卷、《保命歌括》35卷、《万氏女科》3卷、《广嗣纪要》5卷、《养生四要》5卷、《育婴秘诀》4卷、《幼科发挥》2卷，各一套。这些书还在，要想办法保存下去。"

国美说："我的父亲高公将曾祖父的《片玉痘疹》和《片玉心书》手抄本传给了我，上次跑反时我随身带着，幸好未丢。别的东西丢了不要紧，曾祖父的著述千万不能丢。"

成美想了想，对仁美和国美说："时局不稳，战火不断，我们必须想出一个办法，无论如何不能让曾祖父的著述毁于战火。"

仁美说："我家的客厅与堂屋相连的那面墙是夹层的，当年也是为了放置重要的东西而留下的，我看可以把曾祖父的著述放到那里去，然后用砖封好，可以防火，看堂哥堂弟意下如何?"

国美说："我看堂哥的办法可行，曾祖父的主要著述都在您手上，我的《片玉痘疹》和《片玉心书》手抄本也交给您，一起放到您厅堂墙壁的夹层中，这件事只有我们三人知道，范围不要扩大了，应注意保密，绝不能让万氏医学著述失传了。"

成美说："我同意国美意见，此事由仁美去办吧!"

仁美接过国美保存的《片玉痘疹》和《片玉心书》手抄本。万密斋苍劲有力的楷字一个个地跳入眼帘，仁美想起了曾祖父教爷爷邦正学医的故事，感觉身上的担子很重，心中感到门第式微的隐痛，时局动乱，更增加了生活艰辛。

仁美将万密斋的10种著述分别用牛皮纸包好，小心翼翼地放入厅堂墙壁的夹层中，并用原来的青砖封好，将新砖缝抹上石灰，再用扫帚轻轻扫了几下，新沟缝就和原来的沟缝一样，蒙上了一层尘土。

不知什么时候，小通之站在仁美背后，对仁美说："父亲，您在做什么呀?"

仁美听见背后有人说话，转过脸来，看到了通之，问："达儿，你怎么在这儿?”

万达俏皮地说：“我早就在这儿，我躲在书桌后边，您哪里看得到。”

“大人的事你不要乱说。”仁美严厉地训斥道。

万达说：“我什么也没有看到。”一边说，一边一溜烟儿地跑了。

二、传业仁孝，先刊《片玉痘疹》《片玉心书》

崇祯十七年（1644年）三月，李自成兵分两路进攻北京，四月二十四日围困京师，次日攻入城内，崇祯帝朱由检自缢于煤山（今景山），明朝灭亡。起义军俘虏了总兵吴三桂的父亲，然后又在北京强迫他敦促其子归顺。夹在起义军和满洲人之间的吴三桂权衡再三，决定邀请满洲人与他结盟。

多尔衮早已驻扎在山海关附近，观察关内事态的发展，吴三桂的相邀令他高兴。清军涌进了山海关的城门，吴三桂亲自在关上迎接多尔衮。当清军推进北京之时，李自成焚毁了部分宫殿和北京城九门的塔楼。六月四日，他在清军逼近之前向西撤退，清军进入了北京。

为赢得汉人的信任和拥护，多尔衮大肆渲染地为明朝的皇帝和皇后发丧，并盛词赞扬那些在动乱中丧生的明朝官员。他声称满洲人是前来灭流寇、安天下的。吴三桂和几位满洲将领率军追击李自成，李自成在顺治二年（1645年）殒命。另一个起义军首领张献忠，于顺治三年（1646年）在四川被清军打败，张本人被击毙。这样，坚持几乎达二十年之久的两支农民起义军被镇压下去了。

这场农民起义战争首先遭到明王朝镇压，明王朝灭亡后，又受到清军追杀，即令是穷乡僻壤的罗田，也未幸免于战火，民间存留的万密斋著述都毁于战火。

万密斋的玄孙万达，在刘一炅门下读书。据《罗田县志》记载，刘一炅，字召藜，罗田岁贡生，善书法、诗文颇佳。除熟读“四书”“五经”外，他还旁涉医学，曾收藏万密斋全套医学著述，惜毁于明末战火，他感到十分惋惜。

一天，刘一炅碰到万达，问万达："你高祖的著述保存下来没有？"

万达吞吞吐吐地答道："可能没有保存下来。"

其实万达心里明白，他的父亲在厅堂墙壁夹层中保存着高祖父的著述，小时候他亲眼看见父亲放进去的，为了保密，他一直没有对外说。眼下明朝虽然灭亡了，但时局还不稳定，所以他不敢向任何人讲出这件事。

时局安定后，万达打开了厅堂墙壁夹层，取出了万密斋著述，书都保存完好，他甚是欢喜，想到万氏家族从万密斋算起，已传五代，人丁也得到繁衍。伯曾祖邦孝一支远迁外地，音讯杳茫；八叔曾祖邦成一支迁江南万家河，少有交往；十叔曾祖邦化一支远迁陕西，千山万水，无法联系；四叔曾祖邦治一支迁本县奉乡鸭子畈，来往也不方便。"我一定要把高祖父的著述传承下去，这样才能对得起列祖列宗，对得起黎民百姓，使青囊学士学有所依，行有所本。"

万达清楚地记得，小时候看见父亲满脸严肃地把高祖万密斋的著述藏入厅堂墙壁中的情形，"父亲怕我走漏消息，本来要给我慎重交代几句，我却说什么也没看见，父亲的脸色才恢复平静。高祖著述劫后余生，这是我们万家几代人的心血呀！我应让它付梓面世，但工程浩大，需要大量资金投入。而我们家族财力有限，需要政府官员扶持，社会贤达襄助，才有可能把高祖遗著付梓。"想来想去，万达想到了他的老师刘一炅。

"几年前，刘老师问我，家中是否藏有高祖著述，我不敢把真实情况告诉他，现在我应该把真相向老师说明白，想必老师是会理解的。"

万达整理好万密斋遗著，首先把未曾付梓的《万氏秘传片玉痘疹》和《万氏秘传片玉心书》手抄本带去了。

万达见到刘一炅，首先向老师请安问好，并说明来意。

刘一炅说："几年前我问你家中是否藏有你高祖著述，你吞吞吐吐地说没有。当时我从你的表情看，知道你手上可能有万密斋著述，只是时局不稳，你不敢轻易示人罢了。我真希望你能把万密斋著述保留下来。现在看来，未负我望，果然把万密斋著述保存下来了。劫后余生，太可贵了，我们一定想办法，把万密斋著述传承下去，不辜负他老人家救世之心。”

万达听完老师的话，激动万分，说：“有老师帮助，我就放心了。但就我族财力，要刊刻全部万密斋著述，恐怕捉襟见肘，难以完成。”

刘一炅想了想，说：“要刊刻全部万密斋著述，一是争取当官的支持，特别是知县大人李雨霑的支持；二是争取地方贤达的支持，我准备请我的吟友徐熙明、大生王光昊帮助校对，分步实施，逐步将《万氏全书》出齐。”

万达说：“先生的意见，我完全同意。我看今年就刻《万氏秘传片玉痘疹》吧，这本书从未刊刻过，全书13卷，第三、四卷是我叔祖父万机（字念菊）撰写的。就把这本书当作《万氏全书》的开头，明年再刊刻《万氏秘传片玉心书》，逐次将《万氏全书》出齐。”

刘一炅说：“《万氏全书》久重海内，让我们共同努力完成此项工程吧!”

万达恳切地说：“先生学识渊博，享誉桑梓，请先生为《万氏全书》写篇序言吧!”

刘一炅欣然同意。叙（序）曰：

“由仁人孝子所作出的事业，将赫赫然永世长存。我尝观昔日辅佐王命、建功立业、宣传教化之事，多半是功德无量造福人类的人；或是著述昭著、影响深远的人。他们都是以活人为心、济世为怀的。而且，以此来养生延年益寿，又是古皇所倡导并传之于世的。然而仁人赫赫言辞，是今世之幸；孝子又不独秘其言而公之于世，是万世之幸。我罗田县万密斋医学全书，已在海内外广泛传播，后因藏版被战火焚毁，而邑中所存之书，又在明末战火中被烧，致使广大行医者，无不叹惋。

“今幸万密斋五世孙通之获得秘藏于夹墙的万氏著述——因墙壁保护而躲过劫难的经书，苍天真是有眼，没有让万氏著述绝于后世。邑中有识之士都请求付梓公诸世，并请知县李雨霑（字方悦）闲暇之余过问其事，以彰显政绩。大家顾虑工程浩大难成。我与吟友徐熙明谋划商量：万通之有小儿《片玉痘疹》，是万氏秘传手抄本，以往的《万氏全书》没有刊刻，何不先刻此书，作为《万氏全书》之首呢？通之欣然同意，将手抄本给吟友徐熙明订正付梓，逾半年而完成，待后全书渐次刊行。因是小儿医书，图歌互存，方症并列，探医药之妙，钩疑难杂证之玄，确实达到扁鹊之精微，很多医理是王肯堂未及阐述的，如此珍贵之医学著述，怎么不会是世人的宝典呢？更是父母、小儿之幸呀！

“虽然现在处于仁寿之世，老少都健康，但作为仁者怀有救世之心，是不忍有一个人存在不健康的情形的。我想，等《万氏全书》出齐，黎民将远离疾病瘟疫，不会浪费钱财，大家自由快乐，生活在尧天舜日之下。有谁能说医书不具备吹笙摇铃的宣教之功呢？有谁能说万氏之书不是宣扬仁人孝子的呢？希望将《万氏全书》付梓传世，以垂不朽。时顺治之甲午岁季夏，谷旦邑人召藜刘一炅书题。”

序中说到的罗田知县李雨霑，字方悦，山东泰安人，顺治六年（1649年）进士，顺治七年（1650年）知罗田县事，连任六载。顺治十三年（1656年）升福州知府。吟友徐熙明，罗田人，顺治八年（1651年）举人，授湘潭教谕，后升汾阳知县。本书第一至第五卷，由徐熙明校对，第六卷以后由王光昊校对，全书由万达刊刻。刻书经费得到地方贤达资助。

《万氏秘传片玉痘疹》于顺治十一年（1654年）出版后，极大地鼓舞了万达信心，他决心再接再厉，将《万氏全书》出齐。

万达想：“出书光有地方贤达的资助还不够，必须得到知县大人的支持，这样才能把事情办好。”他拿着新刻的《万氏秘传片玉痘疹》一书，准备献给知县大人李雨霑。

见到知县后，万达恭敬地说：“知县大人，在您的关心下，《万氏秘传片玉痘疹》一书已出版，请您过目！”

李雨霑接过书后，首先浏览了刘一炅的叙，当读到“邑人士当方悦李师棠阴之暇，佥请付梓公世，而虑工浩难成”时，面有愧色，心想，事实上他对此书出版的关心是不够的，辜负了地方人士的期待，应该给予实质性帮助。

李雨霑转过头来问万达：“下一步你有什么打算，需要什么帮助?”

万达正等待知县问这句话，当听到这句话时，心里高兴极了，胸有成竹地说：“我和刘一炅、徐熙明、王光昊等先生商量过，经过明季战火，现在可能只剩下一套《万氏全书》。今年出版了《万氏秘传片玉痘疹》，明年想出版《万氏秘传片玉心书》，然后逐次将新刻《万氏全书》出齐。因工程浩大，财力不济，希望得到大人鼎力相助。”

李雨霑一边听万达陈述，一边不断点头，向万达投去了赞许的目光，说：“我在任上，是会支持您刻书的，我决定拿出部分薪俸资助刻书。”

万达听后，十分高兴，一再向知县表示感谢。

顺治十二年（1655年），刻成《万氏秘传片玉心书》5卷，2册。卷首亦载《刘一炅叙》，另有《万氏秘传片玉心书目录》。此本的版式、行款与《万氏秘传片玉痘疹》相同，刻书底本仍然是万氏家藏旧抄本。第一卷卷端下题“山东泰安州李雨霑方悦父发梓，罗田万全密斋著”。第二卷卷端无题，直接刊印正文，书口改为卷二。第三卷以下卷端改题“罗田万密斋万全著，玄孙通之万达刻”。

李雨霑接受万达邀请，以个人名义参与刻书。顺治十三年（1656年），李雨霑升任福州知府，离开罗田。

三、渡过难关，家族合力自刻

顺治十三年（1656年），由于知县李雨霑离开罗田，新知县吕鸣和刚到任，对当地情况不熟悉，尚未注意到万达刻书之事。万达刻书失去了知县的资助，经济上陷入了极大困难。

万达刻书失去了外来赞助，只好向家族内部挖潜：万达夫人把自己从娘家带来的金银首饰变卖了，邦忠曾孙延公、邦瑞曾孙淮尚各自捐出了自家积蓄，邦治曾孙从奉乡鸭子畈赶到大河岸，也送来资助。七拼八凑，勉强筹集到刊刻《育婴家秘》和《妇人秘科》（即《万氏妇人科》）的费用。

在经济困难的情况下，万达并没有退缩。他想，“无论如何不能半途而废，一定要想办法渡过难关。”为了节省开支，万达决定缩小刊印字体。

前面刊印的两种书，底本是家藏旧抄本，社会上还没有公开发行，初刊面世，故书名取“万氏秘传”，突出其“秘”。这次刊印的《育婴家秘》和《妇人秘科》为家藏旧本重刊，故书名分别叫《新镌万氏家藏育婴家秘》和《新刻罗田万氏家藏妇人秘科》，以突出其“新”。

顺治十三年（1656年），刻成《新镌万氏家藏育婴家秘》4卷，3册。首载《新镌万氏育婴家秘目录》及《育婴家秘幼科发微赋》一篇。卷端下题“罗田密斋万全原著”，第三卷增刻“玄孙通之万达发梓”一行，表明刻书时未得到社会赞助。

《育婴家秘》是万氏家传小儿科三代世医的代表作。万全撰著此书时花费了一番集、补、删、订的整理工夫，在很短时间内，“其书已流传荆、襄、闽、洛、吴、越间”，产生了较大社会影响。估计先后不止一家刻书商刊刻了《育婴家秘》，但大都毁于明季战火。唯一留存的万氏家藏旧本经万达重刻后，成了此后《育婴家秘》祖本，一直流传至今，万达的功劳真是太大了。

顺治十四年（1657年），刊成《新刻罗田万氏家藏妇人秘科》3卷，1册。首载目录，目录不分卷。卷端下题“罗田密斋万全著，玄孙通之万达刻”。

《妇人秘科》是万密斋重要的医学著述，对后世影响极大。万达刻本是清康熙、咸丰年间刻本的祖本，也是罗田1983年版《万氏妇人科》的祖本。

四、民办官助，万达刻本大功告成

顺治十三年（1656年），吕鸣和就任罗田知县。吕鸣和，顺天宛平人，顺治二年（1645年）副贡。顺治十三年至十六年（1656—1659年）任罗田知县，后升任均州知州。

罗田虽是穷乡僻壤，但却是大别山南麓的一个历史悠久的文明古县。始置于梁普通四年（523年），有1500年县史。吕鸣和从寒冷的北方来到风景如画的南方，十分惬意。是年秋，他到蕲阳拜访防宪中州赵公，赵公问他："您知不知道罗田县有一个叫万密斋的人？他是明朝中期著名妇儿科医师，其书可购可读。"

吕鸣和初到罗田，对万密斋的事迹一无所知，自觉惭愧，不好意思地回答："防宪大人，我初到罗田，忙于公务，对当地县情不十分了解，大人别见笑，万密斋的事迹我不甚了解。"

吕鸣和回到罗田后，急找罗田乡绅询问万密斋的情况，乡绅们说："万密斋是著名医师，其医术噪闻于明隆庆万历年间，行医足迹远及大江南北，著述甚丰，但经过明季战火，其著述恐怕不全。"

吕鸣和找来万密斋玄孙万达了解情况，万达献上了近两年新刻的《育婴家秘》和《妇人秘科》，知县知道在无外界资助的情况下万达依靠本族财力完成此二书刊刻后，一再称赞万达功德无量，又问道："万先生著述还有多少未付梓?"

万达答："还有6种未付梓，即《保命歌括》《广嗣纪要》《伤寒摘锦》《养生四要》《幼科发挥》和《痘疹心法》，希望得到知县资助。"

吕鸣和说："我会考虑的。"

万达刊刻的《育婴家秘》和《妇人秘科》在社会上迅速传播。湖广黄州府推官（主管刑狱）祝昌，从友人处得到了这两种书。

祝昌，河南固始人。固始位于大别山北麓，与罗田相近，万密斋在世时，曾行医到商城和固始等县，当地流传着很多万密斋救死扶伤的故事。祝昌从小就知道万密斋是一位医德高尚、医术高明的人，看到这两种书后，对万密斋更加敬佩。

祝昌为顺治六年（1649年）进士，顺治年间任湖广黄州府推官。据祝昌传记，顺治十五年（1658年），清政府在滇黔用兵，清军驻牧江陵，祝昌奉命自黄州运粮有功；次年六月，郑成功由海上攻入长江，清军沿长江顺流而下援江宁。祝昌两次奉命执行公务，都因出色地完成任务而受到嘉奖，不久便擢户部主事。故知顺治十五年、顺治十六年（1659年），祝昌在黄州任职。

当祝昌看到万达刻本《育婴家秘》和《妇人秘科》字体较小，又没有外界资助，知道万家财力拮据，就想资助万达刻书。他把自己的想法告诉了罗田知县吕鸣和，吕鸣和听后，欣然同意，激动地说："我正有此意，我愿意拿出自己的清俸，资助刻书。"

于是，二人商量出书计划，为了加快速度，可在罗田、黄州书肆分别刊刻。

罗田前任知县李雨霑是祝昌同科进士，虽然升任福州知府，祝昌还是写信去福州，邀约李雨霑一同资助万达出书，李公接信后，表示同意。为了增加医书的分量，万达希望祝昌和吕鸣和各写一篇序言，二人愉快地接受了请求。《祝昌序》曰：

"万君密斋，是罗田明代儒医。自儒学转而学医，其医术之精良可想而知。以儒医之精神撰书，其医书之精深也可想而知。其著述明代曾公开刊刻，传播海内外，而行医者把它们当作宝典，随身携带，用以济世。不才无须更加赞美。可是长年战火，世间存书都毁于兵燹，几乎无存。幸喜万密斋子孙将书藏在夹墙中，幸免于战火。然而，万家财力匮乏，实在难以重镌而传其永远。不才觉得十分可惜。于是，不才与罗田知县吕君鸣和商量，帮助刊刻，吕君欣然同意，愿捐出俸钱助梓。刻《保命歌括》35卷，依次完成。呜呼！抢救此书，使之不至于被蠹虫残蚀，重新供国人阅读，是大家企盼的快慰之举。这难道不是吕君的功劳吗？然而，不才尤应嘉许的是，古圣人抚养老百姓，关怀备至，既供给饮食使之生存，又供给药饵以防病死。神农氏辨别药性，雷公制造药剂，是多么高尚的事情呀！周朝医官，掌握全国各地病情，对生病者造访而治。暴嬴（秦始皇）焚书坑儒，但对医书和占卜书却要保留。周医官奋发图强而废鞭刑，刊医方而惠万民。所谓医道，就是表里皆治。因此，这次翻刻万氏著述，难道不是仁心仁政的体现吗？不才将乐观预见，此刻能按期完成。是为序。时顺治己亥年孟夏月天中，祝昌山公甫题于竹楼公署。”

《吕鸣和序》曰：

“我在罗田已任职三年，没有读上一天的书，越来越觉得自己的形象和语言与古人不合。间或有一两位持帖进门问业者，我并不是不愿意接待，而是公务缠身，文书繁杂，来去匆匆，未能与客深入谈论志向，哪还有余暇顾及医药诸书呢？丙申秋，我到蕲阳去拜访防宪中州赵公，他对我说：‘您知不知道贵县有一位叫万密斋的人？听人说他是古之圣贤，其书可购可读。’我十分惭愧，并不知道此人。回到罗田后，我找来各位乡绅询问，大家啧啧称赞：‘万君密斋，是明代名医，闻名于隆庆万历年间，他的医学著述现在恐怕不齐全了。’听后我更加惭愧。请看古人主宰一县，一县之内的名山大河、奇人逸士，都要常记胸中，各种医方存放于药笼；今有像万密斋这样的医家瑰宝，我还不知道姓名，有愧于仁义之心，又怎么能为地方纾难解困呢？于是找到万密斋有关著述，并叫来万达询问，才知道万先生名全，号密斋，邑廪膳生，因乡试未中，从而弃举从医。其医术精良，医方屡试屡效，他将经验总结成书，编成数十卷。先前由樵川（邵武府）知府李之用付梓，其书一出，纸贵三湘。后因明季战火连年，书版毁于战乱，其玄孙万达幸存一套，是因医书被藏于墙壁中而免于兵燹。凡在此地为官者没有人不知道此书的，没有人不想得到此书的，然而缮写手抄费时费工，很不划算，我遂与万达商量付梓，筹集社会资金，捐出清俸，寻书肆刊刻，共用8个月完成《广嗣纪要》16卷、《伤寒摘锦》2卷，合计18卷。

“书刻成后，我反复展读，有所思考：所谓医师必须有高尚思想，有思想的医师，虽自谦医术不高，而其方已传于世。然世人所认可的医书，都是方剂的积累。今日之医师，都想出医名，若要有医名，就不得不著书立说，这是形势使然。有的人又想出医名而又不善读医书，不能提高自己的医术而归咎于书。既然书的内容不能提高自己的医术，那么你可以将自己的医学知识转化为医书。若是著名医师，著书又有何难呢？然而，自称一代名医者，本来学习的是平常之术、师傅之传，一下子就想将自己的名字作为一代名医流传，读其书则平淡无味。而万先生为医，就像他做学问一样，并不是不让人知，而是不敢以名医自许。以这种态度为医，医术自然高明，以这种态度著书，书自然可以传世。我读了万先生的书，十分佩服，仔细体会万君著述之意，他宁可使医术高明而并不在乎传名，也不要空具其名而医术不良呀！我等主持一县，幸而有了济世机会，却没能做到有济于世。看看当今之世，犹有像万先生这样的人的书广泛流传，以宽慰我的心灵。我将尽我的力量，帮助翻刻。顺治己亥初夏之闰三月，都门吕鸣和识。"

吕鸣和的序比祝昌的序早一个月写成。二位地方官员都积极帮助万达刻书，拿出自己的清俸资助刻书经费，并联络福州知府李雨霑资助万达，使万达在顺治十五年至十六年（1658—1659年）两年内就完成了6种书的翻刻工作：

《万氏家传保命歌括》35卷，8册。卷首题"黄州理刑府固始祝昌辑，罗田知县宛平吕鸣和发梓，罗田密斋万全著，玄孙通之万达刻"。

《万氏家传广嗣纪要》16卷，2册。卷首题祝昌辑、吕鸣和校、万密斋著、万达刻。

《新刊万氏家传伤寒摘锦》2卷，1册。上卷题祝昌辑、吕鸣和校、万密斋著，下卷题万全著、万达刻。

《新刊万氏家传养生四要》5卷，1册。第一卷卷端题祝昌辑、吕鸣和校、万全著，余各卷题万全著、万达刻。

《新刊万氏家传幼科发挥》2卷，2册。上卷题"黄州理刑府固始祝昌辑，罗田知县宛平吕鸣和梓，罗田密斋万全著"；下卷题"福州府知府山东李雨霑辑，罗田知县宛平吕鸣和发梓，罗田万全著，玄孙万达刻"。

《万氏家传痘疹心法》23卷，5册。第一、二卷分别题祝昌、吕鸣和与万全、万达名；第六至十一卷、第十七至十九卷题“福州知府泰安李雨霑辑，罗田知县宛平吕鸣和校，罗田密斋万全著，玄孙通之万达刻”；第十二至十六卷、第二十至二十三卷，题“罗田知县宛平吕鸣和辑，罗田万全著，玄孙万达刻”。

万达这次刻书得到了地方官员的资助，速度快，质量好。祝昌、吕鸣和自始至终参加了这6种书的题名，而李雨霑只参加了后2种，且不在重要卷次（第一卷）。因李雨霑与祝昌是同科进士，且又任过罗田知县，故被祝昌邀约参与资助刻书工作。

这次民办官助的刻书工作，意义十分重大，为万密斋医学著述传播作出了重大贡献，万达刻本成为尔后刊刻万密斋著述的祖本，客观上保留了万密斋著述原貌。

万达刻本书版由万达保存，到了100年后的乾隆二十二年（1757年），书版转到了欧阳铎、欧阳楷兄弟手中。据光绪二年（1876年）《罗田县志·选举志》附“寿考”栏记载，“欧阳铎，监生，九十岁”，为罗邑名士。欧阳氏将万达刻本书版修补后，共刊印了7种书：《片玉痘疹》《片玉心书》《育婴全书》（即万达本的《育婴家秘》）《伤寒摘锦》《保命歌括》《幼科发挥》《痘疹心法》。各子目书均增加了书名页，正中一行题书名四个大字，如“保命歌括”，右上边小字题“万氏原本”，左下边小字题“欧阳氏藏版”，横眉小字自右至左题“丁丑新镌”。各书第一卷卷端题署后都增刻了一行“后学欧阳铎、楷重刊（修）”。

欧阳氏修补重印，反映100年后罗田传播万密斋著述的情形，说明万氏著述的社会需求量很大，也说明了家乡人民传播万密斋著述的热情未减。

第九章

四代传承，三堂共刊

在万密斋著述传播过程中，出现了湖广汉阳张伯琮一家四代近百年同心协力传播万氏著述的感人事迹；出现了清畏堂、敷文堂、同人堂三堂共刊形式，说明万密斋著述在民间传播是多么广泛，多么深入人心。

一、万密斋著述传播最好时期

清顺治皇帝于1644年10月30日登基，时年仅7岁。1661年便死于天花，时年24岁。

顺治皇帝一病不起时，接班人问题没有钦定，这时才开始认真考虑继承人选。长期以来顺治皇帝一直看好次子福全，想立为太子，而顺治皇帝的母亲孝庄皇太后则更倾向于立皇三子玄烨。双方意见相持不下，只好求助于第三方。这个第三方，是在宫中当差的西洋传教士汤若望。汤若望在清宫服务有年，官至一品。他与顺治皇帝及孝庄皇太后之间长期保持着某种亲密关系，顺治皇帝曾尊称他为“玛法”，翻译过来就是“爷爷”。

理智的西洋传教士汤若望很快就帮孝庄皇太后和顺治皇帝下定了决心：立皇三子玄烨为太子，理由简单而充分——玄烨已出过天花，对这种可怕的疾病有终身免疫力。

康熙早年的生活一直笼罩在痘魔的阴影下。他刚出生时，正值天花流行，不得不由乳母抱出紫禁城，栖身于西华门的一座宅邸（雍正时改为福佑寺）“避痘”，长期得不到父母之爱。2岁时，他患上了天花，在乳母、正白旗汉军包衣曹玺之妻孙氏的悉心照料下，硬是从天花的魔掌中挣脱出来，脸上却留下了与痘魔殊死搏斗的点点痕迹。这段经历，在康熙幼小的心灵中留下了不可磨灭的烙印。

《清实录康熙朝实录》记载康熙晚年曾说：“世祖章皇帝因朕幼年时未经出痘，令保母护视于紫禁城外，父母膝下未得一日承欢。此朕六十年来抱歉之处。”躲过天花之劫，幼小的康熙进了紫禁城，但天花的阴影一刻也没离去。灰色的宫外“避痘”岁月，像是一场噩梦。由于天花连年暴发，深宫中也常常一夕三惊。如果宫中有人得了天花，父皇顺治皇帝就会出宫“避痘”。如果城中有天花患者，四周就得用绳子围起来，谁也不准随便进出。这些惊恐与动荡的灰暗记忆填满了康熙幼年的梦。

康熙很小就已出过天花，并且有幸存活下来，而且以后再也不会得天花了。于是，康熙登上了金銮宝殿。

康熙主政后，意识到了天花对大清王朝的威胁。在总结前人防痘经验的基础上，他开始主动出击防治天花。在康熙的倡导和推动下，清朝天花防治更加系统化。他在太医院下专门设痘疹科，广征名医。北京城内设有专门的“查痘章京”，负责八旗防痘事宜。

因此，在痘毒十分流行的清王朝，对治疗痘疹有关书籍的需求十分迫切，为万密斋痘疹著述等方面的医书传播创造了客观条件。

作为一个君主，康熙接近了理想君主的典范，他聪颖好学，领悟力强，宽厚待人，勤勉刻苦，谨慎正直，勤于政务。他经常告诫自己：“一事不谨，即贻四海之忧；一念不谨，即贻百年之患。”他的朝政之典型标志是谨慎履行政务，宫中克勤克俭。在康熙的统治下，清朝统治变得稳固昌盛。

康熙相信科学，推行西洋历法，接受人体解剖学，学习数学、音乐，并达到很高水平。他对传统典籍也极为熟悉。1679年他开设了博学鸿词特科，录50名饱学之士来编撰《明史》。由于康熙对学术的奖励，几部不朽巨著编纂了出来，其中最著名的有《康熙字典》《佩文韵府》《朱子全书》和一部汇编成5020册的百科大全《古今图书集成》。许多著述都有一篇御笔亲撰的序言，因此便带上了“钦定版本”这一颇具影响力的权威性标签。

无论在内政还是外交领域，康熙都建立了丰功伟绩。他设立了一套稳固、节俭且高效的行政体制，奖励学术，敉平三藩之乱，摧毁了台湾的抗清运动，与俄国建立起外交关系，以及击败了噶尔丹麾下的厄鲁特部。王朝的辉煌代替了早期的不稳定。1722年，康熙作为一个踌躇满志的君主结束了他的统治。

雍正在45岁时登基。他生性严峻、多疑、猜忌，但极其能干，他一登基就将权力集中到自己手里，将八旗尽数掌握在自己手中。雍正经常被人指责过分独裁专制，尤其是大兴文字狱的行为。他是一位“法治”政治家。

雍正死后由其第四子弘历继位，年号乾隆。乾隆在孩提时深得祖父康熙的宠爱，他也立意要仿效其祖父。他性格坦率、开朗，也相当宽厚。1735年下半年，乾隆25岁登基之时，他对天祈祷，希望尽可能像祖父那样长时间地在位，但不超过其祖父的61年。

乾隆受过良好的教育，他有10名汉族业师和5名满族业师为他传授儒家伦理和满洲兵术。课程包括研习经典、历史、文学、哲学、官仪、孝道、礼典，后来还有治国之术。另外，他也练习骑射。乾隆非常爱好历史，因为这类书籍提供了历史上完美的帝王统治模式。他一直喜爱的榜样是英武神勇的唐太宗，唐太宗统治时期武功的显赫和物质的繁荣，加之太宗本人的谦逊和仁慈，令这位清朝皇帝心驰神往。先辈开创的事业在乾隆的时代开花结果了，国泰民安，五谷丰登，库房充盈，王朝呈现出前所未有的繁荣富足景象。康熙到乾隆统治的这段时间被历史学家称为“康乾盛世”。

从康熙到乾隆统治的这段时期，由于时局稳定，国家富强，人民安居乐业，加上康熙、乾隆对文化事业的重视，从而促进了文化事业的发展，特别是陶瓷、绘画、诗词、小说、中医等领域，取得很大成绩，出现了很多名家。

在这种有利形势下，万密斋医学著述得到迅速、广泛的传播，出现了很多感人故事。

二、四代传承，张氏家族两次刊刻《万密斋书》

（一）延年之功，张伯琮校订《万密斋书》

武汉三镇之一的汉阳，地处长江和汉水之间，因原本位于汉水之北，故名汉阳；汉水改道后，其地仍用汉阳之名。溯汉水而上约20千米，有沌水流入，故名沌口。张伯琮的祖屋便在沌口镇上。

沌口是鱼米之乡，地域辽阔，物产丰富，文化发达。张氏是镇上望族，几代人做官，尊崇儒家道德，儿孙们饱读诗书，是一个很有教养的家庭。

张伯琮出生于顺治四年（1647年）。其时顺治还是一个10岁的娃娃，大权操于多尔衮之手，后者有颇具温情的"叔父摄政王"称号。多尔衮对新王朝的贡献是不容置疑的，在他的指挥下，清军占领了陕西、河南和山东诸省；1645年又占领了江南、江西、湖北和浙江一部分；1646年占领了四川和福建。内政方面，他保留了大部分明朝的官职和措施，欢迎汉族官吏投效政府，甚至允许他们穿戴明朝服饰。

张伯琮虽然出生在清朝初年，但祖上留下的遗产并没有受到大的破坏，这为他后来的发展留下了很大空间。

张伯琮，字璧九，号鹤湄。聪明伶俐，记忆力特强，16岁时就考取了秀才，在沌口小有名气。到了18岁时，身材魁梧，一表人才，做事有主见，有号召力。康熙五年（1666年），他不到20岁，乡试中举，轰动汉阳。

前面已经介绍过，康熙是一个很有作为的皇帝，也是一个不拘一格选拔人才的皇帝，他开设了博学鸿词特科，收录50名有真才实学的人编辑《明史》，这些人并不是由正常科考获取功名的人，因此他们被称为"野翰林”。张伯琮在未取得进士头衔的情况下，就被任命为河南布政使，成了一名正省级官员。

张伯琮活了85岁，卒于雍正九年（1731年）。在当时那个年代，算是高寿了。张伯琮为什么能如此长寿呢？因为他是万密斋《养生四要》的忠实实践者。

万达刻本在社会传播后，张家从书肆先后购买了《片玉痘疹》《片玉心书》《育婴家秘》《妇人秘科》《保命歌括》《广嗣纪要》《伤寒摘锦》《养生四要》《幼科发挥》《痘疹心法》等10种。张伯琮对这些书十分感兴趣，对《养生四要》更是情有独钟，对万密斋提出的“寡欲、慎动、法时、却疾”八字养生纲领体会颇深。从读书、考取功名到做官，从致仕到终老，张伯琮一生都严格要求自己，不追求过高的物质享受，不贪财，不好色，用寡欲坚忍其性，一生活得堂堂正正，问心无愧。

张伯琮身体条件很好，生得健壮结实，这与他经常注意锻炼不无关系。生命在于运动，但动之太过，又会使生生之气受损。人体是一个无为又自足的有机体，如果你剧烈运动，偏离了无为、自足的状态，就会生病。张伯琮很注意运动的度，致仕后，以走路作为主要运动方式。老年喜“静”，张伯琮尊崇万密斋教导：“人之学养生，曰打坐，曰调息，正是主静工夫。”无事时“便静坐一时，只是心下不得清静凉快。却又将一件事，或解悟经义，或思索诗文，把这心来拘束，才得少定，毕竟系着于物，不得脱洒”。这种方法是十分实用的，不同于佛家、道家的虚无静坐，而是真正做到慎动，保定其气。

张伯琮懂得，顺应天地四时，以养脏腑形体，这是万密斋特别强调的一点。万密斋说：“圣人春夏养阳，秋冬养阴，以从其根。故与万物沉浮于生长之门。”万密斋又说：“阴阳和则气平，偏胜则乖，乖便不和，故春夏养阳也，济之以阴，使阳气不至于偏胜也。”真正做到法时、和于阴阳。

张伯琮一生很少吃药，很注意自我保健。即令有病，也不乱吃药，要做到“中宜”。所谓中宜，指的是临症用药遣方，既要药能对症，随症化裁，又要在中病之后，把握机要，适可而止，以避免邪去正虚，变乱又起。万密斋告诫人们："善养生者，当知五失：不知保身一失也；病不早治二失也；治不择医三失也；喜峻药攻四失也；信巫不信医五失也。"他还说："吾闻上工治未病，中工治将病，下工治已病。"这是万氏宗旨，张伯琮一生始终遵从这些原则，真正做到了却疾、慎于医药。

由于张伯琮严格按照万密斋《养生四要》的原则和方法养生，所以活到了85岁，比万密斋多活一年。

张伯琮对万密斋10种书进行校订，然后交儿子坦议刊刻。张伯琮经过反复研究，对万氏10种书进行排列，他对儿子说："坦议，我对万氏10种书进行详细校订，经过反复研究，我认为他的10种书存在内在联系，养生列第一，其次为保命，然后才是广嗣、保产、育婴。你们今后阅读时，应注意这一点。"张坦议答："我会按照父亲教诲，认真研读的。"

可见，张伯琮对万密斋养生学说十分重视，他一生践行万密斋八字养生纲领，收到了延年益寿的效果。

张家是书香门第，家中藏书很多，有很多书是在自家书肆中刊刻的，"视履堂"是张氏家族世代相沿的堂号，张坦议所刻《万密斋书》即是他自家刻本。

（二）寿世保元，张坦议刻《万密斋书》

张伯琮的第三个儿子叫坦议，字恪斋。自小受到家庭熏陶，颇有其父之风。性癖嗜医，在读儒学时，就旁涉岐黄。虽然后来做了官，但对医书嗜好始终如一。康熙四十七年（1708年）以监生入仕，任江苏海防同知，后加捐补授陕西甘州府知府。入仕四年后，到了康熙五十一年（1712年），张坦议就筹划刊刻《万密斋书》，动员全家参与，其子张任大、张任佐负责校对，其孙张承柏、张承诏负责编次，一家四代人共同参与了这一浩大工程。张坦议为《万密斋书》写了叙。叙（序）曰：

"医学不是我的职业，但对医学的喜爱简直成为我的癖好。吟诗读经之余的全部时间，我都用来研究岐黄之术。在服侍父亲大人游历京都、陕西、河南期间，凡是历代名医的著述，如赵氏《医贯》、王叔和《脉诀》、薛立斋《薛氏医案》，以及王肯堂《证治准绳》诸书，无不细心研读批阅。即令时人的一二应验奇方，我也要购买而后写在卷帖上收集保留。我对医书的爱好已到如此程度，但还是可惜未窥测到医学奥秘，未体会到医学的深刻内涵，仅仅知其大概而已。然而这只是我的嗜好，并不是我的专业。虽然未能进到堂奥之深，这又有什么关系呢？

“对于万先生的《万密斋书》，我情有独钟。其书有数十卷，种类繁多，论理深刻，言辞达意，而著述中的方剂，试无不验，验无不神。我常常一卷一卷地精心研读，细心体会，历时一年多，也只能窥探先生深奥医理丰富内涵的万分之一。这些著述是使人长寿健康的瑰宝，是男女生活中不可须臾缺少的东西。老年人得到它，可以寿终正寝，婴幼儿得到它，可以健康成长，先生的仁术惠及天下后世，其功德无可估量。

“然而，要不是吕公鸣和编辑出版，此书可能就只剩下残篇断简，淹没于竹篓之中，我怎么能得到它而后爱慕不已呢？我颇有尧死后舜仰慕三年之感，食则见尧于羹，坐则见尧于墙。因为有了吕公鸣和，万先生利济之心才得以传颂。无奈经年既久，万氏书多次刊印，字迹模糊，有鲁豕混淆之误。对能懂得医学的人，固然能分析理解，辨别其错误，但对于邯郸学步的初涉医者，势必以讹传讹，虽然差之毫厘，却错之千里。我无论如何不能把利济天下的书变成杀生的工具，我不想吕公倡导于前的事业不能接踵于后而泯灭。因此，我愿与有志之士订正讹误，尽自己绵薄之力付梓，募工新刻之。历经十五载，此事才大功告成。使以此书为行医准绳者，免犯刻舟求剑的错失。我不敢说万公著书的宗旨因我而存，不敢说吕公刻书良苦用心因我而传扬，我只是聊以表示嗜医之癖的偏好罢了。至于有业医者能明察神会，融会变通，循书而不拘泥于书，将万先生著述发扬光大之事，不是我能够完全说尽的。是为序。时康熙五十一年十二月，柏泉张坦议恪斋叙于视履堂。”

张坦议用了一年多时间，将万密斋书逐卷精研校对，耗时十五年，才将万密斋10种著述全部出齐。这10种书名及次序是：一，《养生四要》；二，《保命歌括》；三，《伤寒摘锦》；四，《广嗣纪要》；五，《女科要言》（卷端题“万氏家传女科”）；六，《片玉心书》；七，《育婴秘诀》；八，《幼科发挥》；九，《片玉痘疹》；十，《痘疹心法》。张坦议本对万达本的书名有所改易，如分别改定《妇人秘科》《育婴家秘》的书名为《女科要言》《育婴秘诀》。

张家非常重视下一代的健康成长，因而特别关注万密斋的儿科著述。万氏儿科有口皆碑，其儿科诸书，承其家技，发明效方，用药独到，辨证论治精当，立法组方严谨。但万氏的儿科著述很多，计有《育婴秘诀》《幼科发挥》《片玉心书》《幼科指南》《片玉痘疹》《痘疹心法》《广嗣纪要》。张坦议为了搞清它们的内在联系，进行了重新考证、校对，专门为《片玉心书》写了《幼科序》。序曰：

“凡是阐述医学理论和疗法的，有的可以简单论述而使人明了，有的不能简单论述而使人明了。况涉及婴幼儿，他们意识未开，所问不知所答，脉弱难切，各种症状变化无常，异变奇出，治法多种多样，若叙述过于简单，则其症状不明，治法不对路，因是关系到小儿生死存亡的大事，其论述要想简单也无法简单。万先生的育婴著述，首先分门别类，用歌括概述（如《片玉心书》），然后按各脏腑分别论述（如《育婴秘诀》《幼科发挥》），最后论述小儿痘疹（如《片玉痘疹》《痘疹心法》），反复辨证，对症医治，再三开导。可以说无症不备，无法不全，无理不透。小儿虽不能言，但万密斋的论述既详尽又深入浅出；一般医生不能治的病，万密斋能治之且极其神验。世人在读万氏书时，初看会以为还可以简单些，但细细体会研究之后，才知是不可能再简单了。足见万先生用心良苦，先生爱护婴幼儿的一颗心永垂不朽！是为叙。汉阳恪斋张坦议撰于五知庄。”

此篇序言是张坦议专为万密斋幼科著述而作的。张坦议在序言中提出了两个命题，一是万氏幼科著述的排序问题，二是万氏幼科著述的繁简问题。由于张坦议对万氏著述进行了深入、细致、长期的研究，所以能探讨上述两个问题。关于幼科排序问题，前面已述及，不再赘述了。

综观万密斋儿科著述，有繁杂重复之嫌，张坦议已注意到这一点，但他认为“初视之未尝不以为不简也，细体之究知其不可简也”。“不可简”的原因有四：一，儿科病症本身复杂多变；二，万氏辨证论治，是反复辨析，阐发精微，足见万氏苦口婆心、热心快肠的态度；三，万氏著述有一个发展过程，其后期著述的内容逐步深入详细；四，万氏著述存在明线传播和暗线传播两条路线，故其儿科著述前后有所重复。

关于万氏儿科著述繁简问题，万密斋《叙万氏幼科源流》说：“治病者法也，主病者意也。择法而不精，徒法也；语意而不详，徒意也。法愈烦而意无补于世，不如无书。又著《幼科发挥》以明之者，发明《育婴家秘》之遗意也。”

从万密斋所说的这段话中，可知他认为法宜精、宜简而意宜详、宜繁。

第一层意思是“治病者法也，主病者意也”。就是说治病的原则是要遵循规矩准绳的，主治疾病的医师要有良好的医技。

第二层意思是“择法而不精，徒法也；语意而不详，徒意也”。对“法”而言，择法要精，精则简明有条理。择法不精，则寒热虚实、温凉补泻之间，游移不定，毫无定矩，等于没有法一样。“法”不可繁，要使人易于提纲挈领。对“意”而言，语意要详，详则灵活多变。语意不详，则对待复杂多变的病症缺乏应变能力，临证失措，等于没有说一样。“意”要有补于世，便于实际应用。故曰“法愈繁而意无补于世，不如无书。”

第三层意思是法有定，法需简而易守。万密斋已著《育婴家秘》阐其大法。此书以五脏辨证，五脏之有余不足，各脏之寒热虚实，条理清晰井然。此所谓大匠诲人以规矩。意无穷，故意需详而多变。又著《幼科发挥》发明《育婴家秘》未尽之意。此书补充五脏证治，补充治疗经验秘方，增加临证医案。此所谓明医复喻人以巧思。

简言之，法是准绳法则，说明理论性问题，须简；意是医疗技巧，阐述治疗方法和操作规程，须繁。这就是所谓简与繁的问题。

（三）继承祖业，张任大、张任佐重印《万密斋书》

张坦议刻本《万密斋书》在社会上广为流传，不仅流传于湖广附近的州府，即使在交通十分不便利的蜀中也有流传。蜀中有识之士看到《万密斋书》实用性很强，便进行翻刻，即所谓“蜀中坊刻本”，说明万密斋的医学著述在民间传播是何等之广。

张坦议在世时，对儿子任大、任佐影响极深。他们耳濡目染，自小对万密斋著述就产生兴趣。父亲刻书时，二子帮助校对。张坦议1712年为《万密斋书》写序，66年后，张任大、张任佐又启用家藏旧版，再次刊刻。张伯琮曾孙张承柏、张承诏参加编次工作。

《张任大、张任佐重印本跋》：

“所谓医道，就是要讲仁义道德。医道根本，就是行医者要有恻隐之心，以救死扶伤为要务。回忆我的先祖通奉公（张伯琮）任河南布政使，把为民治病当作事业来抓，我的父亲中宪公（张坦议）继承祖父之志，于康熙壬辰年新刻《万密斋书》传播于世，而后任陕西甘州知府，书版放在家里，我们则随父赴任。后在四川坊间有翻刻此书的，文字错落，字迹模糊，与万密斋所著之书的旨意多有违背。人命关天，这不是小事呀！追忆我的祖父和父亲校刻之心，我们怎么能容忍讹误到如此程度呢？于是重启家藏近七十年的原版，重新整理、清洗、印刷，使学习该书的人一目了然。编排顺序为：一养生，二保命，三广嗣、保产、育婴。这是万密斋先生的功劳，也是先祖通奉公和先考中宪公的愿望。乾隆四十三年四月，张任大、张任佐谨跋于视履堂。”

张家四代人历经百余年不遗余力地研究万密斋著述，为其写序和跋，宣传万密斋著述，两次刊刻万密斋著述，这在世界文化传播史上，特别是民间文化传播上，是非常罕见的，说明万密斋著述是如此深入人心、如此有魅力，且具有极大实用性。

三、岐黄津梁，胡略刻《万密斋医书》

江西金溪云林为胡氏祖居地，胡姓在当地为簪缨望族。胡略是金溪路邮亭人，住处地处云林山，故自称云林胡略。字仁锡，号澹斋。康熙五十五年（1716年）以例贡授吉水训导，雍正三年（1725年）解组归，满打满算当了10年训导，只管文教事业，有很多时间研究医学。他深知，医学道理深奥，不是浅尝辄止就能学好的，譬如“阴阳虚实”四字，完全弄懂它的人，恐怕百里挑一。因此，他对儿子廷佐要求极严，要廷佐认真研究《素问》《难经》诸书，真正做到融会贯通。胡廷佐，字九在，号靖宇。康熙五十二年（1713年）武举人。廷佐伯父胡韬是康熙二十六年（1687年）武举人。

胡韬、胡略一家，习文尚武，健体强身。一家人对万密斋《养生四要》推崇备至，把它作为养生准绳，处处按照“寡欲、慎动、法时、却疾”八字养生纲领去做。所谓寡欲，就是要修德。万密斋提出了10条修德方法，其中第7条是“每遇荒歉之年，其粮贵籴贱粜，赈济贫民”。乾隆八年（1743年），江西遇上大饥荒年，饿殍遍野，逃荒者不计其数。胡家动员全体劳力，开仓济贫，散粮施粥，救活了很多穷苦老百姓，大家感恩戴德。胡略坚持万密斋养生方法，清心寡欲，动静结合，法时应天，防病却疾，活了89岁。

康熙五十五年（1716年）春，胡略任吉水训导时，从友人那里得到万密斋的医书，喜出望外，爱不释手，上课之余，进行披阅，准备以清畏堂的堂号刊刻，为此，胡略写了一篇叙（序）。

“医道是很深奥难懂的。不用说《素问》《难经》诸书，理论深奥，洞察艰难，不是学问浅陋之人所能领会的，譬如‘阴阳虚实’四字，求其所以然而无阻碍的人，恐怕百里不得挑一。自以为弄懂了，其实理解有误的人多得很。我是深深了解这一点的，但因攻举子业，即使想探其究竟却苦于没有时间。丙申春，我任吉水训导，一个偶然机会，从友人处觅得罗田万密斋先生的医书。给学生上课之余，稍加披阅，见万密斋先生对医理医法理解精确，对医技辨证清晰明确，按方治病，都有灵验，确实是岐黄之家的渡河桥梁、行医宝典。可惜洛阳纸贵，刊印不多，能读到该书的人很少。幸遇雍正新朝，天子励精图治，百废俱兴，尤其关心人寿安康，把它列为头等重要大事，要知道关爱人的生命是多么艰难的一件事呀！今敕令宰相府各直属省和各地督抚，遍访名医，咨询考核后合格者送入太医院，以备择优录用。这是大事，应由皇上定夺！大家多么希望将今世变为仁寿之邦呀！下属在臣子之列，应当体察上情，于是我决定捐出清俸，重新刊刻万氏医书，使之广泛传播，使从事医生职业的人，随时诵读，用心体会，付诸实践，没有不灵验的。如此则老年人可以安康，青年人可以长寿，普天之下，莫非乐土，大家都感到幸福。这是我的志向，也是万先生的志向。时雍正二年五月，云林胡略叙于清畏堂。”

胡略于康熙五十五年（1716年）春得到万密斋书，到雍正二年（1724年）刊刻《万密斋医书》，前后经历9个年头。其间他进行了仔细校订，终于在离任前一年付梓，足见他良苦用心。胡略儿子廷佐参加编次工作。

清畏堂刻本流传近300年。目前，中国中医科学院藏有《保命歌括》《伤寒摘锦》清畏堂刻本，卷首载有万达本中的《祝昌序》《吕鸣和序》《刘一炅叙》，还有《胡略叙》。清畏堂刻本在流传过程中，出现了挖改重印本。

四、三堂共刊，清畏堂、敷文堂、同人堂传承万氏全书

清畏堂胡略刻本的底本是万达本。在万达本基础上，重定总书名为《万密斋医书》，又重定了10种子目书名。清畏堂刻本在传播过程中，其书版经过敷文堂、同人堂先后两次挖改重印，该重印本流传较广，影响亦大。

在挖改的同人堂刻本中，卷首《胡略叙》页题“清畏堂”，各子目书名页题“同人堂”，而版心又题“敷文堂”。形成三堂共一书的形式，这也是

万密斋著述在传播过程中形成的一种特殊现象。

胡略于雍正三年（1725年）致仕后，在家颐养天年。儿子廷佐，少读诗书，体格健壮。清朝马背上得天下，取得政权后推行尚武政策，提倡习武，练习骑马、射箭、剑戟格斗等科目，设武举科取士。廷佐于康熙五十二年（1713年）中武举人。

康熙于1722年辞世后，雍正登基，那年雍正45岁，他毫不懈怠地统揽行政管理事务，每天批阅无数份奏折，深夜还在思虑国策大计。北方边境上，有来自厄鲁特人和俄罗斯人的双重威胁。与俄国的《尼布楚条约》没有议定西伯利亚与外蒙古之间的边界，而厄鲁特部领主策旺阿拉布坦与俄罗斯人之间的交往，再次使清廷担心起他们之间的密谋。雍正继承了父亲离间蒙古与俄罗斯人的政策，急于通过一项新的协议来确认与俄国之间的边界问题。由此签订的1728年《恰克图条约》，确认了中俄两国边界，切断了俄国对西北叛乱者的援助。雍正准备集中精力征讨厄鲁特部。首先在全国招募兵役，廷佐因是武举人，理所当然地被招募，当了八旗军中的一名小军官。父亲澹斋已是耄耋之年，再也无力刊印万密斋书了，于是他决定将家藏《万密斋医书》旧版托付给自己的好友敷文堂主人，希望他有条件时能重新刊刻万密斋著述。

敷文堂主人因科举失意，过着文人清高自赏的生活，他热衷于文化事业，特别喜欢医学著述。他读了《万密斋医书》胡略刻本，知道万密斋医术根基深厚，学术思想渊源清晰，本盛末荣，涉及儿、妇、内科及优生、优育、延龄、广嗣、养生、保健，堪称博大精深。万密斋医术精湛，其方屡试屡验，其医书在市面上非常抢手，因此敷文堂主人决定重新刊印《万密斋医书》。

为了节约资金和时间，敷文堂采取了挖改重印的办法，将书口“清畏”二字挖改成“敷文”二字，但挖改不彻底，有14处“清畏堂”未挖改；有60多处铲掉“清畏”二字，但未补上“敷文”二字，只剩下一个“堂”字；有190多处书口刻堂号处三字全无。

敷文堂挖改本在社会上流传甚广，至今罗田县藏有《养生四要》的敷文堂本。

被挖改的敷文堂旧版几经周折，最后到了同人堂。同人堂主人虽说是读书人，但他很懂得商业经营之道，他收藏保管各种旧书版，一旦市场需要某种书，他就可以立刻刊印，向市场出售，赚取利润，由于他经营有道，生意十分红火。

在乾隆时代，他的书肆经营达到鼎盛。乾隆是一位很有作为的皇帝，先辈开创的事业在他的时代发展到了顶峰。人民安居乐业，社会稳定，人民对健康的需求大大提高，对养生保健、妇女儿童方面的医书需求量很大，万密斋的书更是抢手货，往往一书难求。

同人堂主人看准商机，决定找出《万密斋医书》敷文堂旧版重印，为了打出自己的堂号，提高市场认知度，就将敷文堂挖改成同人堂。

同人堂改订丛书名为《万密斋医学全书》，重印时间是乾隆六年（1741年）。重印时，首先增加或改换总书名页，这分两种情况：一是用大字题"万密斋医学全书"，左下角用小字题"同人堂藏板"；二是在书名页框内正中用大字题"万密斋书"，右一行小字题"云林胡澹斋手订"，左边一行分上下两截，上截小字双行题10种子目书名，次序与胡略编次相同，下截题"同人堂藏板"，横眉题"乾隆六年新镌"。其次，挖改各子目书的书名页：中间一行大字题书名，如"伤寒摘锦"，上一行小字题"万密斋书"，左下一行小字题"同人堂"。

同人堂梓本源自敷文堂本，将敷文堂挖改成同人堂，但挖改不彻底，还保留了部分敷文堂堂号。敷文堂由清畏堂挖改而成，但挖改也不彻底，也保留了部分清畏堂堂号，所以出现了三堂同刊的情景。

同人堂挖改本满足了当时社会的需求，传播很广，一直流传到现在。同人堂挖改本流传后，出现了忠信堂刻本《万密斋书》，此本有两大特点：一是巾箱本，版面较小；二是使用仿宋字体，有别于此前刊本的手写字体。全书24册。总书名页上正中题总书名（丛书名）"万密斋书"，右题"汉阳张恪斋手订，忠信堂藏板”，左题丛书子目书名，顺次为“养生四要、保命歌括、伤寒摘锦、广嗣纪要、女科要言、片玉心书、育婴秘诀、幼科发挥、片玉痘疹、痘疹心法”。

第一种《养生四要》卷首载《张坦议叙》《吕鸣和序》《张任大、张任佐重印本跋》和李之用《养生四要序》。

第八种《幼科发挥》卷首载张坦议《幼科序》、《叙万氏幼科源流》、李之用《幼科发挥序》。

子目书的书名页上，正中题四字书名（如“养生四要”），右上方小字题“万密斋书”，左边小字题“第一类，忠信堂梓”。

视履堂张坦议刻本（以下简称张本）未载《吕鸣和序》，故知忠信堂《吕鸣和序》必是据万达刻本而来。其次，此本10种子目书的卷端题署有5种同张本，有5种同清畏堂胡略刻本（以下简称胡本），这说明忠信堂本对张本和胡本均有所取，但取张本尤多，表现在总书名页上，首题“汉阳张恪斋手订”；所列总书名及10种子目书名及次序与张本相同。又，此本共载序、跋7篇，除吕序之外全部见载于张本，其中张氏父子序、跋共3篇，仅见于张本。

清朝顺治、康熙、雍正、乾隆四朝，是万密斋著述传播高峰期，各坊间刻书机构争相刊刻万密斋著述，各地医生争相购买，都把《万密斋医学全书》作为行医准绳、岐黄津梁。

第十章 明珠蒙尘，不可埋没

一、正逢其时，万密斋著述整理工作的开展

十一届三中全会以后，全国人民建设有中国特色的社会主义积极性空前高涨，出现了生动活泼的政治局面。

1978年，罗田县卫生局酝酿成立中医院，满足人民群众治病保健需要。同年召开了整理万密斋医学著作及民间医方座谈会，由卫生局副局长何曾文同志主持。参加会议的有王卓裕、赵宏恩、王滋槐、洪国存、王咏初等同志。大家一致表示，万密斋是明代著名医学家，其著述影响深远，经过“文化大革命”，民间大部分著作散失了，甚至被当作废纸烧掉了、卖掉了，现在到了抢救的时候了。

1979年5月20日，由罗田县卫生局医政股长王滋槐同志起草的《医药宝库中这颗明珠不应埋没》，得到县有关领导重视，以罗田县委宣传部王仲群、王兆乔的名义，发表在湖北内参上。该文作者怀着激动的心情说：“我国中医药学有着悠久历史，医药宝库中有千万颗灿烂的珍珠，……万密斋正是这样一颗闪闪发光的珍珠。”接着简单介绍了万密斋生平，列出万密斋著述《万氏家藏妇人科》《万氏家藏育婴家秘》《万氏家藏伤寒摘锦》《万氏秘传幼科发挥》《万氏家传保命歌括》《万氏家传广嗣纪要》《万氏家传痘疹

家（心）法》《万氏秘传片玉痘疹》《万氏秘传痘疹歌括》《万氏家传养生四要》等十多部。

作者评价说：“万密斋先生精通医术，著书立说，无论古今，在医学界享有盛名，在人民中享有崇高威望。医德高尚，医术精湛，尤精妇科、儿科和痘科。其著述不仅在国内广泛流传，而且在日本、朝鲜、东南亚深入人心，甚至欧美等国也有收藏。在毛主席的‘中国医药学是一个伟大的宝库，应当努力发掘，加以提高’的指示鼓舞下，罗田县卫生局对挖掘万密斋医药宝库充满信心，由何曾文同志带领医政股人员跋山涉水，调查访问，为搜集万密斋著作做了大量工作。但有关部门认识不足，态度较冷淡，我们多次反映情况，并未引起他们重视。”最后，笔者怀着沉重心情说：“县局力不从心，在进行这项工作中遇到种种困难，县医政股只有三名工作人员，忙于应付日常事务工作，少有精力整理万密斋著作。已搜集到的万密斋部分著作，多数是民间抄本，错落较多，我们无法校正整理。另外，我们想出版万密斋医学著作，想修缮万密斋坟墓，都因缺乏资金而放弃了，连出差费也无法报销。负责搜集整理万密斋著述的何曾文同志被抽去住农业点。目前工作陷入停顿，万密斋这颗医药宝库中的明珠有被埋没的危险。”

这篇文章1979年6月在湖北省内参刊登后，引起了各级领导重视。地委副书记郭石了解这一情况后，立即询问罗田县卫生局有关情况，征求下步开展工作的意见。罗田县委、县政府也将此项工作列入议事日程，作为组建罗田县中医院的前期准备工作。县卫生局局长欧阳涛同志召开专门会议，专题研究万密斋著述整理工作，会议决定：将何曾文同志从农业点上调回，专门负责此项工作；卫生局拨款4000元，作为万密斋著述整理工作的专项经费。从此，万密斋著述整理工作才走上正轨。

1979年3月15日，罗田县中医院成立。1981年10月13日，经湖北省卫生厅批准，罗田城关卫生院合并到罗田县中医院。1984年7月7日，罗田县中医院更名为万密斋医院；8月6日，罗田县成立“整理万密斋医学著作领导小组”，副县长龚斯豪任组长，下设办公室，办公地址设在万密斋医院，县卫生局副局长何曾文同志兼任办公室主任。

二、瑰宝何处？有识之士多方搜寻收集万氏著述

经过“文化大革命”，很多文化遗产荡然无存。万密斋医学著作是否能躲过这场浩劫？有识之士在关心，广大医务工作者在寻找，瑰宝到底藏在哪里？有没有人像万达父亲那样在明季战乱中，将《万密斋医学全书》藏在夹墙中？

十一届三中全会召开之前，全国范围内开展了“实践是检验真理的唯一标准”大讨论，批判了“两个凡是”错误观点，出现了一场空前的思想解放运动。

十一届三中全会以后，改革开放的春风吹拂大地，一切禁锢人民的教条和陈规戒律都被砸碎了，人民群众蕴藏的极大活力被释放出来了，出现了生动活泼的政治局面。邓小平同志提出了“发展高尚的丰富多彩的文化生活，建设高度的社会主义精神文明（《邓小平在中国文学艺术工作者第四次代表大会上的祝词》）”。全国人民开展物质文明和精神文明的建设，越来越多的专门人才脱颖而出，一些具有专业知识的人才走上了领导岗位，各项文化事业如火如荼地开展起来了。万密斋医学著作整理工作正逢其时。

早在1963年，人民卫生出版社就出版了万密斋的《幼科发挥》一书，是新中国成立后万密斋著作传播的开端。湖北中医药大学教授李今庸、湖北省中医药研究院副研究员毛德华经文献检索，查得万密斋著作收藏情况如下。

（1）上海第二医科大学（原名上海第二医学院，现上海交通大学医学院）藏

《痘疹心法》，又名《痘疹世医心法》，明嘉靖二十八年己酉（1549年）刻本。藏本中有陈允升序，篇目与现存的陈允升刻本相同，实为明万历十

一年（1583年）陈允升刻本，12卷。

《痘疹全书》，清康熙二十六年（1687年）崔华据彭端吾本修补重印本，首为《痘疹碎金赋》2篇，次为《痘疹世医心法》，实存8卷，后缺。

《痘疹心要》，明万历十一年（1583年）陈允升刻本。

（2）南京中医学院（现南京中医药大学）藏

《痘疹心要》，明万历十一年（1583年）陈允升刻本。

《痘疹全书》，清康熙二十六年（1687年）崔华据彭端吾本修补重印本。

《痘疹世医心法》，清咸丰七年（1857年）觉罗恒保据两淮运库本重刊本。

（3）浙江图书馆藏

《痘疹心要》，明万历十六年（1588年）丁此吕刻本，23卷，海内孤本。

《痘疹心要》，明万历二十九年（1601年）秦大夔刻本。

（4）北京图书馆藏

《痘疹格致要论》，明刻本，11卷，5册。

《万氏妇科汇要》，清道光元年（1821年）书业堂本。

（5）苏州医学院藏

《痘疹心法》，清代手抄本。

《痘疹全书》，明万历三十八年（1610年）彭端吾刻本。

（6）美国国会图书馆藏

《痘疹世医心法》，明隆庆间刻本，12卷，4册。

《痘疹格致要论》，明隆庆间刻本，11卷，4册。

（7）上海图书馆藏

《痘疹心法》（丛书），明万历刻本，著录为《痘疹碎金赋》、《痘疹世医心法》12卷、《痘疹格致要论》11卷。

（8）天津中医学院（现天津中医药大学）藏

《痘疹全书》，明万历三十八年（1610年）彭端吾刻本，此本内容可分为三部分，首为《痘疹碎金赋》2篇，次为《痘疹世医心法》12卷，末为《痘疹玉髓》2卷，卷端题“附毓麟芝室玉髓摘要”。

《万密斋书》，同人堂挖改复印本。

（9）湖北中医学院（现湖北中医药大学）藏

《痘疹全书》，清康熙五十六年（1717年）宣惠堂据崔华本修补重印本（又称两淮运库本）。

《万氏妇科达生合编》，经纶堂本。

（10）湖北省图书馆藏

《万密斋书》，清康熙五十一年（1712年）视履堂刻本。

《万氏女科》，鸣盛堂本。

（11）武汉大学藏

《万密斋书》，清畏堂刻本，经敷文堂挖改本。

《万密斋书》，清畏堂刻本，经同人堂再次挖改本。

《万密斋医学全书》，同人堂挖改重印本。

（12）湖北省中医药研究院藏

《万氏女科》，宏道堂本。

（13）中国人民解放军医学图书馆藏

《幼科指南》，郑翕校对本。

（14）中国中医研究院（现中国中医科学院）藏

《痘疹全书》，明万历三十八年（1610年），彭端吾刻本。

《痘疹全书》，明万历四十五年（1617年），邓士昌刻本，海内孤本。

《痘疹世医心法》，日本元禄五年壬申（1692年）洛阳书肆中村孙兵卫等刻本，海内孤本。

《痘疹心要》，日本享保十三年（1728年）田边含英堂刻本，前为《痘疹格致要论》5卷，后为《痘疹世医心法》12卷。海内孤本。

《痘疹心法》，清康熙三十三年（1694年），张万言刻本，23卷，海内孤本。

《万密斋医学全书》，清顺治十一年甲午（1654年），万达刻本。但只残存五种：《片玉心书》《片玉痘疹》《幼科发挥》《育婴秘诀》《保命歌括》。后三种为孤本。

《万密斋医书》的《保命歌括》《伤寒摘锦》，清雍正二年（1724年），清畏堂刻本。

《保命歌括》，忠信堂刻本。

《广嗣纪要》，据建邑书林余良史梓本抄本。

《幼科发挥》，1937年，上海医界春秋社据日本刻本影印本。

《幼科发挥大全》，保婴堂梓本。

（15）罗田县卫生局（现罗田县卫生健康局）藏

《万氏秘传片玉痘疹》，清顺治十一年（1654年），万达刻本。

《万氏秘传片玉心书》，清顺治十二年（1655年），万达刻本。

《新镌万氏家藏育婴家秘》，清顺治十四年（1657年），万达刻本。

《万氏家传广嗣纪要》，清顺治十六年（1659年），万达刻本。

《新刊万氏家传养生四要》，清顺治十六年（1659年），万达刻本。

《万氏家传痘疹心法》，清顺治十六年（1659年），万达刻本。

《片玉痘疹》《片玉心书》《育婴全书》（即万达本之《育婴家秘》）《伤寒摘锦》《保命歌括》《幼科发挥》《痘疹心法》，清嘉庆二十二年（1817年），欧阳铎据万达刻本修补重印本。

《万密斋书》（丛书名），子目书为《养生四要》《保命歌括》《伤寒摘锦》《育婴家秘》《幼科发挥》《片玉痘疹》《痘疹心法》，忠信堂刻本。

《幼科发挥大全》，绮文居本。

当时罗田县卫生局是如何挖掘万密斋著作这块瑰宝的呢？

时间回到1980年。

罗田县中医院主治医师丁祖源到碾石河出诊后，初夏的太阳晒得他满头大汗，他就决定到碾石河供销社收购部去休息一下。收购部老胡为他斟了一杯茶，两人就闲聊起来了，畅谈起十一届三中全会以后出现的大好局面。

老胡颇为激动地说："我出身富裕中农，读了一点'四书''五经'，就认为我不可靠，一直让我在收购部当收购员，您说知识对人有什么好处?"

丁祖源对他是惺惺相惜，颇为同情地说："现在好了，到处需要专业人才，我们医院求贤若渴，到处挖掘有经验的老中医，还成立了整理万密斋医学著作领导小组。老胡，过去的事让它过去，趁着大好时光，多活几年呀!"

老胡听了丁医师一席话，颇为感动，想到了自己曾冒险收藏的万密斋著作，现在不正好派上用场吗？于是对丁祖源说："不瞒您说，我花三毛钱从卖破烂徐老头手中买下了8本万密斋著作，我知道这是中医瑰宝，就暗暗地把它藏在我的衣箱中，你们整理万氏著作，可能用得上。"

丁祖源一听说老胡藏有万氏著作，真是喜出望外，连忙说："快拿给我看看。"

老胡没有多想，就从衣箱中拿出了用牛皮纸包好的8本万氏著作。丁祖源打开一看，是清嘉庆二十二年（1817年）欧阳铎据万达刻本修补重印的《片玉心书》《片玉痘疹》《育婴全书》《伤寒摘锦》《保命歌括》《幼科发挥》《痘疹心法》7种书，其中《片玉心书》有一手抄本，共8本。真是踏破铁鞋无觅处，得来全不费工夫。

丁祖源对老胡说："我们正在整理万密斋著作，这些书我们用得上，请您卖给我们，也算您作的贡献吧!"

老胡说："我收购时花了3毛钱，您给我3毛钱就行了。"

丁祖源忙掏出3毛钱给老胡，买下8本万氏著作，并对老胡说："等万密斋著作整理好后，给您一套作为纪念。"

老胡说："我等你们的好消息。"

丁祖源将买下的8本万氏著作，献给了整理万密斋医学著作领导小组。

何曾文同志一心想找到明万达刻本作为校对万密斋著作的底本。经打听，万密斋的家乡大河岸镇高庙村洪国存家藏有很多医书，他想找洪国存医师谈一下。

洪国存出生于中医世家。他的祖父洪香溥，是著名的儿科、妇科医师，谙熟万密斋医书，特别熟悉万氏儿科、妇科，在罗田享有盛誉。他的父亲洪天锡，继承家业，发扬光大，除在儿科有独到之法外，在内、妇各科亦有较深造诣。洪国存是洪家第三代传人，曾任大河岸卫生院院长，副主任医师，擅长儿科。洪家三代行医，遵从万密斋儿科、妇科学术思想，特别善于运用万氏十三方，治疗注重脾胃，用药精炼轻灵，闻名遐迩。

何曾文找到洪国存，说明整理万氏著作的意义。洪国存一听，说："我家三代都是按照万密斋的医理医方行医的，我早就有整理万氏医书的想法，卫生局牵头整理，这是一件造福子孙的好事，是发扬我县中医遗产的有力举措，只要用得着的书，我都可以献出。"

何曾文等随洪国存到他家，在他家藏书中发现了《万氏秘传片玉痘疹》《万氏秘传片玉心书》《新镌万氏家藏育婴家秘》《万氏家传广嗣纪要》《新刊万氏家传养生四要》《万氏家传痘疹心法》，均为清顺治年间万达刻本。何曾文喜出望外，全部拿来作为万氏著作校对底本。

罗田古河乡张达武是一位拉大锯的师傅，旧社会时期曾和地主打过官司，本来他有理，却因为文化低，说不到点子上，没有打赢，心里不是滋味，从此对各种书籍和报纸产生兴趣，决心让儿子读好书，免得像自己一样受别人气。

1963年，张达武在大河岸熊家寨拉锯，听主人家说大河岸广家岗王、叶两家藏有万氏著作，有的还是手抄本，第二天他放下手头活计，专程跑到广家岗，收下了王、叶两家的万氏著作，用衣服包好，放在装工具的箩筐底部，小心翼翼地带回家，对儿子张家政说："这些书你给我好好保管，包括我收回的报纸，只要有字就不能丢，将来会用得着的。"这是中国农民的心声，他的感情朴素而单纯，却是他人生经验的折射，也是他对文化美好的憧憬。

何曾文打听到这一消息后，亲自跑到张家，对张家政说："我们准备整理明代医家万密斋著作，听说你家收藏了万氏很多著作，我们想看一下，你看如何?”张家政是一个很随和的人，忙说：“可以。”

何曾文从张家找到了《万密斋医学全书》视履堂刻本和同人堂刻本。

为了收集万密斋著作，何曾文分别与赵宏恩和王滋槐等两次到北京图书馆，查找并抄录《痘疹格致要论》明刻本11卷，《万氏妇科汇要》清道光元年间书业堂刻本；几次到湖北省图书馆、武汉大学图书馆、湖北中医学院（现湖北中医药大学）图书馆、湖北中医药研究院医史文献研究室查找万氏著作。

功夫不负有心人，他们终于将万氏著作收集齐全了。

三、艰苦校勘，罗田校注铅印本《万密斋医学全书》问世

万密斋医学著述传播主要靠民间自发进行，版本复杂，翻刻次数多，错误讹传在所难免。在传播过程中出现名实混乱，有的是同名异书，有的是异名同书，亟须考证辨析。“字迹舛错，今更模糊，与万先生所著书旨，多相刺谬”，亟须订正。

十一届三中全会以后，“两个文明”建设逐渐取得成果，人民安居乐业，对健康的要求越来越高了。中医药学是一门古老的科学，为中华民族的繁衍昌盛作出了重要贡献。新中国成立以来，中医药和西医药互相补充，协调发展，共同担负着维护和促进人民健康的任务。中医药临床疗效确切，预防保健作用独特，治疗方式灵活，费用低廉，符合人民需求。明代医学家万密斋给我们留下的宝贵医学遗产，需要挖掘整理。做好这件工作，一方面是为我国中医药事业发展作出贡献，造福人民；另一方面，通过宣传万密斋，可以大大提高罗田知名度。

1981—1986年间，罗田县卫生局和罗田县万密斋医院先后校注出版了一套《万密斋医学全书》，共13种，129卷。

早在1978年，何曾文就领衔成立了“县万密斋医学遗著调查组”，负责

搜集、整理、出版《万密斋医学全书》，跋山涉水，历尽千辛万苦。何曾文同志1924年出生于中医世家，为黄冈地区有名的老中医。先后任罗田县卫校校长，县人民医院党支部书记、院长，县卫生局副局长、主任科员等职。1989年担任罗田县万密斋医院名誉院长。他在中医儿科方面积累了丰富的临床经验，尤其在小儿疳疾、泄泻等脾胃病方面造诣颇深，治病常常是立竿见影，效如桴鼓，声名远播鄂东南。

在县卫生局局长欧阳涛同志的支持下，何曾文同志一面收集万密斋有关著作，一面与王滋槐、秦建国等同志共同整理、校对《万氏秘传片玉心书》。王滋槐同志负责起草前言，前言中说："万氏医书是继《千金要方》后我国的又一部中医学全书。清代陈复正在辑订的儿科专著《幼幼集成》中，给万氏以很高的评价，指出，'痘疹之书， 如冯氏、瞿氏、陈氏、万氏，又惟以万氏明显，可以济急。'……万氏临证医学的主要特点，是内、外、儿、妇诸科兼通，医理和临证深入浅出，脍炙人口，尤以儿、妇两科最精，幼科内容占其大半，堪为后世所效法。……万氏医书的又一特点是，方药简便对症，效验价廉实用，万氏祖传十三方，屡试屡验。验方'万氏牛黄清心丸'，不仅是当时治疗小儿急惊风的良方，至今仍为采用，成为中药临床成药之一。万氏著作，文体活泼，言简意明，图文并茂，易为学者记诵。"此书校订完后，1981年由湖北人民出版社出版，扉页为邑人刘一炅叙影印手书，书法极佳，深厚圆润，笔法犀利。此后，他们又校订了《万氏妇人科》一书，于1983年再由湖北人民出版社出版，重载王滋槐所写前言。

由于校订工程浩繁，光靠卫生局人手远远不够，卫生局领导研究决定，由卫生局和万密斋医院共同抽调人员负责《万密斋医学全书》的校对工作，参加校对工作的有何曾文、王滋槐、张建国、赵宏恩、洪国存、刘志斌、秦建国等同志，共同校对《万氏秘传外科心法》《万氏家传伤寒摘锦》《万氏家传养生四要》，重新校对《万氏妇人科》。在校对过程中，得到湖北科学技术出版社的具体帮助和指导，出版社负责人郑津舟同志负责策划、编审工作，把握出版质量；编辑谭津崇同志住在罗田，具体指导校对人员工作，解决校对疑难问题，使之符合公开发行要求。湖北科学技术出版社于1984年出版了上述4种万密斋著作（其中《万氏妇人科》为重校本），由湖北省新华书店发行。

1984年7月7日，罗田县中医院正式更名万密斋医院，汪正宜任院长。全县有建树的中医师大部分调到万密斋医院，专业力量比较雄厚。为了便于领导，责权统一，罗田县整理万密斋医学著作领导小组决定，将《万密斋医学全书》余下整理校对工作，交万密斋医院负责。医院领导十分重视，认为这项工作能提高万密斋医院的知名度，是万密斋医院业务建设的重要环节，将对万密斋医院发展产生深远影响。除了何曾文、秦建国外，还有汪正宜、邵金阶、刘志斌、周华生、王小青参加了这一阶段的整理校对工作，湖北科学技术出版社一如既往地关怀、指导校对工作，并于1985年出版了《万氏家传痘疹心法》，1986年出版了《万氏家传广嗣纪要》《万氏家藏育婴秘诀》《万氏家传幼科指南心法》《万氏家传点点经》《万氏家传幼科发挥》《万氏秘传片玉痘疹》《万氏家传保命歌括》等7种书。《万密斋医学全书》合计13种，129卷。

罗田校注者在搜集、整理和研究万密斋著作方面作了大量工作，他们整理出版的《万密斋医学全书》13种，是全面收辑万密斋著作的第一套铅印本，为此后《万密斋医学全书》的出版打下了基础，为保存和传播万密斋著作作出了重大贡献。他们在整理过程中，先后参考了万达本（包括欧阳氏重印本）、视履堂本、同人堂本、忠信堂本、彭端吾本等多种版本，总共列出校记5600余条，为学习和研究万密斋著作提供了极大方便。

1995年，湖北省知名中医、中医内科主任医师邵金阶领衔编辑了《万氏儿科精华》一书，将万氏全书中的《育婴秘诀》《幼科发挥》《片玉心书》《幼科指南》《片玉痘疹》《痘疹心法》《广嗣纪要》等7种书中涉及儿科的内容，进行重新考证校订，删其重复，撷取精华，在严格遵照原著的前提下，分原序、诊断、常见病、医论、方剂索引等部分，进行重新编排。其中，为适应读者需要，常见病部分按论病、治法与方药、歌诀、医案的顺序编写，对原著明显讹误缺陷处作了补正，以简洁全面、条理清晰、科学实用的面目，展现万氏儿科精华。时任卫生部副部长兼国家中医药管理局局长张文康为该书题写书名并题词“整理先辈医术，造福后世百姓”。其时，全国人大常委会委员、中国工程院院士、北京中医药大学教授董建华和湖北中医学院教授陈如泉分别为该书作序。董建华在序言中说：“万氏儿科，昭昭于世，影响涉及海内外，其著述以言简意明、科学实用为特点，创‘三有余、四不足’等新论于医理，指点哑科幼科迷津于临床，儿科医者不可多得。”“该书的编者，都是饱受万氏医学思想熏陶的中医学子，掌握着大量的万氏儿科理论与实践的第一手材料，在编写本书过程中，融进了编者们对万氏儿科长期研究的心得。本书的出版，是在古老苍劲的万氏医学之树上长出的一枝茁壮的新枝，相信能为祖国医学带来新绿，更能为广大中医儿科工作者提供一本难得的参考书。”陈如泉教授在序言中说：“万氏一生，悉心著述，刊行于世《万密斋医书》十种，其中儿科论著占其大部，……承其家技，发明效方，用药独到，辨证论治精当，立法组方严谨。”该书出版后，在业内引起了良好反响。

1998年，国家中医药管理局为了继承发扬中医药文化遗产，组织专家评定明清30位医学名家，万密斋名列其中。并指示湖北省卫生厅中医处重新整理出版《万密斋医学全书》，省卫生厅中医处指定湖北中医药大学傅沛藩、姚昌绶，湖北中医杂志社王晓萍为主编，罗田县万密斋医院邵金阶、王岱平、汪正宜等为副主编，由王咏初医师执笔，历时10余月，将《万密斋医学全书》10种——《痘疹心法》《片玉痘疹》《幼科发挥》《育婴家秘》《片玉心书》《万氏女科》《广嗣纪要》《伤寒摘锦》《保命歌括》《养生四要》整理完成。1999年8月，该书由中国中医药出版社出版，是国家新闻出版署“九五”重点图书，为精装本。该书的出版对社会影响很大，10年间再版5次，仍供不应求，这说明《万密斋医学全书》得到社会广泛认可。

该书在前言中对万密斋多次评价：“妇产科在明清时期发展很快，成就比较显著。如万密斋的《广嗣纪要》对影响生育的男女生殖器畸形、损伤，以及妊娠等做了记述。”“儿科在明清时期内容较前更加充实，专著明显增多。如万密斋的《全幼心鉴》《幼科发挥》《育婴秘诀》《广嗣纪要》《痘疹世医心法》等儿科专著，继承了钱乙之说，强调……除药物外，还注意推拿等法。”“气功及养生方面，在此期间也较为重视，出现了不少有影响、有特色的养生学专著。如万密斋的《养生四要》。”

2012年，湖北科学技术出版社出版《万密斋医案选评》。王咏初、邵金阶、刘明武任主编。卫生部健康教育专家、中华中医药学会学术顾问温长路教授在序言中说：“在万氏的医案中，德治、心治、食治、药治等，都是他视为不可或缺的路径。论德治，他说：‘贵贱用心皆一，贫富用药无异。’即便有人曾‘嫉害’于他，但遇有病势危急不得已而请其治疗时，他仍表示‘以活人为心，不记宿怨，欣然而往’。……论药治，他认为：‘医道无他，药贵对证，病贵识证。’汤剂之外，还擅用膏、丹、丸、散等多种剂型；内服药之外，还结合针灸、推拿、按摩、脐疗、贴敷、刮痧、药浴等多种疗法。因人因证，灵活施术，以人为本，效如桴鼓。”

邵金阶先生说：“万氏医案，不拘一格，有的仅寥寥数语，类似尤在泾、马培之医案。而大多数医案，都是真名实姓，时间、地址俱全，夹叙夹议，有的数百字，有的上千字，俨如一篇论文。”“纵观万氏医案，论理，精辟透彻；论治，丝丝入扣。审寒热之毫厘，察虚实于微妙。望、闻、问、切，断判死生；膏、丹、丸、散，运用自如。或针或药，内外兼治，危急重症，多起沉疴。万氏医案，为经验之汇聚，活人之指南。为继承和弘扬万氏学术思想，提供万氏临证经验，我们策群力以探讨，汇众虑以研几，结合自己的临床经验，对万密斋医案加以选评，旨在阐发精微，以广其用。”

2011年7月，天马出版有限公司出版了笔者编译的《跟万密斋学养生》。2012年6月，华中科技大学出版社出版了笔者编著的《医圣万密斋传》。

2020年初，应广大读者要求，王咏初医师等通过搜集整理，将以前出版书中的错漏之处予以补充和订正，在原来10种的基础上，重新补充《幼科指南》《外科心法》《酒病点点经》3种，编成《万密斋医学全书》增订版，全书共13种，126卷，132万余字。此次增订仍以万全五世孙万达刻本为底本，重新标点订正，详加校注。书末附《万密斋全书》医方、《万密斋学术论文研究》，论述其生平、著作及儿科、妇产、伤寒、温病、养生等方面的学术思想。主编王咏初、肖胜昔、邵金阶、冯武国，于2020年8月完成，为内部资料性出版物。

第十一章 暗流涌动，浊浪四溅

万密斋的著述是万氏三代世医临证经验的结晶，耗去了三代人毕生心血，是经过实践检验的行之有效的医书，有很高的实用价值。特别是儿科及痘疹科著述，词赋歌诀，便于习诵，既是医学著作，也是文学著作，影响很大，故自问世之日起，便在社会上迅速传播。

有的书是初稿刚成，便被交相传录，不胫而走，万密斋自己尚未来得及修订付梓，或暂不欲付梓，便被那些剽窃者盗为己有，刊刻公世，真正的作者不为人知，攘名者反而享有盛名。黄廉剽窃行为在开篇时已作介绍，下面再来看傅绍章、段希孟、周震等人的“表演”。

一、墨迹未干，万氏家传教习本不胫而走

万密斋在《痘疹心要改刻始末》一文中说：“一赣本《痘疹骨髓赋》及《西江月》，乃嘉靖丙午、丁未二年所作，以教诸子。故其意浅，其辞俚，使之易晓且易于记诵也。”

嘉靖丙午年即嘉靖二十五年（1546年），其时万密斋48岁，正是年富力强之时。长子邦忠21岁，次子邦孝19岁，三子邦正16岁，四子邦治15岁。大徒弟甘大用、二徒弟甘大文等都在其门下学医，为了孩子和徒弟学

医方便，万密斋写成了“小儿赋、小儿西江月”作为儿科教习本，即《片玉心书》前身。嘉靖二十六年丁未（1547年）写成“痘疹赋、痘疹西江月”，也作为小儿教习本，即《片玉痘疹》前身。

罗田县位于大别山南麓，穷乡僻壤，人们寄希望于读书，嘉靖年间，先后出了好几位进士。家境稍好的人家，都要让孩子进私塾读几年书。成绩好的，便考到县学修举子业，走科举道路。罗田城关文庙办有一所学堂，不收启蒙生，专收读了几年私塾后的深造生，教授“四书”“五经”、《史记》和《资治通鉴》，老师是胡明庶的儿子胡近东，对学生要求颇严，要求学生写试帖诗和赋。

一天，胡先生叫一位姓蔡的同学朗读自己写的赋，蔡某自己没有写出来，就把万密斋写的《幼科发微赋》头几句读给胡先生听：

医道至博，幼科最难。如草之芽兮，贵于调养；似蚕之苗兮，慎于保全。血气未充兮，脉无可诊；神识未开兮，口不能言。诚求于心，详察乎面，苟得其要也，握造化于妙手，未达其旨也，摘章句于残编。

胡先生一听，觉得文字挺优美，就叫蔡某将赋的最后一段朗读一下，看他如何接尾。蔡某接着读：

嗟夫！婴儿稚弱兮，岂堪药石；良工调理兮，尤贵精专。或补或泄兮，中病即止；易虚易实兮，其证勿犯。治不乖方兮，有如援溺救焚，药不对病兮，何异带刀背剑。发吾心之秘兮，为取兔以彀罝，获斯术之利兮，勿得鱼而忘筌。

胡老师也摇着头，半眯双眼，跟着读“勿得鱼而忘筌”。听到蔡某没有声音了，问：“完了？”蔡某答：“完了。”

胡老师突然觉得，这篇赋不像蔡某写的，便问：“这赋是你写的吗？”没等蔡回答，同学们都笑起来了，齐声说：“不是的，这是万密斋写的。”

胡老师说：“你们怎么都知道？”同学们答：“我们都抄了，都读了。”

"啊，万密斋的赋，不错！万密斋是我父亲的学生，怪不得能写这么好的文章。"胡近东自言自语。

其实，胡近东也旁涉医学，读了一些万密斋的著作，没想到学生们也如此喜欢万密斋的著作，觉得又好气，又好笑，我叫你们背的书，你们背不出来，不叫你们背的，你们倒能背，索性问大家："你们到底读了万密斋哪些东西?"

学生们见老师没有责备的意思，便开始自我炫耀起来。张某说："我抄了'水镜诀''指掌形图''入门候歌'和'儿科西江月'。"王某说："要说万密斋的赋，'痘疹赋'那才写得好，我看学痘科，只要把那篇读熟了，也就知道要领了。"李某说："要想学痘科，必须读'痘疹西江月'，反正我是抄下来了。"

胡老师越听越激动，想不到万密斋的医书在同学中这么吃香，他对同学们说："万密斋医书可以抄，可以看，但这些东西，万密斋还没有脱稿，更不要说刊印了，你们不要外传，这是他的教习本，是为教授儿子和徒弟学医用的。"

同学们齐声回答："知道了。"

万密斋的著作不仅在学堂师生中得到传播，社会上一些知书识理的人也争相传抄，真可谓是无胫而走。

二、托名丹溪，傅绍章剽窃万氏著述

傅绍章于明万历四十六年（1618年）前，托名朱丹溪编成《幼科捷径全书》或《幼科全书》，这两部书都是同一个剽窃者（傅绍章）从同一个地方（万密斋著述）剽窃来的，又托名于同一位名人（朱丹溪）的著述，因此我们认为二者是同一种著述（同书异名）。

傅绍章出身于世医之家，他的父亲在明嘉靖年间得到万密斋"小儿及痘疹赋、西江月"手抄本，后又得万密斋秘藏于家的《片玉心书》和《片玉痘疹》手抄本。万密斋的孙子万机于明万历四十年（1612年）删订编成《幼科指南》4卷，按说此本应秘藏于家，却被邦瑞的儿子万高（万机堂弟）传播到社会上，傅绍章因此而得到了《幼科指南》的手抄本。

傅绍章将得到的万机家藏秘本《幼科指南》和由他父亲得到的《片玉心书》《片玉痘疹》手抄本，三者糅合在一起，编成《幼科全书》（或《幼科捷径全书》），托之于朱丹溪名下。

丹波元胤《中国医籍考》两次提到傅绍章作伪。一在论证黄廉的《痘疹全书》是剽窃之作时指出："若傅绍章校刻丹溪《幼科捷径全书》痘疹部，亦与《痘疹全书》同，则其袭万氏之说托之丹溪者可知矣。"（人民卫生出版社，1983年，1044页）。一在《丹溪活幼心法》条下注云："按《医藏目录》又有丹溪《幼科全书》四卷，是盖傅绍章所假托者。"（人民卫生出版社，1983年，1006页）。以上表明：丹溪《幼科捷径全书》或《幼科全书》都是傅绍章的托名之作，是剽窃万密斋的儿科著述和痘科著述而撰成的。

傅绍章的父亲得到《片玉心书》和《片玉痘疹》手抄本后，时常习诵，医术大有提高，他知道这两本书的实用价值。他死前对儿子说："绍章，你学医，《片玉心书》和《片玉痘疹》必须读熟，这是学医的捷径。"

从此，傅绍章对万氏的医书特别感兴趣，万机写的《幼科指南》一脱稿，他就搞到手抄本。得到这三本书后，他冒出了一个想法：何不把这三本书糅合在一起，写成一本新书，以自己的名义付梓，岂不是名利双收？但一想又觉不妥，我傅绍章人小言微，谁能相信我呢？最好托之于名家之手，别人才会相信。想来想去，想到了朱丹溪，托名于他，岂不保全？

我们首先看一看傅绍章对万氏痘疹著述的剽窃行为。为了便于对照，今将黄廉《痘疹全书》2卷、《片玉痘疹》11卷[1]的篇目及傅绍章《幼科全

① 现存《片玉痘疹》首刊本为顺治万达本，是万机增补卷三、卷四后的版本，13卷；因傅氏所窃《片玉痘疹》为万全手抄本，故下表只列11卷。

书》痘疹部的篇目列表对照，则其剽窃行为一目了然。

黄廉《痘疹全书》	万密斋《片玉痘疹》	傅绍章《幼科全书》痘疹部①
（上卷）	卷一 痘疹碎金赋1篇	原痘赋1篇
原痘赋1篇	卷二 痘疹西江月56首	西江月56首
治痘西江月调53首	卷五 痘疹总论方略14首14方	治痘节要总论1篇
治痘节要总论	卷六 发热证治歌括15首25方	治痘总括20首
治痘总括14首14方	卷七 见形证治歌括18首20方	发热15首
发热证治括16首24方	卷八 起发证治歌括26首46方	见形15首
见形证治括18首18方	卷九 成实证治歌括20首27方	起发26首
痘疮起发证治括26首46方	卷十 收靥证治歌括17首14方	成实14首
（下卷）	卷十一 落痂证治歌括5首3方	收靥16首
养浆成实证治括20首27方	卷十二 余毒证治歌括38首43方	落痂4首
收靥证治括17首16方		余毒37首,痘后3首
落痂证治括5首3方	卷十三 麻疹骨髓赋1篇,麻疹西江月20首	妇人痘疹9首,孕妇痘疹3首
余毒证治括42首58方		
妇女痘证治括12首12方		原疹赋1篇
原疹赋1篇		西江月20首
治疹西江月调20首		治疹杂科31首
疹证治括31首25方		

查对《幼科全书》与《片玉痘疹》（万机增补本）的内容，发现傅氏窃取了《片玉痘疹》中的11卷，而对第三、四卷的文字完全没有涉及。据万达初刊本《片玉痘疹》所载，第三、四卷是万密斋的孙子万机补撰的，万机增补本秘藏于家，后由其孙万达在清顺治十一年（1654年）首刊公世。由此可见，原来在社会上传抄的《片玉痘疹》只有11卷，傅绍章所见的正是这11卷本。

① 痘疹方191首集中载于书末。

此外，查对过程中还发现，傅氏所抄录的《片玉痘疹》11卷中，还有四大部分相对独立完整的内容他没有涉及。这四大部分，一是卷一《痘疹碎金赋》(共16节）最后2节未录；二是卷十《收靥证治歌括》卷末“附一十二条三方于后”未录；三是卷十二《余毒证治歌括》卷末附“二十一条”未录；四是卷十三，仅录《麻疹骨髓赋》《麻疹西江月》，后一部分“附始终症治方略”(包括总论及证治24条）未录。

这四部分内容傅绍章为什么未录呢？这是有原因的。《痘疹碎金赋》原名《痘疹骨髓赋》，在《幼科全书》中被改题为《原痘赋》(同黄廉《痘疹全书》)，言痘未言疹，故最末2节论述疹证的内容未录。《片玉痘疹》卷十、卷十二、卷十三这三部分卷末增附的内容，是万机修订时增补的，因秘藏于家，傅绍章所见本中没有这些内容，无从抄录。

我们再看一看傅绍章对万氏儿科著述的剽窃行径。

《古今图书集成·医部全录》所录《幼科全书》儿科部分的内容散见于《医部全录》的12个卷目之中，详见下表。

卷次	病症门类	方
403	小儿诊视门	—
407	小儿初生诸疾门	—
409	小儿初生诸疾门	黄连解毒汤以下11方
419	小儿诸热门	—
420	小儿诸热门	柴葛解肌汤以下4方
422	小儿嗽喘门	五圣丹以下5方
425	小儿惊痫门	—
430	小儿惊痫门	利痰丸以下8方
434	小儿吐泻门	—
436	小儿吐泻门	二陈汤以下7方
448	小儿痫门	三黄丸以下10方
450	小儿疟门	平胃散以下9方

以上《幼科全书》的小儿部分，分属于《医部全录》的8个病证门类，共录54方。显然，所录的只是《幼科全书》的部分章节而非全部内容。

在查对过程中发现，傅绍章抄袭的万氏著述还包括《幼科指南》。本来，万密斋的《片玉心书》与其孙《幼科指南》二书的绝大部分内容是相同的，故《幼科全书》中小儿部分的内容，绝大多数都可以在《片玉心书》与《幼科指南》中同时找到。但如果仔细查对《幼科全书》所抄袭的具体文句，发现有的节段（或方剂）仅见于《幼科指南》（《片玉心书》中找不到），又有的节段（或方剂）仅见于《片玉心书》（《幼科指南》中没有）。看来，傅绍章对二书的内容均有所窃取。这是一条非常重要的线索，先看下面实例。

1.《幼科全书》中仅见于《幼科指南》的内容

①《小儿诊视门·观形察色》共9节，其开头2节自“额上属心火”至“面黄色黑者主湿热”，仅见于《幼科指南》“察小儿形色”的末段。②《小儿初生诸疾门》理中丸方仅见于《幼科指南》的“胎疾”。③《小儿嗽喘门·咳嗽》“祖传治咳嗽，只用玉液丸，细茶汤下”，“凡咳嗽日久，面色皖白，目无神采，气急痰壅，一连百十声不止，昼夜如是，人是（事）虚弱，作热者，不治”，此两条及甘桔汤一方仅见于《幼科指南》的“咳嗽”。④《小儿惊痫门·惊风》开头论述“惊自是惊，风自是风，最要分别得明白”一段，不治证“凡吐泻后手足厥冷”“凡咳嗽久目闭神倦”“凡疮疥忽平复”三条，以及神鬼丹（即神老丹）一方，以上仅见于《幼科指南》的“惊风”和“慢惊风”。⑤《小儿吐泻门·泄泻》“热湿作泻”一条，“泻久作渴不止”一条，《清江引》（曲牌名）三首，《西江月》“夏月雨多伤湿”一首，张牧寒先生俱云“未见”，实则皆见于《幼科指南》的“泄泻”，其中《清江引》三首有文无题，接载于第十一首西江月之后。⑥《小儿痢门·痢疾》痢久用二根丸一条，作渴用白术散一条，张牧寒俱云未见，亦见于《幼科指南》“痢疾”。

2.《幼科全书》中仅见于《片玉心书》的内容

①《小儿诊视门》“法古辨小儿三关手筋脉”“辨手筋色歌”，仅见于《片玉心书》的“指掌形图”及“辨虎口指脉纹诀又歌”。②《小儿疟门》“凡疟后形体黄瘦只以集圣丸调之”一条，及四物汤一方，仅见于《片玉心书》的“疟疾门”。

表所列《幼科全书》中有的内容仅见于《幼科指南》而不见于《片玉心书》，仅见于《幼科指南》的内容是万机增补的，仅见于《片玉心书》的内容是万机删掉的，说明《幼科指南》是经过万机用心整理而成书的。《幼科全书》中所引六例，学术风格、医药经验与万氏家传医术是同出一辙的，如治咳嗽用玉液丸，治热湿泄泻用五苓散、玉露散、理中丸，皆万氏家传方剂，特别是第三条“祖传治咳嗽”一句，完全是万机的口吻。至于这六条之外的内容更不用说了。这说明傅绍章抄袭万机著述，铁证如山。

万密斋死后30多年，傅绍章托名于朱丹溪的《幼科全书》（或《幼科捷径全书》）在社会上传播，造成极大混乱，极大地损害了万氏声誉。通过日丹波元胤和安邦煌、张牧寒等人考证，才使真相大白于天下，才使万密斋灵魂得到安息。

三、好心错事，段希孟之孙付梓先祖窃名遗稿

这段故事发生在清光绪五年（1879年）至光绪二十五年（1899年），其时万密斋已谢世300多年了。

段希孟，字齐贤，江苏武进阳湖县人。著《念莪斋诗钞》4卷、《痘疹心法》12卷[①]，载邑志。享年72岁。

段希孟襁褓失怙，是母亲一手拉扯大的。段希孟自小尝尽了人间酸甜苦辣，知道生活艰辛，养成了爱面子的性格。

①《痘疹世医心法》时亦以《痘疹心法》之名传世。需与万历本《痘疹心法》相区别。

段希孟在童年时患痘，病情很重，母亲信佛，虔诚祈祷，幸喜转危为安。段希孟懂事后，母亲常常提起这件事，段希孟非常感激母亲养育之恩，对母亲十分孝顺，总想报答母亲恩德，特别对患痘一事记忆犹新，生怕子孙及桑梓儿童患痘而得不到治疗。

段希孟读书十分用功，但并未考取功名，转而拜师学医，悉心研究，在武进一带小有名气。他得到了万密斋的《痘疹世医心法》，如获至宝，遇到疑难病症，按《痘疹世医心法》有关内容剂药，十分奏效。

阳湖人把他奉为治痘圣手，找他看病的人络绎不绝。有人劝他："何不将你的治痘理论和方法写成书，传布天下，为后人造福呢?"他随口答道："我正有此意。"

段希孟读书虽然用功，行医也实在，但他只能照本宣科，按万密斋的方剂行医罢了，要他写书谈何容易！要他用诗词歌赋写医学著作更是难上加难。段希孟是一个要面子的人，别人劝他写书，若写不出来，那不是太丢面子了？于是他将万密斋《痘疹世医心法》12卷一字不漏地抄写下来了，并据为己有，题"段希孟齐贤辑"。

段希孟抄完万密斋《痘疹世医心法》后，虽题"段希孟齐贤辑"，但总觉心虚，在世时并未付梓。临终时段希孟对儿子说："我辑有《痘疹心法》一书，共12卷，你们应十分珍惜。"但并没有告诉儿子真相。

段希孟死后，光绪五年（1879年）《武进阳湖县志》载有段希孟辑《痘疹心法》12卷一书，致使谬种流传。

光绪二十五年（1899年），段希孟孙子段星榆出先人遗稿，请朱兆纶校订刊成。朱兆纶题有《题识》一篇，略述其事：

吾郡幼科，多名手而少传书，但能奉一时之绩，不克活万世之婴。同里前辈段齐贤先生希孟，襁褓失怙，患痘濒危，母夫人虔祷获安，居常举以相警。先生性至孝，感亲言，读书之余，究心医学，尤精幼科，踵治者辄应手效。晚年综平生心得，纂成一书，名曰《痘疹心法》，穷源竟委，博览旁搜，始列骈言，继编韵语，逐条分注，纲举目张，既极精详，复便句读，用意至为深厚，所谓活万世之婴，而不第奏一时之绩者，此也。先生之孙星榆中输，出是书付梓，俾寿诸世，以纶粗涉涯略，命任校雠。谨跋数言，以志景仰。盖益见先生流泽之远，子姓守护之诚，是书造福之广且大，岂仅医学云乎哉！夫孝亲者方能慈幼，明德之后必有达人，于先生券之矣。光绪二十四年戊戌三月，同里后学朱兆纶谨识。

南京中医学院（现南京中医药大学）藏有此本，此本卷端题“阳湖段希孟齐贤辑”。书牌刻“光绪二十有五年己亥仲秋刊”。此本内容与万密斋《痘疹世医心法》12卷（隆庆本系统）完全相同，首为《痘疹碎金赋》2篇，前10卷为证治歌括，后2卷为古今经验诸方。

段星榆只想光宗耀祖，但并不知道其祖父的《痘疹心法》是转录万密斋著述的，否则，他又何必帮这个倒忙，使祖父饱受攘名之诮呢？

四、鱼目混珠，周震窃万氏儿科著述

万密斋著述既有理论根基，又有医案佐证，由于实用性非常强，在社会上传播极广，但往往被人剽窃，据为己有，造成鱼目混珠，有时万密斋倒帮人作了嫁衣裳。

万密斋谢世79年后，他的儿科著述被清朝周震（字慎斋）剽窃，于顺治十八年（1661年）撰成“幼科医学指南四卷，又名幼科指南”。

查1925年上海锦章书局石印本周震《幼科指南》，签题“幼科指南”，卷端题“幼科医学指南卷之一，沙城周震慎斋（撰），濑水吴恒恒鹤山、葛三省完素、潘寅山晓同校”。凡4卷，首卷歌赋辨证，次卷杂症分条，三卷心肝肺三经，四卷脾肾二经。书中绝大部分内容出自《幼科发挥》，间有录自《片玉心书》，所采摘的文句、所使用方剂、所记载医案与万氏著述全部相同，周震仅将方剂类附于篇末，将几处散论集中于一处，少数文句略作删减润色。

要说明的是，校对者吴、葛、潘等并不知道万密斋为何人，故卷二有一篇“万立斋诸症西江月”，将“密斋”误为“立斋”（其文出自《片玉心书》），说明万密斋的著述虽然在社会上得到广泛传播，但著作权并未归他所有。

为了说明周震抄袭万密斋著述的劣迹，现将毛德华先生考证材料转录如下，以正视听。

卷四《脾经·痢疾诸症》曰：“予教诸弟子治痢，用保和丸、香连丸同服，万无一失。痢疾渴甚者，白术散去干葛加炒干姜，黄连、阿胶、乌梅主之。”《胀病诸症》曰：“予甥有食积脾虚，出痘后又伤食腹……”《腹痛虫积诸证》曰：“上症先翁用黄连解毒丸下之。小儿体弱者不可用……”又如《肾所生病》曰：“予孙周岁生走马疳……因名之曰不二丸。”

上述“予教诸弟子”“予甥”“先翁”之类的称谓都是万密斋原书的口吻，抄袭于此，明眼人一看便知，可见抄袭手段并不高明。

由此观之，万密斋医学著述由于理论联系实际，实用性非常强，“立起沉疴”，活人无数，得到了医界和广大患者认可。特别是其著述文字优美，说理深入浅出，大量采用诗词歌赋韵文体裁，便于习诵，阅读者无不称好，所以，在社会上得到广泛传播。

但是，万氏著述在广泛传播的同时，其著作权往往被别人侵占，究其原因：一是自其著述问世以来，没有得到皇家重视，没有中央政府级的官刻本，主要靠民间自发流传，坊刻本较多；二是当时信息不发达，被不同地区同时代的人剽窃后都难以发现，所以万密斋医书的著作权长期被别人占有。万密斋生前，黄廉比万密斋早6年出版了万密斋的痘疹著述，他死后300多年，万氏著述还被人剽窃。但这也客观上反映了万密斋著述的实用价值。

第十二章 四海争传，五洲共享

中医药学是一门古老的科学，为中华民族的繁荣昌盛作出了重要贡献，为中外医药文化交流架起了桥梁。

一、神奇中医，万氏医术和医著在美国的传播

美籍华人郑宏惠先生本是一位陶瓷绘画师，在旧金山一家陶瓷厂工作。他的祖籍是中国湖北罗田，父亲是著名中医，他的祖上郑斗门是万密斋的得意门生，算来其医绪渊源与万密斋是一脉相承的。

郑宏惠自小受到家庭熏陶，耳濡目染，对中医药颇为了解，尤其谙熟针灸推拿。在部队服役时，有人跌打损伤，腰酸腿痛，头痛眼花，都是他用针灸推拿治好的。他的技艺达到了炉火纯青的程度，只是到了美国，一时还没有派上用场。

他的女儿郑丹在旧金山的一所小学读书，她的好朋友黛莉是旧金山市市长的女儿。黛莉的祖母患有严重的类风湿关节炎，行动不便，日常行动只能靠轮椅，她到美国很多大医院就诊过，都无法治好。

一天，小黛莉把祖母患病的情况告诉了郑丹，郑丹听后，脱口而出："黛莉，我的爸爸能治好你奶奶的病。"

"真的?"

"真的!"

两个小孩的一次无心交谈，竟成了郑宏惠的人生转折点。

黛莉回到家后，首先把这个消息告诉了她的奶奶："奶奶，您的病我能治好，您信吗?"

"亲爱的黛莉，你还小，你怎么能治好我的病呢?"奶奶亲切地说。

"不是我，而是郑丹的爸爸能治好您的病，她的爸爸是一位中国医师，是用银针治病的。"黛莉忙解释说。

奶奶并不相信中国医生能治好她的病，更不用说还要用银针治疗。她对黛莉说："亲爱的黛莉，我的病美国很多大医院都无法治疗，银针怎么能治好呢？不过还是谢谢你对奶奶的关心。"

小黛莉一肚子委屈，转而对爸爸说："亲爱的爸爸，市长先生，您不是很想把奶奶的病治好吗？我有办法您信不信?"

"啊！你有什么办法，说给爸爸听听。"

"我的好朋友郑丹的爸爸，是一位中国医师，他的老师的老师是中国名医罗田万密斋，他能用银针治好奶奶的关节炎，奶奶就是不信，您去做奶奶的工作，叫郑丹的爸爸给奶奶治病吧!"

市长对中国的中医文化颇为了解，他参加过中美文化交流活动，听到黛莉说到中国罗田万密斋，他脑子里有点印象，立刻打开电脑搜索，电脑里显示：

"《痘疹世医心法》12卷，4册，美国国会图书馆藏。明隆庆间刻本。10行，24字。版框22.7厘米×13.9厘米。原题'罗田县万密斋全集'。"

"《痘疹格致要论》11卷，4册，美国国会图书馆藏，明隆庆间刻本。10行，24字。版框21.3厘米×13.8厘米。原题'罗田县万密斋全著'。"

"《中国善本书提要》著录《诗家全体十二卷续补二卷》，明万历间刻本，10册，美国国会图书馆藏。原题'黄冈李之用辑，弟李之周、子畴、闽县郑梁、杨如春、陈荐夫同校'。"

“李之用是第一个为万密斋出版《医学全书》的人，他是明万历八年进士，做了云南按察使。”

市长得到了万密斋的有关信息，知道他是中国明代伟大的医学家，他的著述被美国国会图书馆收藏，临床医学的造诣很深；而郑丹爸爸的医术是万密斋一脉传承下来的，医术肯定不错。

他在参加中美医药文化交流时，知道了中医的神奇。母亲的病到处求医未治好，何不请中国医师治一下呢？想到这里，他就对女儿黛莉说：“黛莉，明天你到校后，请你的同学郑丹转告她的爸爸，我要请他为奶奶治病，我会去接他的。”

黛莉一听，十分高兴，因为一来可以看看郑丹的爸爸长得怎么样，二来可以治好奶奶的病，这样她就可以带奶奶到海滩去玩。第二天一到校，黛莉就找到郑丹，对郑丹说：“郑丹，我爸爸要接你爸爸到我家为我奶奶治病，你回家后告诉你爸爸，可以吗？”

“当然可以，我爸爸一定会高兴的。”

郑丹回家后，把市长先生要接父亲为市长母亲治病的事，原原本本告诉了郑宏惠。

郑宏惠听说后，吓了一跳，便对女儿说：“为市长母亲治病责任重大，万一治不好，我怎么下台？你们小孩子不懂事，怎么能在外面乱说呢？”

郑丹不服气地说：“我们住在哥斯达黎加时，你不是为当地很多人治好了关节炎吗？怎么到了美国，就不能治疗了呢？”

“哥斯达黎加比较落后，针灸便宜，他们愿意尝试、接受。美国人有钱，怎么会相信针灸呢？”

“您能把人家治好，人家就相信。您若能治好市长母亲的病，您的名气不就大了吗？”

郑丹振振有词，毫不示弱。到了学校后，她还告诉黛莉，爸爸欣然同意。

两天后，市长果然派人来接郑宏惠先生。

郑宏惠自言自语："这真是赶着鸭子上架，真怪孩子多嘴。"见已无退路，他硬着头皮坐车到了市长家。市长热情接待了他，对他说："郑先生，我的母亲患有严重的类风湿关节炎，长期坐轮椅，听说先生有办法治疗，我相信先生。"

"市长先生，能不能治好老太太的病，我没有把握，但不管治得好治不好，我是不取费用的。"郑宏惠说。

"您付出了劳动，怎么不收费呢？您放心治疗吧！"

市长的话给了郑宏惠不少安慰。郑宏惠决定用针灸和传统中药为老太太治疗。第一次给老太太看病，是在明亮宽敞又安静的会客厅。老太太对号脉等中医诊断方法感到很新鲜、很好奇，但听说要针灸治疗，见到一根根银针那么长，就有点害怕、犹豫。

郑宏惠为了打消老太太的顾虑，就在自己左臂上扎了两针，没有一点痛苦的表情，谈笑自如，黛莉在一旁看到郑伯伯扎针后还能说能笑，就自告奋勇地说："给我扎一针。"

黛莉想，医生是她推荐来的，万一奶奶不接受治疗，那她也没有面子，另外还能证明她的勇敢。她一面想着，一面伸出雪白的左臂，叫郑伯伯扎。

郑大夫用酒精给皮肤消毒后，开始进针并不断搓揉，慢慢进针后，问黛莉："小黛莉，感觉怎么样？"

"奶奶，一点也不疼，有点酸麻的感觉，好像有电流通过。"黛莉没有正面回答郑伯伯的问话，倒做起奶奶的思想工作来了。老太太看到小孙女和郑大夫作示范后，表情自若，同意扎针治疗。针扎进穴位后，老太太不断地说："太神奇了，太神奇了，有酸麻的感觉，像有电流通过……"

针扎完后，老太太觉得十分舒适，对中医治疗产生了兴趣。

接着要进行艾灸，郑大夫告诉市长："艾灸是用来调理经络与气血的，通则不痛，可以缓解老太太的疼痛。一个疗程有12次，每次1小时，每次2个穴位。"市长看到母亲扎针后心情极好，就同意马上艾灸，老太太也相信了郑大夫的医术。

经过半个月的治疗，老太太的病情大为好转，在别人的搀扶下，可以下轮椅走几步。她逢人就说："中国医师真神奇，居然能让我站起来了，能走路了，真是不可思议。"

经过三个月的治疗，老太太可以拄着拐杖自己走路了。小孙女更是高兴得不得了，对奶奶说："奶奶，要不是我，您还坐在轮椅上呢！"

"我的好孙女，我要好好谢谢你。"

"不用谢我，应谢谢郑丹和郑伯伯。"

"怎么谢他们呢？"

"奶奶，您不知道，郑伯伯那么好的医术，在旧金山还没有合法行医手续，不能开诊所为人看病。"

"你跟你爸爸讲讲，看能不能给郑大夫一个合法手续。"

"奶奶，您跟爸爸讲吧！他会听您的。"

"好吧，我讲。"

郑宏惠给市长母亲治好了类风湿关节炎后，名声大噪，郑丹的同学知道她有一个神奇爸爸，郑家左邻右舍有患慢性病的，也慕名找郑宏惠治疗，有关卫生管理部门也知道郑宏惠为市长母亲治好了西医治不好的关节炎。

市长听母亲说郑大夫想办理行医有关手续，表示可按程序办理。市长找来了卫生行政管理部门负责人，把郑宏惠大夫的想法告诉他们，希望他们按法规、程序为郑大夫办理行医相关手续。

郑宏惠通过相关考试后，取得了美国行医许可，在旧金山市中心办了一家中医诊所，负责社区医疗保健。市长还赠给他小车，极大地提高了他在旧金山市的地位。郑宏惠在美国为宣传万密斋医学学术思想作出了贡献。

有人会问："万密斋著述是怎样被美国国会图书馆收藏的呢？"要回答这个问题，必须回到19世纪初那段日子。

1783年，当乔治·华盛顿带领北美殖民地人民取得独立战争的胜利时，对中国还一无所知，据说1785年华盛顿听说中国人不是白种人时，感到非常奇怪。

1784年9月，纽约商人出资，由美国国会租赁的一条美国商船“中国皇后号”抵达广州，中美开始贸易往来。

直到19世纪初，一些美国官商和博物馆才开始收集中国绘画、瓷器和丝绸。19世纪30年代，传教士到中国后，首先学习汉语，了解中国文化和风土人情。随着大批传教士深入中国内地，美国人主要通过传教士了解中国。

美国传教士埃力亚·布里奇曼1830年到达广州，对神奇的中医药特别感兴趣，到处收集中医药方面的著述。他的一位助手跑到浙江，结识了一个破落户子弟，这家原是浙江湖州富户，家境殷实，藏书很多，其中藏有万密斋著的《痘疹世医心法》和《痘疹格致要论》隆庆刻本，这种刻本当时存世很少，十分珍贵。这位子弟不学无术，染上了吃喝嫖赌毒的坏毛病，开始变卖家财，家财卖得差不多了，就开始卖藏书。布里奇曼的助手知道这位子弟吸毒，投其所好，用鸦片换走了他家大量藏书，这样，《痘疹世医心法》和《痘疹格致要论》就到了布里奇曼的手中。布里奇曼后来把这两本书捐给了美国国会图书馆。布里奇曼于1832年开始出版《中国宝库月刊》，共出了15年。

二、近水楼台，万密斋著述在日本和朝鲜广泛传播

中日文化交流源远流长，从公元7世纪初开始，以圣德太子为首的革新派对中国经典儒家思想与政治制度进行了精心研究；到文化革新时期，孝德天皇模仿唐代政治体制进行改革，对中国汉字、书法、佛教等思想文化广泛吸收与融合；到奈良时代，日本对中国陶瓷艺术以及建筑风格极力推崇与模仿；到了明清时代，两国之间既有贸易，又有移民，甚至发生战争。交流的内容除商品贸易外，更突出精神文化，而且逐渐从佛教交流转移到了儒学、美术、书法、医学以及政治和经济模式上来。其中，万密斋的医学著述在日本得到了广泛传播和实际应用。

明万历三十八年（1610年），彭端吾在扬州刊刻《痘疹全书》，此本内容分三部分，首为万密斋《痘疹碎金赋》2篇，次为万密斋《痘疹世医心法》12卷，末为《痘疹玉髓》2卷。这本书流传到了日本。

明清两代中日间的政治关系对医学交流有很大影响。元代由于中日绝交，中日间医学交流非常少。明代中日邦交恢复，日本医师来中国学习的人数在历史上是最多的；有的是随官方的勘合贸易船只来中国的，有的是官方派出的。德川幕府为了日本的发展，特别重视医学，委托商人在中国招聘良医，因而很多有经验的中国医生去日行医和传授医术。万密斋的《痘疹全书》彭端吾刻本就是由明代戴曼公带到日本去的。

戴曼公（1596—1672年），名笠，号天外一闲人，僧名独立、性易，明浙江钱塘人。少年习举子业，精书法，并从名医龚廷贤学医，得痘科真传，有意搜集万密斋有关痘科著述。1644年明亡后，戴曼公在嘉兴行医。九年后（1653年）浮海至日本，寓长崎，后在长崎周防间往来，传《痘疹全书》《痘科键口诀方论》《痘科治术传》《痘疹百死传》《面色顺逆图》等12部痘科专书给池田正直（嵩山）。

池田正直精心研习，遂以痘科名于世，子孙以此为业。至第四世孙池田瑞仙（独美）时，痘疫大流行，瑞仙按秘诀及图说治疗，屡有灵验，瑞仙成为日本痘科名家，后为医官，并将痘科列为日本专科之始，又在医学馆设痘科课程，由瑞仙讲授，有弟子500人。

池田正直的好朋友中村孙兵卫从正直手中得到《痘疹全书》，将该书中万密斋有关著述单独列出，即《痘疹世医心法》12卷，《痘疹碎金赋》2篇，而去掉附录《痘疹玉髓》2卷，并在万著的文字右边标注日文训点。

日本元禄五年壬申（1692年），洛阳书肆中村孙兵卫等刻《痘疹世医心法》，上题“痘疹世医心法，十二卷，万全著，赵烨校，彭端吾重梓。中村孙兵卫、武田治右卫门等刊，元禄五年”。首载万全《痘疹世医心法自序》（嘉靖二十八年），次为《痘疹世医心法总目录》，又次为《痘疹碎金赋》2篇，赋后有万全的“隆庆戊辰”题跋，后接《痘疹世医心法》12卷。卷末有刻书牌记，最后以丹水子《痘疹世医心法跋》（元禄五年）为终篇。

卷端题："罗田密斋万全集，平原熙斋赵烨校，夏邑嵩螺彭端吾重梓。"卷末刻书牌记题："元禄五（年）壬申初夏谷旦，洛阳书肆中村孙兵卫、武田治右卫门、江户通石町三町目、西村理右卫门刊行。"

丹水子即名古屋玄医（1628—1696年），字富润，一字阅甫，号丹水子，又号宜春庵，平安人。日本江户时代早期著名的古方派医家。少时习儒，壮岁始学医，初学朱（丹溪）李（东垣）学说，后读明喻嘉言《伤寒尚论篇》《医门法律》等书，大为赞赏，遂力排朱李学说，崇尚仲景，以仲景书为医学正宗，提倡古方，十分注重临床实验，声名远播，从其学者甚众，被后世尊为日本古方医家鼻祖。著作很多，有《医方问余》《医方规矩》《丹水子》《难经注疏》《金匮要略注解》等10余种。

丹水子晚年为万密斋《痘疹世医心法》日刻本所写的跋中，对万密斋痘疹著述的评价很高，反映了万密斋著述在日本医界的传播和影响。跋曰：

"痘是由天地灾气致害而成。痘好比豆，豆的种类很多：黄豆、黑豆、赤豆、绿豆、扁豆等等，真是数不胜数。痘也是如此，其色各异：润泽而明亮，为生痘可治；枯燥而昏浊，为死痘，大都不可治。在毫无察觉情况下而带黑色的为险痘，黑色归肾而有危险。若按兼症而论，有泄泻而手足发冷的，有烦躁而大小便不通的，这是虚寒症，害怕极热。此二症也是由痘毒引起的，灾气消去，则兼症随之消失，不必担心害怕。但天赋薄弱、元气不足的患者，虽然痘稀少，若兼有泄泻症状，则不可治疗。另外，不可拘泥于血气虚实。虽然健壮，灾气甚，则气血共受其邪，气血盛，则受毒亦盛，我国民众多受其侵害。果若如此，则脏腑难以不受其害。我每每见了，此种情景难以用言语文字表述，知道四诊（望、闻、问、切）的人自当明白。

"世间著述痘疹书的人很多，如张仲景、刘河间、李东垣、朱丹溪、钱仲阳、陈文仲等，但都比不上《痘疹世医心法》的作者万密斋。关于痘疹一科，他搜集群书无遗，著述简明扼要。故出版者欲镌刻广布，请我作序。

此序我虽无所发明，但初涉医者能因此书而知痘疹的始终、善恶、顺逆的情形，认真参考，详加审核，对号入座，岂不是豁然开朗了吗？对治痘疹医家不是助了一臂之力吗？因刻是书。元禄五年壬申春，日洛丹水子（‘富润、名古屋玄医’印）。”

丹水子这篇序言的立意完全是按万密斋的论述而完成的，他认为当时治痘最高水平的非万密斋莫属，这是恰如其分的，极大地提高了万密斋在日本医界的地位和影响。已知的在日本翻刻的万密斋著述，以此元禄刻本为最早。

随后，万密斋著述大量传入日本。据日本长崎图书馆《书籍元帐》记载的商船载来书目，江户时代从长崎传日的万密斋著述有：

宝永七年(1710年)	《痘疹世医心法》1部,6本 《痘疹格致要论》1部,3本
享保六年(1721年)	《万密斋全集》1部,16册
元文四年(1739年)	《痘疹心法》1部,6本
天保十二年(1841年)	《痘疹心法》2部,各1套
嘉永二年(1849年)	《万密斋医书》1部,4套

万密斋著述传日情况，由此可见一斑。日本医家凡治痘者，必学万密斋，万密斋著述也一再被翻刻。

日本享保十三年戊申（1728年）田边含英堂等将元禄本《痘疹世医心法》加上《痘疹格致要论》5卷，组成《痘疹心要》，但内容与孙应鳌刻本《痘疹心要》内容不同，二者为同名异书。

日本享保刻本《痘疹心要》，又名《痘疹心要全书》《格致要论世医心法合》，共8册（《痘疹格致要论》3册，《痘疹世医心法》5册）。《痘疹格致要论》5卷，题“罗田县密斋万全著”。万密斋《痘疹格致要论》本为11卷，此本只收前5卷入刊，是书商分拆的缘故。《痘疹世医心法》12卷，前载万全《痘疹世医心法自序》（嘉靖二十八年）与丹水子《痘疹心法跋》

（元禄五年）。此本由田边含英堂、林氏文泉堂、川胜通志堂合刊。恭斋为本书写序。

恭斋《新刊痘疹心要总序》：

“《痘疹心要》包括哪些内容呢？《痘疹心要》是由《痘疹世医心法》和《痘疹格致要论》（前5卷）组成的。万密斋《心要》一书，《要论》为本，《心法》为末，辨证立论，探玄钩隐，妙方良药，如参商排列，井然有序，为治痘医家提供治疗方法，真是国家必需的盐梅好书。我虽编撰颇多书籍，唯此书是公认的医科圣书，是哑科的一面旗帜。原先书肆只镌刻了《心法》而漏掉了《要论》，实在是一件憾事。两书作者相同而内容有别，唯合璧参阅，要以此为肉，以彼为骨，这样才能应万氏之机变！近日书肆准备续刻《要论》，嘱我浏览，我喜欢此书并希望传播人间，欣然同意。于是凭藏本而校正谬误，并加字旁训点，校好后交书肆付梓。然而，我还担心有风叶拂残不到之处。天疮之毒是由外国传入中国，东汉建武年间由中国传入我朝。天平以来，已历千年，至今不绝，使得为人父母者，痛苦煎熬，谁不叹息呢？我希望医师不仅领会万氏苦口婆心、热心快肠的教诲，而且脚踏实地，用心动手去实践，这样才能使患儿脱离虎狼之口，保全性命而存活下来。校本新就，是为序。时元禄乙亥夏，逸士恭斋题。”

元禄五年壬申（1692年）《痘疹世医心法》出版3年后，元禄八年乙亥（1695年）日本名士恭斋校对《痘疹格致要论》前5卷并在字旁加训点，连同《痘疹世医心法》，命名《痘疹心要》，为此写了这篇序。序言认为《痘疹心要》是哑科（即小儿科）的一面旗帜，希望广播人间，说明日本医界对万密斋的崇尚。这本书直到日本享保十三年戊申（1728年）才出版，相当于清朝雍正时期。

不仅万密斋的痘科著述在日本得到广泛传播，而且万密斋的妇幼科著述、养生著述在日本也得到广泛传播。不仅如此，国内有些万密斋著述反而以日刻本作底本，例如《新刻万氏家传幼科发挥》就是1937年上海医界春秋社据宝永日刻本影印的。

元禄八年（1695年）市郫专阉（庵）及其舅兄吉田庆喆将《幼科发挥》旧本重新校对，并加日文训点付梓，这就是《新刊幼科发挥》。下卷末页有牌记云："元禄八年乙亥仲春日，华洛二条通新町东入町书肆，武村新兵卫刊行。"后为市郫专阉写的跋。

市郫专阉《新刊幼科发挥跋》全文如下：

"关于幼科方面的书籍，世间颇多。比较详备的有刘氏的《幼幼新书》、寇氏的《全幼心鉴》、薛氏的《保婴全书》、王氏的《幼科准绳》，上述书目被世人引用不在少数。而万氏的《幼科发挥》，立论精当，遣方简洁，阐述前贤未曾阐述的医理，颇多创新，为后学指明谬误歧途，而且悉数公布所有经验，不舐古人之涎，不拾先人牙慧，自成一家。追溯古义而无不合，试诸今人而无不效，可谓是儿医的秘宝。关于痘疹方面的著述虽然有《痘疹心要》，可惜我未见到。近来又有《世医心法》问世，内容最为详备。但《幼科发挥》一书，世间藏之稀少，我偶得其书，十分喜爱，然而不敢自专自用，准备公之于世。前年曾请镌刻家雕刻付梓，镌刻家请我加训点以便阅读。我因学浅，读起来感到吃力。一旦付梓为书，由于传抄错误疏漏，而鱼鲁豕亥之误无暇改正，则贻误后人。我虽然到处寻找善本，但始终未得到，我深感忧虑，只好臆度，肯定有错误的地方就改正，有怀疑的地方就指出。我的舅兄吉田庆喆君为之校正，对我未注意到的地方加以补充，但我还是怕有遗失。如第二篇序言（按：指李之用序），由于文字艰涩难懂，我就请教有关专家加训点，还是有不可理解的地方。至于文字脱落，则不知如何是好，真是可惜。训点加好后，就交书肆付梓。哎呀！我这好比匠人得一根大木料，斫而变成了小材而用了。深恐万氏在九泉之下因可惜而哭泣。我已说明原委，寄望后世君子，求善本而校正，则可赦余误人之罪。我将拭目以待。元禄八年乙亥七月，专阉市郫元感跋。"

市郫专阉校正《新刊幼科发挥》后，因未得到中国明刻本核校，深感不安。到了宝永二年乙酉（1705年），柳川了长得到明刻本《幼科发挥》，于是又将前面元禄刊本重新校正，重新付梓，即《重订幼科发挥》。

宝永刻本中保留了李之用刻书序，卷端题有“邵武府知府黄冈李之用辑，罗田万全著，西安李继皋、闽县郑梁同校”，可知此明刻本为李之用刻本。柳川了长在书后写了几句话。

柳川了长《题重订幼科发挥后》：

“《幼科发挥》是中国湖广罗田万密斋所著，实为儿医宝典。十年前我的朋友市邨专阉、吉田庆喆两君，将其出版而广为传世。因底本年久，书虫蠹蛀，残缺不全，出现很多谬误，两君深感不安。不才近日幸得明版原本，详加审阅，稍有订正。于是再嘱书肆镌刻，以遂两君之愿。重新改正此书，也是万氏之心愿。时维宝永乙酉仲春，日洛下处医玄玄子柳川了长自书于朴斋。”

万密斋《养生四要》在日本也广为传播。日黑田源次、冈西为人将《新刻万氏家传广嗣纪要》余良史刻本（5卷）著录在《续中国医学书目》中，在日本广为流传。日本札幌某地有一位年逾百岁、鹤发童颜的老妪，公开了一张九代人珍藏的记载了“目宜常瞑”等“养生十六宜”的单子，它是由万密斋在《养生四要》中首先提出的：“目宜常瞑，瞑则不昏”，“齿宜数叩，叩则不龋”，“腹宜常摩，摩则谷不盈”，等等。该方在日本被当作珍方竞相传抄，足见万密斋养生学说在日本影响之深远。这位老妪是万氏养生学说的一位忠实实践者。万氏的养生学说是经得住实践检验的，遵循万氏养生学说，是可以延年益寿的。

万密斋著述在朝鲜也广为传播，朝鲜内医院医官许浚在《东医宝鉴》书中大量引用万密斋著述，十分崇尚万密斋的医德、医术。《谚解痘疮集要》《谚解胎产集要》两书，绝大部分引用万密斋的痘疹科和妇人科方面的著述。所谓“谚解”，就是用朝鲜文字写成的。

三、名贤千秋，德国对中医药和万密斋的研究

1978年，中华医药国际协会在德国慕尼黑成立，负责宣传、整理、推

广中医药工作。慕尼黑历史文献研究教授巴巴拉·福尔马克女士在研究中国中医文献时发现，16世纪中国出现了两位中医药伟人：一位是伟大的药学家李时珍，著有《本草纲目》；一位是伟大的医学家万密斋，著有《万密斋医学全书》。她对万密斋特别感兴趣，对他进行了比较深入的研究。

首先，福尔马克研究了万密斋的10种著述：《痘疹心法》《伤寒摘锦》《保命歌括》《万氏女科》《广嗣纪要》《养生四要》《幼科发挥》《片玉心书》《片玉痘疹》《幼科指南》等，然后研究了这10种著述在海内外的传播情况。

其次，她研究了万密斋的生平。万密斋33岁以前习举子业，和大多数中国文人一样，走科举道路；28岁成为廪膳生，但遭人妒忌，自己放弃秀才身份；乡试未考取举人，后弃举从医，取得了很大成就；70岁以后专心从事著述。

再次，她认真研究了万密斋在医学上的贡献。福尔马克发现，万密斋代表了当时治疗天花的最高成就，为最终在世界范围内消灭天花作出了贡献。《万氏女科》分调经、胎前、产后三个阶段，分别给出了调理原理和方法，便于掌握。儿科提出了“三有余，四不足”学说，即肝常有余、心常有余、阳常有余及脾常不足、肺常不足、肾常虚、阴常不足等观点。在养生方面，万氏主张：节饮食，固护脾肾；动静适度，养心养肝；法时应天，调摄阴阳；防病却疾，要在中宜。福尔马克认为，万密斋在16世纪为临床医学作出了很大贡献。

最后，福尔马克认真研究了万密斋的做人准则，认为他有宽广胸怀，不计个人得失；具有坚强意志，同情人民疾苦；具有科学精神，不信鬼神；具有高尚品质，把世医经验公之于世。他的精神，不仅影响了当世，也影响了后代，对现代人也具有很大的教育意义。

福尔马克认为万密斋是一位神奇人物，是一位伟大的医学家，于是决心到万密斋的家乡考察。1993年她到罗田考察，参观了万密斋医史文献陈列馆。馆名是由第七届全国政协副主席王任重书写的。入门处有王楚雄先生联：

青史亭中，楚国名贤留一席；

杏林苑里，密斋遗著足千秋。

参观完万密斋医史文献陈列馆后，福尔马克对万密斋更加崇敬。她还介绍了德国中医药文化的推广应用情况：

德国是全球化学制药最发达的国家之一，但德国人天性崇尚自然，因此对天然草药的研究热情很高，德国成为欧洲草药研究的中心。因为使用天然草药属自我医疗行为，不需医生开处方，所以在德国，除了药店外，超市、卫生用品店及健康食品店均可买到草药制品，如银杏制剂、贯叶连翘制剂等，这些药品在国际市场上有很强的竞争力，有些品种已进入中国市场。

在欧洲专家眼中，中药是世界医药体系中最古老的一支，扎根于中国5000多年的历史文化沃土里。如今的中药已经成为西方医药体系中颇具价值的一支。欧洲专家特别注重临床实践，对500年前中国万密斋的临床医学实践给予高度评价，认为其具有科学合理性。德国还专门设立了中医临床研究方面的机构。

草药疗法是传统医学中常见的治疗方法之一。德国中药产业萌发于20世纪90年代，当时无人看好，如今德国几乎无人不知中药，每年有30多本关于中药的书出版。

四、备受推崇，万密斋医术对新西兰中医药的影响

2003年12月，天气有几分寒意，新西兰驻华大使麦康年带着神秘任务，由外交部和湖北省卫生厅有关人员陪同，风尘仆仆地由北京到武汉，再由武汉到罗田，专程考察医圣万密斋的医学功绩。

新西兰是一个英联邦国家。华人占其全国人口的2%，受世界性“针灸热”和“中医热”的影响，加上当时华人移民人数的增加及其社会活动能力的提高，中医中药、针灸推拿作为医疗保健手段已逐渐为当地人所注意。

当地医疗机构也对中医独特的诊疗方法和诊疗效果产生了兴趣。中医能治疗一些西医治疗效果不佳的疾病，如外科手术后遗症，骨质增生导致的颈椎病、腰椎病、运动损伤病、顽固性头痛等等，并取得很好的疗效。

据《新西兰医学杂志》1988年第9期报道，在新西兰使用的13种替代疗法中，针灸疗法是使用最广泛的。所谓替代疗法，指替代传统医学中常规药物治疗的方法，诸如推拿康复疗法等物理疗法。据统计，1988 年在新西兰已有85%的医生主要用针灸治疗疼痛性疾病患者，大大地减少了西药使用，这些医生已经把针灸看作医疗工作的一个正式组成部分。

在新西兰从事中医中药行业的人员，必须经过严格培训。本科学生头两年主要学习阴阳五行学说，气血、津液、八卦、八纲辨证及西医的病理学和药理学。第三年学习中医历史和《黄帝内经》，草药的辨证、制备、作用，学习针灸史、选穴原则、配穴。第四年主要是临床实习。

老师和学生在教学中感到明代万密斋的医术简单易学，疗效好，在临床上用得上，所以特别推崇万密斋。

新西兰学习针灸的医生对万密斋的“水镜诀”特别感兴趣。它为小儿疾病诊断提供了方法，指明了相应穴位，利用有关穴位可以治疗相关疾病。

附录一
论万密斋医学的人民性

万密斋生于1499年，卒于1582年，享年84岁。黄州府罗田县（今黄冈市罗田县）大河岸人。

万密斋弃举从医，以《灵枢》《素问》《内经》《难经》等典籍为初基，继而研习《伤寒论》《金匮要略》《本草》《脉诀》，然后博通群籍，融会诸学，根基深厚。万密斋全面继承了中医学理论，特别是继承了张仲景有关伤寒学术思想，积三世行医经验，形成了万氏学术思想。

万密斋具有高尚医德，将三代世医经验公之于世是他高尚医德的体现。他视人之子如己子；他以活人为心，不计宿怨；他不分贵贱，不计报酬。万密斋长期与小儿接触，深谙小儿性情和心理，不违小儿情志。万密斋医风严谨，严守医法，他记录的大量医案准确无误。他相信医学，不信鬼神，痛斥庸医误人。

万密斋把毕生精力奉献给了祖国的医学事业，他长期生活在人民群众之中，长期为人民群众服务，与人民群众形成了血肉联系，是人民群众的良师益友。

万密斋是伟大的人民医师。

一、万密斋与人民群众的血肉联系

万密斋生于穷乡僻壤。

万密斋的祖父万杏坡，字兰窗。江西豫章人，以幼科鸣，为一世。

万密斋的父亲万筐，字恭叔，号菊轩。生于明正统十二年（1447年），成化庚子年（1480年）由江西迁到罗田大河岸广家岗，那年万筐34岁。卒于嘉靖七年（1528年）冬，享年82岁。德配陈氏。万筐53岁时生万密斋。万筐来罗后，医术大行，为二世。万密斋为三世。

罗田大河岸镇是一座美丽的小镇，位于大别山南麓，有大小二河交汇于此。大河岸镇民风淳朴，待人宽厚。人与人之间交往讲求诚信，老人借了别人家油盐米等物，归还时一定会多给一点，从不会短斤少两；自己省吃俭用，一定要把好吃的东西留给客人吃，不管认识的或不认识的，到了家一定会热情招待。尊老爱幼，老年人会得到社会的尊重和帮助。

万密斋生于斯长于斯，长期与人民群众接触，与人民群众建立了亲密无间的感情，与人民群众同呼吸、共命运，关心人民群众的痛痒。

蕲水汪沙溪，是一大户殷实之家，四世同堂，全家15口人，加上婢女仆人，合计18人。

嘉靖三十二年（1553年），蕲、黄、罗等地痘毒流行，痘殍遍野，哭声连片，谁都担心自己的孩子，怕逃不过这次劫难。

恶神降到了汪沙溪家。首先，一个14岁的婢女染痘，发热、腹痛、烦渴。东家以为是伤食，反正婢女命贱，没有给予治疗。后婢女热不退，腹痛更严重了，东家还以为是伤食，仍不给治疗。5日后，具痘一齐涌出，未及起发，就干枯内陷，婢女因此而死。这时东家才知道婢女患痘，将死者草草埋葬了。

这下可急坏了汪沙溪全家，上有父母，下有儿孙，如何保证全家平安，保证不患痘？即令患痘也要稀疏，千万不要死人。

赵半仙告诉汪沙溪："您家18人中有6人必死，但我可将您家儿孙寄名于鲁家湖黑神，保佑儿孙平安，即令出痘也会稀疏。"汪沙溪相信了赵半仙的话。

第二天，婢女小翠又发热癫狂，口说胡话。汪沙溪以防万一，还是请来了万密斋给儿孙看病。万密斋见婢女小翠病情不轻，遂对汪沙溪说："这个女孩病得很重，赶快治疗。"

汪沙溪心里想："鲁家湖黑神托半仙说了，我家18人中有6人必死，已经死了一个婢女，这个婢女还是让她死，反正要死6人，但儿孙的命一定要保住。"遂对万密斋说："万先生，我请您来，是为我儿孙治病的，不是为婢女治病的，请给我孙子看病吧！"

万密斋一听，认为岂有此理，便对汪沙溪说："此话差矣，您孙儿是人，有病应该治疗；婢女也是人，有病也应该治疗。您怎么光给孙子治病不给婢女治病呢？"

万密斋语重心长地对汪沙溪说："人有贵贱，医无分别，不管孙子病了，还是仆人病了，都应该及时治疗。沙溪老弟，痘毒是有传染性的，婢女的病不治好，会传染给未出痘的人，您的孙子能幸免吗？第二位婢女出痘就是第一位婢女传染的。神言不足信，事实将会证明。"

最后万密斋不仅治好了婢女的病，而且保全了汪沙溪全家17口人的性命。

万密斋治病，以医人为本，对待达官贵人，不卑不亢，当作常人来治；对待平民百姓、婢女仆人，不骄不傲，也当作常人来治。他说："人之受病者，有富贵贫贱之殊。自天地视之，皆其所生者也，无一人不养焉，则无一人不爱矣。"

万密斋的心是和穷人相通的。

罗田张族一寡妇吴氏，丈夫一年前亡故，遗腹子周岁，得惊风病，大小便不通，不时抽搐，吴氏不知如何是好。这个遗腹子是丈夫留下的唯一血脉，无论如何也要给他保住。但丈夫死后家里失去了唯一的劳动力，一贫如洗，没有买药的钱，吴氏不好意思去找万密斋看病。

有人将吴氏的难处告诉了万密斋，万密斋听说后，亲自到吴氏家给孩子治好了病。

吴氏拿出10个鸡蛋，说是给万先生的利市，拉着万先生的衣角说："万先生，这10个鸡蛋您一定收下，这是我的心意，也算不了什么利市钱，药费以后再还。"

万密斋说："您家有困难，我能帮一下，是应该的。您这么困难，我怎么能要您的鸡蛋呢？留着换点油盐吧！药费也不要，以后有什么困难，还可以找我。"

万密斋对穷苦大众寄予了深刻同情，把"活人"作为自己从医的最高准则，从不计较利市多少。他说："如使救人之疾，而有所得，此一时之利也。苟能活人之多，则一世之功也。一时之利小，一世之功大，与其积利，不若积功。"

万密斋具有高尚的道德情操，处处为人民着想，他提出了10条修德措施：

①收街市遗弃婴儿，请人看养，到了15岁，愿认亲者，还归父母团圆。②每冬十一月初三开始，收60岁以上、15岁以下乞丐、贫人，入本家养济院，每日给米1升，钱15文。至来年十一月初三日，满一年，令其自便求生。③普施汤药，应验救人病苦。④施棺木，周济无力安葬之家。⑤使女长大，不计身钱，量给衣资，听其适人。⑥专一戒杀，救护众生，遇有飞走物命，买赎放生。⑦每遇荒歉之年，其粮贵籴贱粜，赈济贫民。⑧看有寺观损坏者，为之修理；圣像剥落者，为之装饰；或桥梁、道路、沟渠不通者，为之修理。⑨有远乡士夫、客旅流落者，酌量远近，以助裹粮而周济返乡。⑩居权司，凡遇冤枉，必与辩明。

这10条中，属于社会救济的有第①②⑦⑨条；属于个人善举的有第③④⑧条；属于伦理道德的有第⑤条；属于环保、保护野生动植物的有第⑥条；属于法律援助的有第⑩条。符合现在的社会道德标准。

万密斋是人民的医师。他生活在大别山南麓罗田县，穷乡僻壤，接触到的大都是贫苦农民，他不忘家乡养育之恩，和老百姓有着深厚感情。老百姓缺衣少食，拿不出钱看病，他看在眼里，急在心里。在给人看病时，他不开贵重药物以捞钱，而是尽量为病家省钱并以治好病为原则。万氏临证，用药讲求精炼，所用方药多为祖传或自制，剂型多为丸散，用量轻而效力专，便于服用。同时他也倡导应用推拿、针灸、熨脐、药物沐浴等外治法，既能达到治病目的，又使病家少花钱，使老百姓看得起病。

万密斋从人民群众中吸收营养，从人民群众中结晶智慧，从人民群众中升华理论，他把人民群众当成衣食父母，人民群众把他当成良师益友。

二、万密斋的人生观——始终保持着人格完整

人活得要有尊严。像陶渊明那样，不为“五斗米折腰”；像文天祥那样，“留取丹心照汗青”。人活得要有人格。所谓人格，是人的性格、气质、能力等特征的总和，是人作为权利、义务主体的资格。万密斋不论在什么时候，什么地点，什么事件中，都保持着人格完整。

万密斋为了保持人格完整，不得不弃举从医。

万密斋的父亲万筐深深懂得，要造就人才，必须有好的老师。当时，“罗有巨儒张玉泉、胡柳溪（均为进士），讲明律历史纲之学，翁（万密斋父亲）知全可教，命从游于夫子之门而学焉，颇得其传。”万密斋进学之后，于正德十二年（1517年）由童生成为秀才，时年19岁，迈出了科举功名的第一步。嘉靖五年（1526年），万密斋成为廪膳生，时年28岁。在学生员有廪膳、增广、附学之分。廪膳生的资历较深，县学里限额20名，每月发放廪米，有廪保童生应试资格。与同期的诸同学相比，万密斋的补廪还是提前了一步，因此招致一些人的妒忌。他说：“予先补县学廪膳，胡元溪与胡明睿、蔡惟忠等嫉而害之。”

胡元溪与胡明睿出身于官宦之家，在县学中自然有地位，盛气凌人，

这是他们阻止万密斋科举仕途的资本。蔡惟忠与万密斋都是多云乡人，早年亦受学于张玉泉，入县学为诸生，一向与万密斋不睦，嫉妒万密斋补廪和他的医术。

嘉靖九年（1530年），正是万密斋为父守孝之期，新任知县劳樟见县学颓旧，乃命重修。胡明睿、蔡惟忠为诸生头领，找府里筹措银两，协助修造事务，颇得知县和教官信任。第二年校舍告竣，焕然一新。时值万密斋“服满起复”，胡、蔡二人乘机报复，伙同一部分生员，上谗下骗，陷害万密斋。万密斋顶住压力，亲自赶到枣阳，找崔宗师（即当时湖广提学崔桐）“诉辩”。诉辩的结果可想而知。一时间乌烟瘴气，人多势大，崔宗师等人并未主持正义而是“蔽障于谗”。万密斋在“孤弱不能自致”的情况下，没有向“学霸”低头。嘉靖以来，府、州、县学中某些混入的生员，不务实学，为非作恶，在地方上形成一种势力，被称为“学霸”。

万密斋有自己的尊严，尊重自己的人格，既然斗不过“学霸”，决不委曲求全，宁可不走科举之路，也要使自己人格完整。正如王一鸣在《痘疹心要跋》中所说：“万君故诸生祭酒（尊长），有行谊。壮岁为仇家媒蘖，蔽障于谗，卒自弃诸生，其于医，不独揽其先世之遗也，有孤诣焉。”

万密斋为了保持人格完整，主动捐弃前仇。

在县学时，汪大川与蔡惟忠、胡元溪、胡明睿等人一起，与万密斋结下了宿怨。胡元溪等人步入了仕途，万密斋走入了杏林，成为一代名医，特别是在儿科和痘科，有极深造诣，代表了当时最高医疗水平。

汪大川有一个弟弟叫汪大宾，30岁时遭雷击身亡，留下三个可怜兮兮的孩子。大宾妻一人抚养，家境十分艰难。嘉靖十四年（1535年），蕲罗地区暴发天花，痘疫流行，死人无数。汪大宾的大儿子6岁，小儿子才2岁，先后出痘，汪大川不好意思请万密斋治疗，二子相继而亡。

汪大宾只剩下二儿子。嘉靖十六年（1537年），蕲罗等地又流行痘疹，大宾二儿子未幸免，年6岁，患上天花，症状与哥哥弟弟一样。大宾妻完全不知所措，汪大川也感到问题的严重性，这一次无论如何要请万密斋给侄儿治病，他不能眼看着大宾断后啊！汪大川直接找到万密斋，希望他能给侄儿治病，万密斋不计前嫌，给汪大川的侄儿治好了病。

万密斋之前的县学同学胡元溪，曾因嫉妒万密斋补廪膳生而谗陷他，二人结怨很深。辛丑年（1541年），胡元溪儿子4岁，患咳嗽，某医久治不愈，胡元溪又请万密斋徒弟甘大用治疗，服五拗汤不效。

没有办法，胡元溪只好请万密斋来治疗，他对万密斋说："我的儿子半年来咳嗽不止，几位医师都未治好。临来时，我叫卦师进行卜筮，说有贵人相助，我想这个贵人就是您了。过去在县学里，因嫉妒您有廪膳生资格，和您过不去，多是我的不是，请老同学包涵！"

万密斋说："过去的事就不必提了，各人有各人的路要走。我既然是医师，就应该以活人为心，不计宿怨，救死扶伤是我的天职。"又告诉胡元溪："令郎之病，咳痰带血，肺有虚火，需要一个月的治疗时间，方能奏效。"

胡元溪觉得治疗时间长了。

万密斋说："病经过八个月治疗无效，您不说迟，我以一个月为期，反而说迟，这是为什么？"万密斋知道，胡元溪是以小人之心度君子之腹。

当孩子的咳嗽减少了十分之七，口鼻不再出血，只偶尔有几声咳嗽，胡元溪还是不放心，又请万绍治疗。胡元溪对万密斋说："不是我不想让您继续治疗，而是孩子认生，不喜欢您，您现在可以走了。"

万密斋说："令郎的病，我已治好了一大半，如何又请他人治疗呢？"胡元溪答："有病众人医，恐一人之见有限。"

万绍没有治好孩子的病，胡元溪不得不再次请万密斋来治疗。万密斋出于医师本能，把前面说过的"不复再请"的话早忘了，还是不计前嫌，把患儿的病治好了。

胡元溪略带歉意地说："在县学时，年少气盛，执于偏见，我知道我做得不对。您确实是正人君子，值得信赖。"从此以后，二人成了莫逆之交。

万密斋还治好了蔡惟忠儿子和胡明睿儿子患的痘。万密斋以自己的完整人格征服了曾忌妒过自己的人，净化了他们的心灵，使他们的人格也得到了升华。

万密斋给达官贵人看病时，不阿谀逢迎，坚持原则，始终保持自己人格完整，以自己的高尚人格感动了很多正直的有识之士。万密斋60岁时，罗田知县朱云阁的儿子又泻又渴，请万密斋来治疗。

万密斋对知县说："公子患渴症。"朱云阁说："是病泻，不是病渴。"万密斋并没有迎合朱云阁的说法，解释说："泻伤脾胃，津液不足，因此就渴。渴而大饮汤水，浸渍肠胃，故泻不止。不能治其泻，应当治其渴，渴止泻自止。"

万密斋用白术散治疗，朱云阁怀疑更甚。前面的医生都是用白术散治疗的，都不见效，您万密斋用就能见效？万密斋顶住压力，加大剂量，让患常服，以药代汤，疗效果然不错，未尽剂，患者渴泻俱止。

此事之后，朱云阁第一次为万密斋送"儒医"之匾。以后万密斋又治好了朱云阁女儿的惊风，朱云阁再次送上"儒医"之匾。

万密斋70岁时，结识了郧阳巡抚孙应鳌，万密斋以他高尚完整的人格、对儒家学说精辟的见解和精湛的医术，征服了孙应鳌，两人成了莫逆之交。孙应鳌为万密斋恢复了"秀才"身份，付儒冠，赠"儒医"之匾，帮助他出版《痘疹心要》，极大地提高了他的社会地位。

隆庆三年（1569年），武金接替孙应鳌任郧阳巡抚。巡抚为朝廷命官，威风八面，府、州官员都怕他三分。

武金到郧阳后，大便难解。时万密斋正在郧阳，郧阳府里急告他来诊治。万密斋见抚治都宪武公性太急，就告诉他："台下所生之病是由于肝火太盛，故大便秘结难解。要治好这种病，首先心情要好，宜霁威戒怒，少生闲气以养肝，清心寡欲以养肾。"几个当差的听了，吓了一跳，您怎么敢说我们巡抚大人"生闲气"，要他"清心寡欲"，您不是讨骂？真不知天高地厚。

武金虽不悦，但万密斋是他的前任孙巡抚介绍的，终未发怒，却不听万氏劝告，对万密斋说："我是北方人，与你们南方人不同，没有那么娇气，常服枳朴大黄丸就会有效。"

万密斋说："不能服，地虽有南北之分，但人的脏器虚实相同，如此攻击，只恐转下转秘。"武公不接受万密斋的治疗，半年而卒。万密斋始终坚持自己的正确意见，绝不会在高官面前放弃原则。

万密斋给穷人看病时，从不摆架子，把穷人的孩子当成自己的孩子治疗，把贫困老者当成自己的亲人治疗，与病家完全处于平等地位，这一点更能体现万密斋人格的完整。

三、万密斋的价值观——造福人类

毛泽东同志教导共产党员要"全心全意为人民服务"。这就是共产党的价值观。500年前，万密斋则以"天地为心，活人为准则"。他的一切言论、一切行为都是为患者着想，为别人造福，为人类的健康作贡献。

嘉靖十三年（1534年），蕲罗等地痘疹流行，万密斋研制代天宣化丸，痘毒初染的人，服后症状大大减轻，被人们喻为神药。万家全家人都投入到修合代天宣化丸的工作中。每道工序万密斋都要亲自检查，保证药丸质量，从早忙到晚，一天工作十几个小时。

万密斋对家人说："今年痘毒流行，很多穷人的孩子因无钱治病，白白死掉。我们应普施汤药，救人病苦，我们多生产一粒代天宣化丸，患者就会减少一分痛苦。"

万密斋终生致力于痘疹防治工作，每当痘毒流行，万家就会施舍代天宣化丸救治患者，英、罗、蕲、麻、黄周边的患者因得到及时救治，避免了大量死亡的悲剧。特别是罗田知县两次赠"儒医"之匾后，万密斋名播遐迩，慕名而来的人更多了。

万密斋将毕生精力贡献给了我国的临床医学事业。

在儿科方面：倡"三有余，四不足"学说，完善小儿生理病理特征。

所谓“三有余，四不足”即肝常有余、心常有余、阳常有余，脾常不足、肺常不足、肾常虚、阴常不足。这是以小儿生理发育特点来立论的。根据这种生理特点，进一步论证小儿病理特征。在儿科诊断方面，注重望诊，“惟形色以为凭”，“凡看小儿疾病，先观形色，而切脉次之。”在强调望诊同时，也注重望闻问切，四诊合参。万密斋深谙小儿心理，根据孩子的表情，他知道孩子在想什么。他发展了小儿五脏证治学说，详细论述了五脏辨证原则和治疗大法，以五脏为纲，病症为目，用五脏各自主病、兼证、所生病分别统领具体病症。这种五脏分证方法，提纲挈领，条目清晰，适合临床运用。治疗注重脾胃，用药精炼轻灵。提出了预防为先，注重胎养、蓐养、鞠养的原则。对小儿病的治疗主张施治灵活，力戒胶柱鼓瑟。主张“俱察其虚实与时权变，可汗即汗，可下即下，中病则已，勿过其制”。总之，万密斋对中医儿科学的发展有着突出贡献。

在妇科方面：提出分别有调经、胎前、产后之治。调经专以理气补心脾为主，胎前专以清热补脾为主，产后专以大补气血兼行滞为主。万密斋对妇科病的病因、病机及辨证施治均有独到认识。万氏家传的妇科经验方有些至今仍广泛用于临床，对后世产生重大影响。

万密斋将毕生智慧贡献给了我国的医学事业。

万密斋是我国明代著名医家，其著述《万密斋医学全书》对临床医学具有较高参考价值，内容除儿、妇、内科常见病证辨治以外，也包括对《伤寒论》等经典著作的研究及养生保健、优生优育等方面论述。子目书名为《养生四要》《保命歌括》《伤寒摘锦》《广嗣纪要》《万氏女科》《片玉心书》《育婴家秘》《幼科发挥》《片玉痘疹》《痘疹心法》，共10种，108卷。特别是痘科著述，为人类最后战胜天花作出了重要贡献。

万密斋积三世行医经验，“业辄精，试辄效”，这是一笔巨大的宝贵财富。万密斋曾经说过，“祖传无粮精产，活幼一十三方”。以医为生，按照当时做法，医术是秘不外传的。但是，万密斋作为仁人孝子，以救济患者为怀，不欲秘惜，而把他家世医经验公之天下，传之后世。这是万世之幸，也是万密斋价值观的体现。

万氏公之于世的世医秘籍共计11种：《万氏家传伤寒摘锦》《万氏家传保命歌括》《万氏妇人科》《万氏家传广嗣纪要》《万氏家传养生四要》《万氏家藏育婴秘诀》《万氏家传幼科发挥》《万氏家传片玉心书》《万氏家传片玉痘疹》《万氏家传痘疹心法》《万氏家传幼科指南心法》。

万密斋公布的秘方有牛黄清心丸、抱龙丸、凉惊丸、胃苓丸、养脾丸、胡麻丸、神芎丸、玉液丸、茱萸内消丸、香连丸、雄黄解毒丸、至圣保命丹、一粒丹、斩鬼丹。万氏积三代人心血形成的上述救世良方，拯救了无数小儿生命，其功德不可估量。

万密斋是人民医师。他有儒家的道德风范，有佛家的救苦善心，有道家的权变智慧。他与人民有着血肉联系，他的著述在民间广泛、长时间地自发传播；他有高尚、完整的人格，被人民尊称为“医圣”；他有无私的胸怀，被人民视为良师益友。

附录二
论万密斋著述的科学性

万密斋（1499—1582），湖北罗田人，明代著名医学家。

万密斋著述颇多，涉及内容很广，有《伤寒摘锦》《保命歌括》《万氏女科》《广嗣纪要》《养生四要》《育婴秘诀》《幼科发挥》《片玉心书》《片玉痘疹》《痘疹心法》10种，108卷。此10种后世合刊为《万密斋医学全书》。另其早年著《素问浅解》《本草拾珠》《脉诀约旨》《伤寒蠡测》《医门摘锦》《保婴家秘》6种，书成未刊。万密斋的孙子万机，于万历中将《片玉痘疹》增补2卷，又将《片玉心书》及修订后的《片玉痘疹》增删改订成《幼科指南》。此书亦应作为万密斋著述。

万氏著述总结了三代世医的临证经验，在理论联系实际的基础上有很多独到见解，以自发的唯物论和朴素的辩证法理论体系为基础，不断总结医疗实践经验，有所发明，有所创新，不仅在当时享有盛誉，而且对后世的儿科学、妇科学、伤寒温病学、养生学的发展影响甚大，至今仍受到中国医学界的推崇。

一、万密斋著述的科学贡献

万密斋生活在16世纪，处于明朝中后期。明朝是汉朝以后又一个由农民起义军建立的王朝，又是辽、金、元统治四百余年后再建的汉族地主阶级统治的王朝。明太祖即位后，随即建立起高度集权的专制制度，以巩固新王朝的统治，社会经济也随之得到恢复和发展。这一时期，商品经济的发展超越了前代，为科技发展孕育了条件，先后造就了医学家万密斋，药学家李时珍，农学、水利、历法专家徐光启，天文、数学、地理科学家李之藻，农业、化学、工业科学家宋应星，地理学家、旅行家徐霞客，航海家郑和等。他们在各自的领域中为人类作出了极大的贡献。

万密斋为医，以《内经》《难经》为本，精研《脉经》《本草》，博采张仲景、刘河间、李东垣、朱丹溪诸家学说，融会贯通，去伪求真，发挥奥义，创立新见，形成万氏之说。医术日精，兼通内、妇、儿科及养生学，活人甚众。16世纪，医学还处于临证实验阶段，我们不能用现代分子医学水平去衡量当时的水平，我们必须带着历史眼光看问题。

下面，我们从四个方面探讨万密斋著述的科学贡献。

（一）遵循幼儿生理病理特征，发展儿科诊断学和治疗方法

万密斋在总结前人经验和个人临床实践结果的基础上，进一步完善了小儿生理病理特征，提出了“三有余、四不足”之说，即肝常有余、心常有余、阳常有余，脾常不足、肺常不足、肾常虚、阴常不足。他在《育婴家秘》一书中说：“人皆曰‘肝常有余，脾常不足’，予亦曰‘心常有余，肺常不足’。有余为实，不足为虚。《内经》曰：‘邪气盛则实，真气夺则虚。’此所谓有余不足者，非经云虚实之谓也。”在《幼科发挥》一书中又说：“云肝常有余，脾常不足者，此都是本脏之气也。盖肝乃少阳之气，以渐而壮，故有余也。肠胃脆薄，谷气未充，此脾所以不足也。”

由此可见，万氏所提出的“有余不足”论是首先以小儿生理发育特点来立论的。根据这种生理特点，进一步论证小儿病理特征。如“肝常有余”，首先是指小儿生长发育迅速，如草木萌芽，生机勃勃，此全赖肝主生发之气的旺盛；这种功能状态在生理上被称为“肝常有余”。若由于肝生发

之气太过，阴阳之气未及调和，则易造成肝气横逆、肝阳上亢、肝火上炎等病理变化，临床上多见高热动风等阳实证，这是病理状态下的有余之象。

又如“脾常不足”，在生理上指小儿生长发育迅速，对精血津液的需求迫切，而脾主运化，功能尚未健全，为适应机体不断增长的需要，脾胃必须不断完善，增强其腐熟运化各种营养物质的能力。反映在病理上则易出现由于饮食不调、寒温失度造成的脾胃病症。同时也可能因其他脏腑疾患、药物影响等，使脾胃运化功能失常。

万密斋提出的“有余不足”论，从小儿生理特点出发，科学地说明了小儿病理特征，大大地丰富了中医儿科学的理论体系，为临床诊断和临床辨证论治提供了依据。

儿科诊断十分棘手。儿科又曰哑科，小儿有口不能言，或言之不切，加之小儿脉气未充而难凭，因此万密斋十分注重望诊。“惟形色以为凭”，“凡看小儿疾病，先观形色，而切脉次之”。在“水镜诀”“指掌形图”“额印堂山根论歌”“入门候歌”“辨虎口指脉纹诀”等篇章中，他详述了自己对小儿指纹、形色等方面的独到经验，这些简便易行的诊断方法，大大丰富了儿科诊断学内容，为儿科诊断提出了一定的标准和操作方法，是儿科诊断学的一个创举。

万密斋在强调望诊的同时，也注重望闻问切，四诊合参。“望者鉴貌辨其色也，闻者听声知其症也，问者问病究其原也，切者切脉察其病也。”四诊合参时必须细心辨析。两腮红，此为色实；脉急数，为脉实；大便秘，小便黄，渴不止，上气急，足胫热，为证实；只有见到色、脉、证三实，才可辨为实热证，宜用寒凉药物治疗。同理，只有色、脉、证三虚，方可辨为虚寒证，宜用温热药物治疗。

在小儿病治疗方面，万密斋谨守病机，发展了五脏证治学说。以五脏分类，从各脏生理病理特点出发，详细论述了五脏辨证原则和治疗大法。以钱乙“小儿五脏主病”理论为基础，以五脏为纲，病症为目，用五脏各自主病、兼证、所生病分别统领具体病症，提纲挈领，条目清晰，便于临床运用。对于人体而言，五脏又是统一的有机体，“五脏平和则病不生”，一脏受病必然影响脏腑，如肝受病，必然影响脾胃；心受病，必然影响到肺。寒暑违和、饮食失节必然导致五脏生病。对小儿常见病、多发病的病因、病机，万密斋根据自己祖传经验，结合前人论述，提出了不少新见解。如对惊风病，提出急惊风有三因：有感受风寒湿热而发热失治为外因者；有内伤饮食发热而失治为内因者；有惊恐或客忤中恶得之而失治为不内外因者。在急惊风发病学上，万氏分“急惊风”为急惊风证、急惊风变证、急惊风类证等，惊风后余证有惊风后瘫痪、惊风后喑不能言等，为后人进一步研究提供了依据，直到现在还有参考价值。

万密斋在小儿病治疗上，十分注重脾胃，用药精炼轻灵，中病即可。万密斋提出了预防为先，注重胎养、蓐养、鞠养的原则。他认为：预养以培其元，即“调元之意也”；胎养以保其真，即“保胎之道也”；蓐养以防其变，即“护产之法也”；鞠养以慎其疾，即“育婴之教也”。这是完全符合现代育婴之法、遵循深刻科学道理的。

（二）在妇科方面，万氏提出了调经、妊娠优生、产后辨证一整套科学方法，完善了妇科学术思想

万密斋提出调经要注重情志、体质与痰湿，主以理气补心脾。万氏认为经候不调有三大原因。一因心脾两虚，忧愁、思虑、伤心，心气受伤，脾气失养，故气日渐耗，血日渐少，斯有血枯、血闭，及血少色淡，过期始行或数月一行。二因冲任损伤，冲任失守，血气妄行，为崩为漏，或一月再行，或不及期而行。三因脂痰凝塞，元户不开，痰涎壅滞，血海不流，故有过期而经始行，或数月一行，及为浊为带为经闭，为无子之病。

在病机上，万氏十分重视情志、体质、痰湿对月经病的影响。万氏重视情志，注重心理因素对月经病的影响，很有见地，这是万密斋对妇科病病因判断的一大贡献，为妇科病治疗独辟蹊径。

万氏提出，调经之法大抵为“热则清之，冷则温之，虚则补之，滞则

行之，滑则固之，下陷则举之，对症施治，以平为期”。尤重理气血，补心脾。

万氏倡导优生，认为婚配应年龄相当，身体健康，血缘不亲，这样才能保证优生。婚后性生活应节制适时，要清心寡欲，注重保养，这样才能做到优生。

万氏注重胎教，主张清热养胎，注重脾胃。对受孕后房事、饮食、心情、起居、禁忌、医药等方面提出了科学要求，内容较为完善、系统，已有与现代“围产期医学”相似内容。

关于产后的调理，万氏认为，虚证多由产时失血过多，冲任受损，导致气血亏虚而生；产时败血未能及时顺利排出体外，则会流向脏腑经络而成瘀。万氏特别强调，血虚宜补，败血宜除。

（三）万密斋提出了温病的传染性和可防御性

宋代以前，医家把温病置于伤寒的范畴之中，认为寒邪是起病原因。明初王履明确提出“温病不得称伤寒”，使温病脱离伤寒而独立发展。万密斋对温病的病因，不仅认识到“疫疠之病，乃天地之戾气也”，具有强烈传染性，而且将戾气的性质用“六淫”进行归纳，明确指出：“大抵疫病，专属火湿，虽似伤寒，不可作伤寒证治而大汗大下也。”指出了温病（包括瘟疫、天花）的发生多为感受火、湿之邪，抓住了温病发病的主要原因，从而为后世医家从火热、湿热等主要方面论治温热病提供了重要依据。万密斋在温病学派形成之前提出上述真知灼见，实属难能可贵。现代温病学家认为温病的病因，除“戾气”外，多与感受温热和湿热之邪有关，并根据其病证是否兼湿，将温病分为温热和湿热两大类。这说明了万氏所言温病主要病因为火、湿之邪的观点，是经得住实践检验的。

万密斋明确指出温病的传染途径是由口鼻而入，指出了“邪从口鼻如侵入，气乱神危造化穷”的严重后果。他告诫人们“凡入疫室，饮食之物，不可便咽”，防止病从口入，又说“有触犯（恶毒之气）者，从鼻而入，上至脑中，流入诸经之中，令人染病”，为后世创“戾气”学说打下基础。

对于温病的传变规律，万氏指出口鼻为传染途径的同时，还阐述了上受之邪，先犯肺卫，次犯心血的传变规律和病位。清代叶桂受万密斋影响，提出了“温邪上受，首先犯肺，逆传心包”的温病十二字纲领。

万氏认为温病既有新感，也有伏邪，较早提出小儿疮疹属伏邪温病之说。

万氏提出了戾气可以防备的思想，对温病的防治起了很大促进作用。他用代天宣化丸积极预防小儿痘疹，取得了很大成绩。他说：“疫疠之病，乃天地之戾气也。天地有斯戾气，还以天地所生之物以防备之。”根据戾气不同种类，给予相应药物治疗，这一认识是符合事物客观发展规律的。万氏提出的“以物制气说”对后世医家影响极大。

总之，万氏对温病的认识，在温病学形成之前，已具有很高水平，不仅吸收了前人治疗温病的理论和经验，还提出了自己的独特见解。他对温病的病因、传染途径、传变规律及防治措施等方面的论述，为温病学的形成和发展提供了重要的理论依据。因此，万密斋在温病学发展史上占有重要地位。

（四）万密斋提出“寡欲、慎动、法时、却疾”八字养生方针，具有很强的科学性

万密斋在五百年前提出了“寡欲、慎动、法时、却疾”的八字养生方针，言简意赅，为我们提供了长寿的理论和方法。由于实用价值很高，故问世以来一直为医界称颂。万氏在书中所提出的各种见解与辑列诸方，无论在过去、现在，还是将来，对于提高人民的身心健康素质、优生、防病，都具有十分重要的意义。

养生的第一要义是寡欲。所谓寡欲，就是少欲，减少不必要的欲望。如何做到寡欲，首先要解决认识问题。寡欲必先修德。万密斋提出了10条修德措施：收养遗弃婴儿，收养孤贫老弱，施汤药，施棺木，使婢女长成

后自由嫁人，戒杀和保护野生动物，赈灾，修理、桥梁、道路、寺观，帮助远游异客，援助申冤之人。这是完全符合现代道德标准的。他在《养生四要》一书中说："饮食、男女，人之大欲存焉。口腹之养，躯命所关。"食色是人类赖以繁衍生命、维持生理机能活动正常进行的两大需要与本能。他坚决反对方士们那种"谢绝谷、必休妻，而后可以长生"的荒谬言论，反对佛门道流那种"弃人伦、绝生理"，以绝欲为长寿康健重要途径的说教，认为男女结婚生子是人伦的客观需要。万密斋指出："欲不可纵，纵欲成灾，乐不可极，乐极生哀。"过度房事会造成肾精先耗，"肾之精不足，取给于脏腑，脏腑之精不足，取给于骨髓。"日久天长，精气耗竭，就会产生疾病。此时应"远色断想，移神于清静法界"。万氏这些见解，是完全符合客观事实的。

饮食是维持人体生命活动的必要物质。"五谷为养，五畜为助，五菜为充，五果为益。"万氏特别强调饮食多元和食量自节，不要伤食，要固护好脾胃。

生命在于运动。但动之太过，又会使生生之气受损。人体是一个无为又自足的有机体，如果你剧烈运动，偏离了无为、自足的状态，就会生病。万密斋在强调养生必倚于动的同时强调"和"的作用。所谓"和"，就是无使过激的慎动。至于治动，有药饵、打坐和调息等法。治疗侧重于心和肝。因心藏神，肝藏魂，魂离神乱，为病变之源。万氏根据自身体会，认为打坐不仅限于静坐，不应"如聋哑痴呆一样全然不思外界事理"，而是要"将一件事，或解悟经义，或思索诗文"，方能静下心来，收到传统打坐不能得到的好处。动为健，静为养，必须动静结合。万氏提出"目宜常瞑，瞑则不昏"，"发宜常栉，栉则不结"，"齿宜数叩，叩则不龋"，"津宜常咽，咽则不燥"，"背欲常暖，暖则肺脏不伤"，"腹欲常摩，摩则谷不盈"。

顺应天地四时，以养脏腑形体，是中医学的一个特色。万密斋说："圣人春夏养阳，秋冬养阴，以从其根。故与万物沉浮于生长之门"。又说："阴阳和则气平，偏胜则乖，乖便不和，故春夏养阳也，济之以阴，使阳气不至于偏胜也；秋冬养阴也，济之以阳，使阴气不至于偏胜也。”万氏提出了四季养生的具体措施，并指出四季都是互相关联的。春天的病全是从冬天来的，一年四季都养好了，才不会得病。不能只生发、生长而没有收敛、收藏，也不能只收敛、收藏而不生发、生长。你的生发、生长、收敛、收藏全都养好了，身体就健康了。为了使阴阳之气趋于平和，万氏针对五脏的属性喜恶，提出了“春食麦与羊，夏食菽与鸡，秋食麻与犬，冬食黍与彘”的具体食疗措施，根据不同季节进行相应调理。总之，法时的中心点是顺应天时，未病先防，以避免妄行逆动，自身受戕。

所谓却疾，就是避免生病，消除疾病，达到却病延年的目的。防病却疾，要在中宜。临证用药遣方，既要药能对症、随症化裁，又要在中病之后，把握机要，适可而止，以避免邪去正虚，变乱又起。万密斋告诫人们：“善养生者，当知五失：不知保身一失也，病不早治二失也，治不择医三失也，喜峻药攻四失也，信巫不信医五失也。”

他还说：“吾闻上工治未病，中工治将病，下工治已病。”这是万氏“却疾篇”的立论宗旨，也是他一生行医所遵从的原则，在他的医案中屡次提到这个观点。

万氏《养生四要》的理论精辟而通俗，方法效显而易行，全书列方110余首，载药240余种，为妊娠、婴幼儿至百岁老人提供了一套完整的防病治病、强身用药的措施，是我们今天研究优生学、保健医学、老年医学、长寿医学的珍贵文献资料。万氏在该书中师古不泥古，敢于批判前人的谬误，丰富、发展了养生学说。《养生四要》内容之丰、价值之高，更为历代罕见。他静坐修养十年之久，以84岁高寿，为我们树立了榜样。

二、万密斋的科学精神

万密斋在医学上作出的突出科学贡献，是与他坚定的科学精神密不可分的。

（一）相信医学，反对巫医

万密斋在《痘疹心法》中专列“巫医得失”一篇，谓“痘疹之毒……必饮之以汤液，攻之以药石，然后能驱而出之，使之解化，岂寻常符水所能治耶？符水且不可治，徒以杀牲，益见其谬矣”。

万密斋反对巫术，始终如一，态度坚决。要知道，当时封建迷信盛行，老百姓比较愚昧，没有坚决态度是行不通的。

嘉靖三十二年（1553年）夏，“时汪沙溪夫妇信奉鲁湖黑神于家”，并将自己的孙子寄名于神，以求庇佑。其孙未出痘前，赵半仙称神已降谕，保证其孙出痘甚少。到孙子出痘的时候，出痘甚密，并不像黑神所说的出痘甚少，汪沙溪夫妇知保孙子的命要紧，遂请万密斋治疗。万密斋用药治好了汪家孙子的病，又朝夕玩笑，用计将赵半仙逐去，但汪沙溪夫妇担心“后有诅意，终不自安，后竟无事”。万密斋用具体事实证明神既不能保佑人，也不能诅咒人，“后竟无事”的事实也教育了“终不自安”的汪沙溪夫妇。

万密斋在几十年的行医生涯中，不断地与巫医术士作斗争，不断地用事实教育病家。

有一个17岁的青年，出痘至成脓将靥时忽神志不清，口出妄语，手舞足蹈，看见平日与自己过不去的人，或有仇的人，不是殴打，就是谩骂，一身成脓的痘粒尽迸破。田大巫乘机向病家说是妖魔附体，必须禳灾，患者才能好。禳灾后患者病得更厉害，动手打田大巫。病家无法，只好请万密斋来治疗。万密斋说：“信医不信巫，等巫术不灵时，我才治。”病家忙说：“巫术不灵，请先生费神。”田大巫亦自知并非有魔，乃告诉万密斋说：“请用药治疗，不要拘束。”万密斋抓住机会，教育他们说：“方士骗人、惑人自古就有，不但骗老百姓，连皇帝也敢骗。秦始皇、汉武帝都被骗过。天下岂有仙人？只有节食服药，才可少生病。”

万密斋生活的时代，正是巫术流行的时代，常常碰到巫与医面对面对着干的场面，而病家往往站在“神”的方面，医生处于孤立状态，必须用事实战胜巫术，教育病家。在斗争的方式方法上，万密斋机智灵活，有时风趣幽默，有时当场戳穿骗术，有时当面逼迫巫医术士承认骗人，收到了宣传医学、教育群众的效果。

万密斋是一个朴素唯物主义者，他相信医学，不信鬼神，他教育人们，有病必须吃药治疗，从而挽救了无数人的生命。

（二）痛斥庸医，坚持正义

庸医是指医术不高明的医生。若仅仅因为医术水平不高而误人，只要态度端正，往往不至于遭人痛恨。若本身医术水平就不高，再加上医德败坏、邀功骗钱、诽谤他人，那才是真正可恨。一般所说庸医误人，主要是指后者。万密斋著述中叙述了和他相处过的治病医生40余人（门徒除外），其中有的医生与万密斋合作得很好；有的医生因医术问题在治疗上有过错误，但经万密斋指点后，能配合治疗，在患者病愈后听万密斋讲析病理，闻之叹服；有的医生治疗错误而又不听万密斋劝阻，或一误再误，造成患者致残致死，使病家后悔莫及。庸医包括骗钱的医生、吹牛的医生、不懂装懂的医生等。万密斋用科学精神教育庸医，用科学精神战胜庸医。可以说，万密斋的伟大人格在与庸医的斗争中体现出来，万密斋的精湛医术在与庸医的斗争中得到了提高。

有一位13岁的患者，发热、腹痛、烦渴，万世乔作伤食治。万密斋诊脉后，对万世乔说：“这是出痘，所谓腹痛，皆属毒热，是由津液干枯引起的，津液干枯而神志不清。治疗方法应该解毒托里，现在不能再耽误了。”万世乔不听，继续坚持按伤食证治疗。万密斋说：“由此产生的一切后果你自己负责。”万世乔答：“病家先请我，当然以我的治疗为准，用不着您担心。”万世乔一再坚持己见，贻误治疗。5日后，患者的痘一齐涌出，未及起发，就干枯内陷，患者因此而死。庸医害人，这是血的教训。

罗田监生汪怀江中暑复伤食，请了两个庸医治疗。第一个庸医用五积散发汗，患者服药后病未退，发热更狠了。第二个庸医用大柴胡汤下，发热既未减轻，泻痢反而不止。万密斋诊其脉，浮滑而数；视其症状，喜裸体而卧，皮肤干燥无汗，两只脚冰冷。万密斋对病家说："第一个医生发汗未果，汗未发出而增加了内热；第二个医生下痢太轻，下痢未尽反而挟热。"万密斋用黄芪、芍药、甘草煎汤，患者服一剂而痢自止。万密斋再次诊脉，浮滑而数未变，对病家说："此病属阳明，原本是无汗病，因误发散而成有汗之证，原应泻痢，但因轻下而不得不再下泻。"正准备下痢时，病家又请来一位医生，诊脉后说："公现在处于阴虚火动，不能下痢。"遂用四物散加炒干姜。患者服后，引发阳明之火，牙龈出血，双足更冷，走向另一个极端，变成阳厥之证。病家懊悔不已，到此时才完全相信万密斋的疗法，继续服凉膈散，大小便通而愈。

庸医看不准病症而乱用药，耽误了治疗。万密斋纠正庸医，抓住患者病症的主要矛盾，即"阳强阴弱"，滋阴控阳，使阴阳调和，达到治疗目的。

（三）辨证施治是中医的精髓

《医宗必读》云："病不辨则无以治，治不辨则无以痊。辨之之法，阴阳、寒热、脏腑、气血、表里、标本先后、虚实缓急七者而已。"可以说辨证施治是中医的精髓。辨证施治的典型例子是同病异治和异病同治。

同病异治是中医学治病特色之一。同一种疾病，由于病因病机不一，患者体质上有差异，或发热时间地点不同，治疗方法有别。

万邦正1岁时病泻，甘大用用理中丸治疗不效，小儿大热而渴，一点精神没有。万密斋制玉露散方，用澄水调服，三剂药就把小儿的病治好了。甘大用记下了药方。第二年六月，一小儿一岁半，病泻，甘大用用玉露散治疗不效，小儿初服泻止，但热未除，因此再服，又泻，过了三四天，大热大渴，烦躁不安。万密斋用理中汤加熟附子，治愈了小儿。

甘大用怎么也想不通，同是病泻，为什么治法不同呢？万密斋说："理中丸用于止泻，是中气的药物。玉露散用于止泻，是解暑毒的药物。前年治邦正你用理中汤本来没错，病好即可，不可再服。而你用之太过，理中汤性热，当时是六月暑天，你犯了时禁之弊。《经》云：用热远热。因此用玉露散解之。今年此小儿病泻，你用玉露散也没错，病好即可，不可再服。而你用之太过，犯了脏禁。脾喜温而恶寒，玉露散性寒，故以理中汤加附子救之。”

异病同治也是中医学治病特色之一。不同疾病虽各有其特殊性，但在一定条件下又有普遍存在的共同特点，所以可以用类同的方法予以治疗。

万密斋引用《素问·六元正纪大论》说：“木运之郁所致肝病，应当舒畅条达之；火运之郁所致心病，应当散之；土运之郁所致脾病，应当劫夺之；金运之郁所致肺病，应当渗泄之；水运之郁所致肾病，应当折抑之。以此调整五脏气机，凡气太过者，就要折服其气，因为太过则畏折，所以用所谓泻法。”所谓同法，就是一方可以同时治疗数病，如四物汤，可治吐血，又可治下血；逍遥散可治木郁，即肝胆郁结之证，又可治火郁、金郁、土郁和水郁诸证，即火心怫郁之证、肺气郁闭之证、中焦脾胃湿邪郁阻之证和肾水肾气郁阻之证；六君子汤可治伤食，又可治痰阻瘀结。然而方虽同，但对不同的病，药物用量有轻重，用药成分有加减，不可拘泥。

（四）创新是科学精神的核心

前文已经论及万密斋在医学理论上的创新。创新是推动医学科学发展的动力，是科学精神的核心。下面，再谈谈万密斋在医学临床上的创新。

1.诱导杀虫法

有一孩子因不讲卫生，腹中有虫，常常痛苦不堪，有时痛得在地上打滚。万密斋的父亲菊轩翁用常规的雄黄解毒丸驱虫，连打了几次虫，没有效果。万密斋知道后，想试试。万密斋当时只有20多岁，还在县学读书。他对父亲说：“方剂没有问题，问题可能出在用法上。”到底是儿子年轻，脑子灵活，想问题没有框框，敢于冲破旧的教条，就让儿子试试吧！菊轩想。

万密斋择定是月初五日为破除虫日。前夜煎苦楝根汤，次日五更与小儿伯母商议，用清油煎鸡蛋饼一个，故意引孩子先食，后服药。小儿闻到香味，急欲食之，这时只让他闻其香，并不给吃，腹中之虫对香味也敏感，本能涌上心口，这时立刻给小儿服药。一会儿，小儿感到心口似有物坠下，给他蛋饼，已不想吃。巳时，小儿腹中大鸣，泻下一虫，形状奇异，约小指长，有头有手足，状如婴儿，名传痨虫。小儿的父亲得痨病而死，其母也是得痨病而死，此儿已经是三传了。

万密斋不墨守成规，敢于大胆实践，他的这种驱虫方法，被命名为诱导杀虫法，以后对顽虫的驱除，屡试屡效。

2.缓冲服药法

有一小孩2岁，患呕吐病。请了几个医生治疗，皆不效，只要药食入口，马上就吐出来了，病得不轻。万密斋说病可治，病家问用何方，万密斋说理中汤。病家问药不入口怎么办，万密斋说有办法。

万密斋作理中汤一剂，取公猪胆汁、童便各半杯，和药炒干，煎而服之，患者吐立止。病家不知为何此法速效，万氏说："公子胃寒而吐，当以热药治之，然而寒盛于中，投之热药，两情不得，故不能效。今以理中汤为治寒之主，用猪胆汁之苦寒、小便之咸寒为佐，以其治格拒之寒，药下于咽，两寒相得，药入于胃，阴体渐弱，阳生乃发，其始则同，其终则异。故曰：伏其所主，先其所因。"

理中汤为热性，所以治寒，但寒盛猝遇热药，两情不愿而无效。今加苦寒、咸寒佐剂，作为缓冲剂，则阴衰阳盛，药物自然发挥作用了，这是万密斋医术高明之处。万密斋创造的这种服药方法被称为缓冲服药法。

万密斋在临床上的创新比比皆是，奠定了他一代医学宗师的地位。

三、万密斋的科学态度

在医学的道路上，并不都是平坦大道，一帆风顺，有的是崎岖山路需要攀登，有的是湍急河流需要篙渡。光有科学精神、雄心壮志还不能到达彼岸，还必须有脚踏实地、一丝不苟的科学态度，才能点亮胜利的灯塔，看到光明的未来。万密斋不但有坚定的科学精神，更有着严谨细致的科学态度。

（一）记录医案准确无误

万密斋在长达50年的行医生涯中，以一丝不苟的态度记下了大量医案，初步统计有400多例。在这些医案中，有的是万密斋用文学笔触记下的一个个生动的医林故事，人物心理描写细腻，语言简洁生动；有的是万密斋的辨证分析，其分析有根有据，人物、时间、地点、事件记载准确，为他的生平考证提供了依据，特别是为他晚年著述积累了宝贵材料。

（二）治病深入细致，实事求是

万密斋治病深入细致，一丝不苟。有时他的正确治疗意见遭到病家的反对甚至拒绝，他还是会再三登门治疗。

邑丞雷公次孙5岁时出痘，由万密斋四子邦治治疗。此孙曾拜万世乔为恩父，世乔恃熟，专恣无忌，邦治用药，必力阻之，而让患儿穿着厚棉衣，围以厚被褥，日夜向火，任其饮酒，不到7天，痘就收靥了。

万密斋知道日期未足，收靥太急，为了掌握第一手资料，亲自去看望。他见患儿自面至腰，痘皆溃烂平塌，没有结痂，就告诉雷公说："此非正收，是倒靥，亟用托里解毒之药，减去衣被，再不要烤火饮酒，可保无事。"患儿只服万密斋一剂药就"溃疮腹胀，大便脓涎，毒气尽排，中外无留"。万密斋告诉雷公："小孩病将好，勿再服药，免得引发其他病症。"

几天后，万密斋仍不放心，再去察看，见痘已出，又告诉雷公不要服药，以免损目。后来患儿因偶然伤食而发热，万世乔乘机挑拨说："当初我欲用补药，万密斋竭力阻止，怎么样？病复发了吧！"雷公被一激，不分青红皂白，大发其怒。万世乔进参芪温补之剂。

万密斋听说后，第三次急忙赶到病家，忙问雷公："劝勿服药，你们不听，孩子的眼睛恐不保，为什么这样急于求成呢？"雷公说："但求生，虽然带疾，又有何妨？若不吃药，恐怕性命难保了。"后来，患儿的两只眼睛果然都瞎了，给他带来了终生痛苦，雷公始悔没有听万密斋的劝告。

万密斋三次去病家视诊，都不是病家邀请的，而是他主动登门。第二次明知自己与雷公、万世乔的意见大有分歧，万密斋仍不避嫌疑，直陈己见，一切以救病治人为目的，可见万密斋坚持真理的科学态度。

（三）正确收集实验数据

万密斋在医疗实践中创造了一种治便秘的方法，叫胆导法。每次治疗的效果如何，他都要亲自察看。

邑人余光庭19岁时染痘，大便不通3日，万氏用胆导法，为患者导下燥粪20余枚；蕲水徐叔道13岁时出痘，大便不通5日，万密斋用"四顺清凉饮"，患者下燥粪10余枚；胡仁山幼时出痘甚密，自起发以来，大便一直不通，万密斋第一次用胆导法，帮患者取下燥粪30余枚，第二次用胆导法，取下燥粪14枚。上述3则医案中，各案取下燥粪多少，万密斋都要点数记录，这种严谨的科学态度，难道不值得我们现在的医生学习吗？若没有高度敬业的精神，是难以做到的。

由于历史条件的限制，万密斋的医学观念可能带有一定的局限性，可能没有完全认识事物的本质，因而在其著述中也有一些不科学的提法。如《广嗣纪要》一书中有所谓"转女为男法"，某日生男、某日生女，个别丸剂制备带有神秘色彩等，这些都是不科学的。但是瑕不掩瑜，万密斋的一生是奋斗的一生，是探求科学的一生，是贡献的一生。

附录三
论万密斋医学著述的文学性

万密斋一生勤于著述，前后共撰写医学著述16种（传世10种），其孙万机补辑1种，共17种。万密斋能完成如此多的著述，一是由于他受到了良好的教育，系统学习了儒家经典；二是因为他系统地学习了医学经典，“本之《素》《难》，求之《脉经》，考之《本草》，参之长沙、河间、东垣、丹溪诸家之书”，深入钻研医学理论，用医学理论指导临床实践，在实践中发展理论，希望能把这些真知灼见传给后人；三是因为万氏三世业医，积累了丰富的实践经验和很多医案，其中既有父亲耳提面命的经验道理，也有父亲的笔记，还有父子间讨论的心得体会，这些都是著述的素材；四是万密斋有一套正确的写作方法，“自求家世相传之绪，散失者集之，缺略者补之，繁芜者删之，错误者订之。”经历搜集、删补、订正各程序，然后成书。万密斋著述不仅具有严谨的科学性，而且还具有较高的文学性，如《片玉心书》和《片玉痘疹》，既是医书，又是文学著述。

一、万密斋良好的文学修养

万密斋自幼接受儒家教育，习举子业，为邑诸生。万密斋的父亲菊轩翁深深懂得，要造就人才，必须有好的老师。当时，“罗有巨儒张玉泉、胡柳溪，讲明律历史纲之学，翁知全可教，命从游于夫子之门而学焉，颇得其传。”

张玉泉即张明道，号玉泉。正德八年（1513年）湖广乡试中举，次年春赴京会试不第。归来潜居塔山之西楼，笃专训，讲学授徒，凡十五载。嘉靖八年（1529年），50岁时考中进士。先任江苏吴江县知县，后升浙江绍兴知府，廉洁正直，体恤民情，关心民众疾苦，深受人民爱戴。朝廷提升为提督学使，因见其铁面剑眉，相貌威武，故而改任江西赣州兵备道。因政绩显著，深得民心，任满后朝廷接受老百姓的请求，又给他加任9年。晚年退休后回罗田，专心学术研究，对《朱子纲目》曾做过精深阐述和注解。张明道死后，绍兴人民为他建立了“张公庙”寄托哀思，以示怀念。

胡柳溪即胡明庶，字功甫，号岐山。明嘉靖四年（1525年）乙酉科经魁，明嘉靖十一年（1532年）壬辰科会试进士，殿试探花。授翰林院编修，以清廉著。平生勤奋好学，退食之暇，手不释卷。尤精数理、音乐、法律。著有《律吕》《皇极注解》等书，惜未传世。

万密斋受业于张明道、胡柳溪两位老师。从万密斋19岁入县学算起，张明道教到嘉靖八年（1529年），这年万密斋31岁，从师举人张明道12年。胡明庶教到嘉靖十年（1531年），这年万密斋33岁，从师举人胡明庶14年。张、胡二人后来考取进士才离开县学。二人都是饱学之士，熟悉儒家经典，精通诸子百家之说。特别是胡明庶，多才多艺，对万密斋影响尤深。严师出高徒，可见万密斋受到的教育是一流的，为其打下了深厚的文学功底，为其日后的医学著述准备了条件。

除了17种医学著述外，万密斋早年也有文学著述。他在《痘疹格致要论自序》中说：“自经书子史律历，以逮百家，各有著述。”从而可以看出万密斋读书之广，著述之多。可惜这些著述没有流传下来。

万密斋的一生，是儒与医相互渗透、相互依存、相得益彰的一生。在县学时，万密斋以儒为主，以读书为主，但在医学上也获得了大丰收。在攻习举业之余，他旁涉医学，研习方书。由于他聪明善悟，触类旁通，治病颇有奇效，有时连他父亲也感到惊异。如万密斋曾帮助父亲治愈一小儿痘疮变黑的情况，父亲问儿子："汝向志在功名，未曾习医，何以知其变黑为正色，非归肾也?"万密斋引用《皇极经世》之说解释之。其父喜曰："吾闻医出于儒，尔能承吾之业，吾有后矣。"父亲对万密斋十分满意，在万密斋习儒之余帮助他学习医学，包括指导门径、讲析医理、传授经验以及通过出诊进行有效的临床训练等。

在父亲的指导下，万密斋医术日进。如一小儿腹痛有虫，万密斋用攻补兼施法治之而愈，回来报告父亲，父亲对母亲说："吾有子矣！往吾教他读书……医出于儒。"先母闻之而喜。又如某人一子"六月病泻，与吾先君菊轩翁求药治之，随止随发"，万密斋在其父用方的基础上，倍加药力，一服而泻止，令病家赞服。

医学理论与临床实践的结合，使万密斋的医术大为长进。有时父亲遇到颇为棘手的问题，万密斋却能迎刃而解。如黄家小儿病热，父亲治疗七八日，其热不退。万密斋对父亲说："此名风热，乃肝病。"遂用泻青丸治疗，5日而愈。又如一小儿腹中有虫，菊轩翁怎么也打不下来，万密斋创造了"诱导杀虫法"，一试就把传痨虫打下来了。再如县学教谕子2岁，病呕吐，众医治之不效，药一入口就吐出来了，万密斋创造了缓冲服药法，患儿得以用药，治愈而安。

总之，万密斋在学习举业的同时，表现出了非凡的医学才能。

万密斋33岁弃举从医，在从医的同时，他始终没有放弃儒学。他在《重刻痘疹心要自序》中说："予谓孔子徒，亦惟多闻多见，择而识之，虽百家众技之书可以利诸人者，靡不玩索，况医术之仁为斯民立命者乎！"万密斋始终以"孔子之徒"自居，走的是一条儒医之路，得到了知县和巡抚赠送的"儒医"之匾。这说明万密斋弃举并非弃儒，从医绝非只专于医，他对儒学的热情并未稍减。

他多次开办学馆，教授生徒。如嘉靖十年（1531年）离开县学，到英山开馆教书；嘉靖十八年（1539年），"在英山教书"；嘉靖二十四年

(1545年)，在英山“孔家坊铺郑宅教书”等。直到嘉靖四十四年（1565年）67岁时，还有关于他教书活动的记载。教授生徒之外，万密斋还撰写了许多儒学著述。可以说，万密斋弃举从医后，虽是以医为主，在儒学方面也获得了成就。

万密斋既尊儒术，又从各家思想中吸收营养，融会贯通，为己所用。万密斋特别重视《易经》，从青年到老年，一直钻研不辍。《广嗣纪要》“幼科医案”小序中说：“山中读《易》，精研宓义。”这时他已经是74岁的老人了，对《易经》仍情有独钟。

万密斋从《易经》中吸取养生智慧。对于延年益寿和繁育后代，什么最重要呢？万密斋认为一是积德，二是寡欲。他说：“我常读《易经》。沼泽之上的水可以节制，满而不溢，心中虽然爱慕，想到险在前方，害怕塌陷，节制行为，这就是大道理。假设相反，水在沼泽之下，则容易渗漏，因泄漏而干涸，危险亦将不期而至。”

在论述“慎动”时，他引用《易经》曰：“吉凶悔吝生乎动。”按照规矩礼教而动会吉祥，不按照规矩礼教而动则有凶兆。《易经》曰：“天行健，君子自强不息。”所谓健，就是阳德。乾为天，纯阳精萃，至大至刚，四季之行，合万物生长收藏，循环无尽，不会有一息停止。君子志气自强，以存刚大之气，须自强不息。

在《养生四要》一书中，万密斋除了大量引用《易经》著述外，还结合儒、道、佛三家学说，创造了实用性非常强的养生学说。在论述“慎动”时，万密斋说：“所谓慎动，儒家叫做主敬，老子称之抱一，佛家叫观自在，都是慎独的意思。”

总之，万密斋不仅是一个伟大的医学家，同时也是一位颇有修养的文学家。

二、万密斋医学著述中的诗词作品

万密斋10种医学著述（《伤寒摘锦》《万氏女科》二书中没有诗词作品）中的有关诗词数量统计如下：

书名	歌括（七绝）	西江月	歌辞	五言（包括五律）	四言	引用《诗经》
《保命歌括》	188					
《广嗣纪要》			1			
《片玉心书》	7	170	38	3	2	
《育婴家秘》	88		2	1		
《幼科发挥》			4			
《片玉痘疹》	135	71	6			
《痘疹心法》	233					
《养生四要》	6(其中3首引用)					5
合计	657	241	51	4	2	5

从上面统计表可知，万密斋在10种医学著述中，共创作七绝歌括657首，西江月241首，各种歌辞51首，五言诗（包括五律）4首，四言诗2首，《养生四要》一书中引用《诗经》5处。《片玉心书》和《片玉痘疹》中，有50%的内容为诗词。

万密斋在他的医学著述中能创作如此多的诗词作品，这与他良好的学识修养和积累分不开，医学赋予他强烈的创造激情，诗歌赋予他创造灵感，二者有机结合，才造就一代医学诗人。

万密斋诗词的主要特点有二。

1.叙事严谨，说理透彻

诗词是一门语言艺术，它鲜明地体现出语言的意、形、音三者结合的特点。从“意”来看，医学诗词是用来说明医学问题的，所以万密斋特别注意遣词造句，由于字数的限制，更要言简意赅，以少胜多，注意锤炼、推敲语句；从“形”来看，诗句分行排列，以七言为主，间或有五言，包括齐言、杂言（每句字数不一，长短相间）两种形式；从“音”来看，诗词是要便于学习者吟诵的，因而讲求节奏、押韵、平仄，万密斋深谙此道。我们将《保命歌括》卷之一“中风”一节的14首七绝歌括作一说明。

在中医学里，中风有几种不同含义。一种是外感风邪引起的外感病，即现代伤风，不属于本节范围。一种是骤遇外风，以致口眼歪斜，但神志清晰，这是中风经络轻症。还有一种是中风重症，可致昏迷、半身不遂、口眼歪斜等等，这和当今多数人所认知的中风的概念是一致的。

总论：

帝坐明堂观八风，喜从正位怕从冲，
邪虚昼发民多病，强弱中间论不同。

黄帝坐于明堂之中，察其灾祥，与岐伯从容问答。风分大刚风、凶风、婴儿风、弱风、大弱风、谋风、刚风和折风八种，正位来为实风，冲后来为虚风。

论风变：

善行数变莫如风，正邪衰微引贼攻，
内外浅深须要辨，治分三法是良工。

六经形症症状及治法：

六经形症见于经，便溺如难属厥阴，
对症主方求必中，勿轻汗下损元真。

五脏中风之症及治法：

体若虚羸易中风，挟痰挟火与邪通，
经分五脏须明了，脉症乖违即不中。

中风与中气的区别：

火生于木木生风，风火原来共一宗，
治得火时风自散，不从标本只从中。

中风辨治：

风从火治理须明，亦有脾虚被木侵，
湿则生痰与风似，莫将中气作风称。

中气辨治：

七情五志火相推，气中如风火所为，
乌药有方能顺气，蜡丸苏合治颠危。

痿病辨治：

四肢痿弱状如瘫，莫作风邪一类看，
病属肺经多燥热，欲求治法问东垣。

风淫症治疗：

风淫平治以辛凉，今古相传续命汤，
辛热过多能助火，不如通圣泄青良。

中风治疗：

初中风时发散宜，小柴胡汤合桂枝，
便溺阻隔搜风取，调养无如大补奇。

中风脉象：

中风之脉喜浮虚，浮缓而迟病易愈，

脾脉缓时空费力，小虚急数可嗟吁。

四十岁肥瘦人中风辨治：

中风人在四旬逾，肾气始衰荣卫虚，
肥者多痰知气弱，瘦人多火血无余。

瘫痪症辨治：

瘫痪休将左右分，皆因血少不荣筋，
若将痿痹同条贯，误杀阎浮多少人。

中风恶症辨别：

百病无如风最先，莫将杂病一般看，
中间恶症须详察，勿被时人作笑谈。

万密斋用14首七绝将中风总论、分症和治疗方法、预后说得清清楚楚，说明中风注意事项。

在《痘疹心法》一书中，他用233首七绝歌括论述了痘疹的全过程，包括总论、发热、出见、起发、成实、收靥、落痂、痘后余毒、疹毒、妇女痘疹各个阶段和妇女痘疹特例症状及治疗方法。把治疗痘疹的精华浓缩到233首七绝中，没有高超的文学修养是无论如何都做不到的。

在《片玉心书》一书中，万密斋创作了170首《西江月》。如“发热门”《西江月》4首：

小儿病则生热，须知得病根苗，风寒外感热来潮，饮食内伤烦躁。 吐泄疟痢疮疥，变蒸痘疹如烧，骨蒸体热渐成痨，调治般般分晓。

若是风寒外感，面红又恶风寒，惺惺散子妙难言，有咳参苏效验。 饮食内伤可下，三黄脾积相参，再加集圣保平安，莫使脾虚难转。

吐泄胃苓最妙，赤白痢用香连，疟家平疟解邪干，疮疥胡麻丸散。变蒸小儿常病，不须妄用汤丸，如逢痘疹别科传，集圣专调疳软。

治热汗下休错，误汗误下伤人，应汗而下痞满侵，应下而汗惊定。只为不明表里，致令儿命早倾，果难捉摸且因循，药用胃苓集圣。

4首《西江月》将发热各种症状和治疗方法说得清楚明白，使人一看就得其要领。

2.语言清丽，寄慨良深

万密斋著述中的诗词作品，主要用来阐明深奥的医学道理和各种症状的治疗方法。在保证阐明道理准确的前提下，万密斋采用循循善诱的口吻，用词十分注意分寸，语句清丽，寄托了自己深厚的感情。如他在《育婴家秘》中写道：

育婴四法集成篇，博采诸书尽格言，
人欲求嗣能读此，何忧丹桂不森森。

父母常将幼子怜，几因爱恤取愁烦，
育婴家秘无多术，要受三分饥与寒。

对父母谆谆告诫：儿要三分饥与寒，不要过度娇惯。

医不执泥曰上工，能知富贵与贫穷，
生来气体分清浊，居此看承又不同。

富人和穷人病因不同，治法不同，人无贵贱之分，必须一视同仁。

小儿用药择其良，毒药毫厘不可尝，
邪气未除真气损，可怜嫩草不耐霜。

小儿丝毫不能尝毒药，好比嫩草不耐霜。将小儿比喻为嫩草，确切。

万密斋有一首“鞠养以慎其疾”的五律，用的四支韵，平仄合律，对仗工稳，一气呵成，没有非常过硬的语言艺术技巧，是无法办到的。

养子须调护，看成莫纵驰，
乳多终损胃，食壅即伤脾。
衾厚非为益，衣单正所宜，
无风频见日，寒暑顺天时。

此诗从吃和穿两方面阐述了养子之法：吃不能过饱，穿不能过暖，应顺应天时。此外，天气暖和时多让孩子在阳光下嬉戏，锻炼孩子的忍耐力。这首五律用字非常准确有力，莫、终、即、非、正、频、顺等字不可替代。

三、万密斋医学著述中的优美赋体

中国文学之赋体，是汉语行文的一个特殊现象。万密斋将赋体用于医学著述，这是医学著述的一大创举，既增加了医学著述的文学性，又增加了医学著述的可读性，便于后人记诵。

万密斋诗词颇有《诗经》遗风，他的赋体则与屈原骚体一脉相承。明代中期，文风复古，大变金元旧习。万密斋独辟新径，其医赋文字周密清丽，叙事井然有序，说理透彻精当，是不可多得的文学佳作。

万密斋写的医赋计有8篇，分别见于：①《万氏女科》：《济阴通玄赋》。②《片玉心书》：《活幼指南赋》《慈幼儆心赋》。③《育婴家秘》：《幼科发微赋》。④《幼科发挥》：《小儿正诀指南赋》。⑤《片玉痘疹》：《麻疹骨髓赋》。⑥《痘疹心法》：《痘疹碎金赋》2篇。

这些赋体文章，参笔端之造化，焕文采之光芒；或排比，或对偶，或铺陈，辞藻华丽，比喻确切，必读完为快。今特录《济阴通玄赋》，供大家欣赏。

阴阳异质，男女殊科，特立专门之证治，以救在室之沉疴。因其血之亏也，故调之必使流通；因其气之盈也，故抑之不使郁遏。体本娇柔，性最偏颇。肥白者多痰，瘦黑者多火。胃太过者气结，养不足者血涸。专宠爱者，治合异乎孤冷；饫膏梁者，疗莫同于藜藿。月事时下兮，如潮汐之应期；血海常满兮，似江汉之流波；谓之无病，可以勿药。或不及期而先来兮，气有余而血易亏；或过期而后来兮，气不足而血本弱。花气淡淡兮，由血室之水虚；桃浪紫色兮，被胞户之火灼。经未行而腹痛兮，气滞血涩而可调；经已行而腹痛兮，和气养血而勿错。或一月再行兮，邪火迫而气血不藏；或数月而一行兮，元气亏而生化不多。皆是损真之证，贵在调理之和。满而不泄兮，为经闭、为血枯、为症瘕；泄而不满兮，为崩中、为带下、为漏浊。常满者恶其中满，常泄者虑其气脱。脉惟喜于芤涩，诊切忌乎洪数。或隐忍而病盛兮，愚妇自速其亡；妄攻补而病增兮，庸医反助其虐。

经候既调，男女可合，不出三日之期，宜尽应候之媾。乾辟坤阖，阳唱阴和。滴秋露于花枝兮，玉粒可结；鼓春风于桃浪兮，金鳞自跃。阴包阳兮，则丹桂发芽；阳包阴兮，则红莲吐萼。天地之大义，生民之本始，勿谓刍荛之言，漫作诙谐之谑。

震风之喜有征，妊娠之脉必确。尺数关滑而寸盛，阳搏阴别而雀跃。精神虽倦兮，桃腮更妍；饮食粗恶兮，天癸不落。无妨恶阻之害，所慎漏胎之浊。热常要清，脾不可弱。热不清兮而胎动不安，脾若虚兮而胎危易堕。惟以安胎为本，其余杂证为末。斯先哲之格言，宜后人之守约。

子悬急痛而勿疑，子痫卒倒而可愕，子满胎肥而气壅，子疟脾虚而气弱。子烦子淋兮，胎热所为；子肿子气兮，胎水所作。子嗽子痢兮，病转剧而胎损；伤寒伤食兮，痰若多而成恶。常惨常笑兮，肺气结而非祟；暴哑不语兮，心血虚而勿药。胎若肥而瘦胎速进，脉怕微而诊脉休错。

怀胎之后禁忌不可少犯，临产之前戒慎乃为要约。预备药物，审择稳婆。禁哗去疑兮，恐产母之心动；居安守静兮，令产母之气和。儿身未转兮，坐草不宜太早；胞浆既破兮，使力未可太过。或逆或横兮，在稳婆之妙手；若迟若留兮，系催生之圣药。

医药之系非轻，母子之命所托，差之毫厘，甚于水火。胎衣未下兮，取之有道；恶露未尽兮，去之勿过。血迷血晕兮，死生存乎呼吸；血胀血痛兮，攻击戒乎挥霍。但以补虚为主，莫因他病而讹。药喜甘温兮，切忌苦寒；脉宜和缓兮，最嫌洪数。

恶阻各归于脏腑，诸病若似于障魔。头旋而常见黑花兮，乙木之病；声哑而乍见鬼神兮，丁火之疴。脐下痛而或淋或秘兮，沟渎塞于污淤；腹中痛而或胀或肿兮，仓廪积乎陈莝。息逆而喘嗽不宁兮，因犯素天之气；腰疼而俯仰不利兮，乃冲元海之波。烦热兮，责其血去而阴虚；羸怯兮，知其蓐劳而气弱。能详察夫证候，斯可议乎方药。

经候不调兮，乌鸡可投；天癸或阻兮，苍莎宜托。地黄补肾兼行，参术养脾莫却。三补凉血兮，专治崩中之药；补中暖宫兮，能固带下之脱。安胎胡连兮，在妊娠为最宜；瘦胎达生兮，视形证而休错。黑神去恶露而可取胎衣，十全补虚羸而能除阴火。临病审证兮，请观设问之辞；举一该百兮，勿讶立言之约。吐露灵府之珠玑，掣开医门之锁钥。

该赋论述了妇女病的病因、病机和治疗方法。

《活幼指南赋》摘录：

小儿方术，号曰哑科，口不能言，脉无可施，惟形色以为凭，竭心思而施治。故善养子者，似豢龙以调护；不善养子者，如舐犊而爱惜。

豢龙舐犊，设喻新颖。

《慈幼儆心赋》摘录：

前车既覆，后辙犹然。魂魄游于郊野，哭声达于渊泉。识此之故，是谁之愆？嗟夫！渡蚁架桥，放雀解樊。况伊万物之灵，匪值一虫之贱，不知谨密，遽尔轻泛。推恻隐之良心，如见入井；考圣贤之遗训，如弗及泉。

居易虑险，因蹶知便。证随百出，治无一偏。燮调造化，保养真元。善攻不如善守，宜急不若宜缓。种杏成林，踵当年之董奉；植橘名井，见今日之苏耽。

行云流水，一气呵成，文字优美，据典成文。

《幼科发微赋》摘录：

医道至博，幼科最难。如草之芽兮，贵于调养；似蚕之苗兮，慎于保全。血气未充兮，脉无可诊；神识未开兮，口不能言。诚求于心，详察乎面，苟得其要也，握造化于妙手，未达其旨也，摘章句于残编。

行文有韵，铺陈有序，是不可多得的好文章。

四、严谨的医学论文

万密斋医学全书中有很多论文（包括提要），有的是开篇简明扼要的提要，有的是较完整的医学论文，有论点、论据和结论，篇篇都是我们学习的范文。其主要的论文（提要）有：①《养生四要》：《题解》。②《保命歌括》：《摄生辑略（摄生却疾延年方论）》。③《广嗣纪要》：《育婴方论》。④《万氏女科》：《立科大概》。⑤《痘疹心法》：《原痘论》《胎毒论》《疮疹惟肾无候论》《肾主痘中之水论》《痘疹五脏证见论》等。

现在摘录一些精彩片段供读者欣赏。

《养生四要》的“全按”：

养生之法有四，曰寡欲，曰慎动，曰法时，曰却疾。夫寡欲者，谓坚忍其性也；慎动者，谓保定其气也；法时者，谓和于阴阳也；却疾者，谓慎于医药也。坚忍其性则不坏其根矣；保定其气则不疲其枝矣；和于阴阳则不犯其邪矣；慎于医药则不遇其毒矣。养生之要，何以加于此哉。

说理透彻，层层递进，妙极。

《万氏女科》的《立科大概》：

夫男女者，均禀天地之气以生。有生之后，男则气血俱足，女则气有余而血不足也。至于受病，外感内伤之证，未尝不同，但女则别有调经、胎前、产后之治，此所以更立一科也。调经专以理气补心脾为主；胎前专以清热补脾为主；产后专以大补气血兼行滞为主。此妇人科调治之大略云。

论述妇科内容及诊治。

所谓论文，一要有论点，二要有论据，三要有结论。万密斋所著《原痘论》，是一篇很有价值的科学论文，也是一篇不可多得的文学著述。文字简练，结构严谨，结论确切。

万密斋的论点是痘毒由外域传入中国：

上古之时，未闻疮之症，《素》《难》之文，鲜有及者，岂其人淳庞朴野，积精全神，虚邪苛毒，莫之能害欤。或云，自建武征虏，遂染其毒，流布中国，谓之“虏疮”。或曰“圣疮”，言其变化莫测也。

之后说，“夫上古所无，而末世有之”，或者是世道变了，或者是人类起了变化，万氏则认为是由天地之气造成的，“已非泰和之景，不可谓非世时之异。”然而人类本身也是有责任的。“务快其心，以散其真”，这是人的过失。以上是论文的论据。

该文中，万氏得出的第一条结论是痘疹具有传染性，“邪则一岁之中，大而郡县，小而村落，病者相似，而死相继。”第二条结论是人患痘之后，具有免疫力，“邪何以自少至老，但作一度，厥后再无传染也?”“发则其毒泄矣。所以终身但作一度，后有其气，不复传染焉。”

《原痘论》是一篇具有朴素唯物主义思想的医学作品，对研究天花发生、蔓延到消灭的过程，具有极大的参考价值。

后记

2011年6月出版《医圣万密斋传》之后，我接着用了一年时间，写成了《医圣之光——万密斋著述传播传奇》，由于种种原因，一直搁置未出版。今年5月，罗田县委宣传部林永迪同志和县人大办闵德元同志到家索要《医圣万密斋传》时，说今年是罗田县建县1500周年，建议我出版《医圣之光》，作为罗田建县1500周年献礼。

此书出版，得到了罗田县财政局雷建辉局长和张凯副局长的大力资助，罗田县万密斋医院刘祥书记、邓朝晖院长、王咏初副院长的大力支持，涂敏同志、欧阳丽娜同志帮助打字，在此对他们表示由衷感谢。

本书引用了湖北中医药大学毛德华先生著《万全生平著述考》部分材料，岐黄学者、湖北中医药大学二级教授、主任医师王平教授和新华社高级记者、湖北省老新闻工作者协会主席方政军教授为本书作序，特向他们致以谢忱。

感谢华中科技大学出版社大众分社社长亢博剑先生和本书责任编辑肖诗言女士等编辑的辛勤劳动。

由于时间久远，资料不全，作者水平有限，书中错误在所难免，恳请读者提出宝贵意见。

胡荣希

2023年8月5日